Diogenes Taschenbuch 220/1

SHAKESPEARES GESCHICHTEN

Alle Stücke von
William Shakespeare

BAND I

Nacherzählt von

WALTER E. RICHARTZ

Mit vielen Bildern
von Kenny Meadows

DIOGENES

Die Illustrationen von Kenny Meadows
sind einer dreibändigen Ausgabe der
Complete Works of Shakespeare,
London & New York o. J.,
entnommen

Die Erstausgabe erschien 1978
im Diogenes Verlag

Veröffentlicht als Diogenes Taschenbuch, 1980

60/80/8/1
ISBN 3 257 20791 3

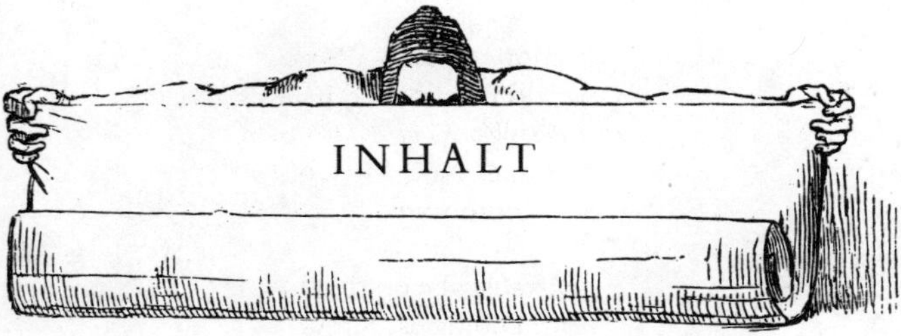

INHALT

Vorwort

Am 23. September 1796, kurz vor dem Abendessen, nahm Mary Lamb, damals 32jährig, ein Küchenmesser, erstach ihre Mutter damit und verletzte den Vater schwer. Ihre Tante erlitt einen Schock dabei, den sie auch nicht lang überlebte. Mary wurde ins Irrenasyl geschafft. Ihr weiteres Leben verbrachte sie abwechselnd dort, oder, von ihrem Bruder Charles ängstlich behütet, in ihrer engen Wohnung im Londoner Stadtteil Holborn. Für den zehn Jahre jüngeren Charles, der gerade seine ersten literarischen Gehversuche hinter sich hatte, war dies das Ende seines freien Dichterlebens. Bis zu seinem fünfzigsten Lebensjahr (danach stiftete die Firma eine Pension) arbeitete er im Kontor der East India Company, um Marys Krankheitskosten und den Unterhalt für sie beide zu verdienen. Er war ein liebevoller Bruder. Ins Irrenasyl in Hoxton brachte er Mary nur für die Zeit akuter Anfälle, die sich zum Glück vorher durch eine gewisse Reizbarkeit ankündigten. Zuhause versuchte er die Schwester durch verschiedene Arbeiten von der Krankheit abzulenken. Zu diesen Arbeiten gehörte das Projekt, Shakespeares Stücke in Prosa nachzuerzählen.

Die Geschwister hatten die Stücke unter sich aufgeteilt: Charles bearbeitete die Tragödien, Mary die Komödien. Eine Sammlung von zwanzig dieser Stücke in Prosa erschien 1807 im Verlag von William Goodwin, in einer Kinderbuchreihe. Diese *Tales from Shakspeare* waren sogleich ein großer Erfolg. Schon im folgenden Jahr wurde eine zweite Auflage nötig. Seitdem ist das Buch viele Dutzende Male wieder aufgelegt worden. Es wurde zu einem Kompendium für Kinder und Erwachsene.

Von den Shakespeare-Erzählungen der Lambs gibt es ein gutes Dutzend Übersetzungen. Sie sind von unterschiedlicher Qualität. Noch immer finde ich die 1888 erschienene, von Karl Heinrich Keck, die beste. Doch leidet auch sie an einer Steifheit, am erhobenen Zeigefinger. Sie macht einem keine Lust auf den Shakespeare, den Phantasie-Poeten, den Realphilosophen, den saftigen Volkstheater-Autor. Eine zeitgemäße Übersetzung könnte Besseres leisten – dachte ich. Ich habe mich also an einen neuen Übersetzungsversuch gemacht.

Natürlich hat die Lebensgeschichte der Lambs dabei eine Rolle gespielt. War es nicht rührend, das Bild der Geschwister, wie sie durch die Gassen zum Asyl wanderten, mit nassen Gesichtern, die Zwangsjacke im Köfferchen, wenn Mary den nächsten Anfall kommen spürte? War es nicht bedeutsam, die Literatur so früh schon als Heilmittel angewandt zu sehen? Ich kann mir nicht helfen: Was ich von einem Autor weiß, verändert meinen Umgang mit seinen Büchern.

Ich habe die Lamb-Tales dann alle übersetzt. Aber je länger ich mich damit befaßte, desto weniger war ich damit zufrieden. Waren sie meinetwegen seit 170 Jahren bekannt und beliebt – ich fand sie trotzdem unzureichend. Es war nicht nur die Übersetzung: Es war das Original. Zwischen einfachen schönen Sätzen waren zu viele andere mit dem moralisierenden Unterton eines prüden Jahrhunderts, zuviel Bigotterie, Vorurteile, zuviel Süßlichkeit: Immer mehr fand ich daran auszusetzen. Von Shakespeares Phantasie, ebenso wie von seinem unverblümten Realismus, von seiner differenzierten, schichtenspezifischen Sprache, vom Kaleidoskop-Charakter der zusammengefügten Vorlagen – von alledem war wenig übrig. Mühsam quälte ich mich voran, oft in der Versuchung, vom Text abzuweichen, und immer weniger vom Sinn der Unternehmung überzeugt.

Es gab einen weiteren Mangel. Die Lambs hatten es seinerzeit bei den zwanzig Prosastücken bewenden lassen – es gibt aber (je nach Zurechnung) 36 oder 37 Stücke von Shakespeare. Wenn schon Shakespeare in Prosa, dann sollte es der *ganze* sein. Wie wäre es, wenn noch ein Autor in das Projekt einstiege, um in seiner Art auch noch die übrigen Stücke nachzuerzählen? Es müßte einer sein, mit dem ich mich gut verstand – und der doch ganz anders als ich arbeitete. Ich fragte Urs Widmer. Er wollte es machen. Wir verabredeten, daß er sich also der von den Lambs vernachlässigten Stücke, zur Hauptsache der antiken Stücke und der Historien annahm.

Dann verging eine Zeit. Widmer dachte nach, ich laborierte an der Übersetzung herum. Wir trafen uns, redeten über das Projekt, über Shakespeare, über Lamb, über die Unlust – und plötzlich faßten wir einen einfachen Entschluß: Fort mit dem Lamb! In die Ecke mit ihm! Keinen krummen Finger mehr für diesen Kümmer-Shakespeare. Ich schrieb die Übersetzung in den Wind. Ich wollte mich nicht mehr an den Mittler halten, nur noch ans Original. Von nun an wollten wir beide unseren Shakespeare in Prosa selber machen.

Als ich so richtig zu mir kam, erschrak ich. Noch einmal las ich in den Stücken. Je tiefer ich eintauchte, wühlte, watete, in dieser Masse von Geschichten, Weisheiten, Aberglauben, in dieser Masse von Schlauheit, Poesie und Zoten, desto klarer wurde mir, was ich mir da für einen Elefanten ins Haus geholt hatte. Der konnte einen schon zum Schwitzen bringen! Und nicht nur Shakespeare, das Untier – dazu kamen noch alle die Auslege- und Nachwirkungswissenschaften, die Brillen, durch die man ihn sah, Bildungsgut, das versunken ist: Was war uns noch Hekuba? – All das sollte mit hinein, oder doch wenigstens mitgedacht sein – und das war doch ganz unmöglich.

Bei allem Willen, dem Anspruch gerecht zu werden: Es gehörte schon eine Unverfrorenheit dazu, sich auf sowas einzulassen. Zu ihr mußte man sich bekennen. Was sich der Shakespeare mit seinen Stoffen und Vorlagen erlaubt hatte, das mußte auch ich mir mit ihm erlauben dürfen: Alles, nur keine Kleinlichkeit. Vielleicht würde ich hier und da einen anderen Anfang oder einen neuen Schluß dazudichten, vielleicht würde ich aus einer Nebenperson eine Hauptperson machen. Auf jeden Fall würde ich ein großes Stück von mir dazutun, also ein Stück Heute, weil es von Heutigen gelesen wird.

Shakespeares Stücke sind alles andere als stilrein und einheitlich. Vom grübelnden, monologisierenden Hamlet zu dem fast mechanischen Verwechslungsgepurzel in der *Komödie der Irrungen,* vom *Timon,* der fast nur aus einem einzigen Handlungsstrang besteht, zum *Sommernachtstraum* mit der dschungelhaften Verknäuelung von vier Haupt- und weiteren Nebenhandlungen: Fast alle dramaturgischen und stilistischen Möglichkeiten seiner Zeit hat er durchgespielt. Ich habe versucht, eine Prosa-Entsprechung dieser Vielfalt zustande zu bringen, indem ich alle mir zugänglichen Prosaformen, von der traditionellen auktorialen Erzählhaltung bis zum inneren Monolog wählte. Weiche, vielgliedrige Satzgefüge sollten in einem Stück vorherrschen, Lakonie und Parataxe in einem anderen. Anachronismen habe ich nicht gescheut, wie auch Shakespeare sie nicht scheute. Einer Neigung, die Handlung von einer Nebenfigur aus zu entwickeln, habe ich öfters nachgegeben.

Für wen wurde dies geschrieben, und welche Absicht bestand dabei? Die Frage wird jedem Autor, nicht nur, wenn er ältere Vorlagen benutzt, gestellt, und ich kann sie nicht anders als sonst beantworten: Schreiben ist für mich ein Befreiungsversuch von Zwängen – gesellschaftlichen und naturbedingten. Es bedeutet: die Errichtung von Utopia in der Gegenwart. Das gilt für den Schreiber, und für den Leser erhoffe ich es auch. Den Stoff für

Utopia habe ich mir in diesem Fall vom Shakespeare geholt – mit seinem Einverständnis, wie ich glaube, denn auch er war ein Utopist. In der Zukunftsvision im *Sturm* sagt Gonzalo es deutlich.

Das von Shakespeare in Gang gesetzte Phantasiedenken wollte ich mit dem meinen verdoppeln, in der Hoffnung, daß viele Leute unserem Beispiel folgen. Wenn nur genügend viele denken, wird das Gedachte konkret. Und so habe ich, mit guten Vorsätzen und auf Glück hoffend, meine Shakespeare-Hälfte auf meine Art komplettiert.

W. E. R.

KOMÖDIEN

DER STURM

Auf der Heimreise von Tunis wurde das Schiff, auf dem sich König Alonso von Neapel, sein Bruder Sebastian, der Herzog Antonio von Mailand und viel Hofstaat und Mannschaften befanden, ganz plötzlich von einem Taifun überfallen, von Sturzseen zertrümmert und in einer splitternden, schreienden, weiß kochenden Gischthölle auf eine Insel geworfen. Dieser Sturm war jedoch kein natürlicher Sturm, sondern das Werk eines Zauberers namens Prospero, der mit seiner Tochter Miranda auf der Insel wohnte. Die beiden hatten von einer Klippe aus dem Unglück zugeschaut. Dabei hatte Miranda großes Mitleid mit den Heimgesuchten gespürt und den Vater gebeten, ihre Not baldmöglichst wieder wegzuzaubern.

Prospero hatte den Sturm aber nicht bloß zum Vergnügen entfesselt, vielmehr hatte er Rache im Sinn – oder nennen wirs Wiedergutmachung, denn er war ein vornehmer Herr. Er war einmal selbst Herzog von Mailand gewesen, hatte sich aber, wegen seines Hanges zur Gelehrsamkeit – verzückt und hingerissen in geheimes Forschen –, recht wenig um sein Land gekümmert. Bei seinem Volk war er trotzdem beliebt – vielleicht auch deswegen; seinem ehrgeizigen Bruder Antonio aber war es aus dem gleichen Grund ein leichtes, ihn vom Thron zu stürzen, wobei ihm Prosperos Todfeind, Alonso von Neapel, behilflich war. Direkt ermorden mochten sie den Prospero nicht. Statt dessen wurde er, was beinahe auf dasselbe hinauslief, mit der kleinen Miranda auf einem halbkaputten Boot im offenen Meer ausgesetzt. Es war ein Glück im Unglück, daß der neapolitanische Edelmann Gonzalo, ein heimlicher Freund, noch schnell einige Lebensmittel und Prosperos wertvollste Zauberbücher eingeladen hatte. So erreichten die Verbannten mit ihrem Boot die Insel, die erwähnt wurde, und ließen sich dort nieder.

Zwölf Jahre waren vergangen, Miranda war jetzt fast

fünfzehn. Von der früheren Pracht erinnerte sie nur noch, daß viele Frauen sie bedient hatten. Die ganze Zeit hatte sie außer dem Vater keinen rechten Menschen gesehen, und als sie nun den ersten Schiffbrüchigen, einen jungen Mann, von nahem sah, war sie hingerissen: O schöne neue Welt, rief sie, die solche Bürger birgt! Daß es der Prinz Ferdinand von Neapel war, konnte sie nicht ahnen. Dieser wiederum – davon abgesehen, daß junge Männer beinahe alle jungen Mädchen schön finden – fand Miranda himmlisch. Er traute ihr alles zu, auch, daß sie die Musik verursachte, die überall auf dieser Insel herumtönte und wehte. Doch das ging anders zu.

Die Insel war nichts anderes als eine große Windorgel oder Äolsharfe, ein hohl tönender Stein unter dem pelzigen Bewuchs, eine Reihe großer Höhlenlöcher im Südwesten, ein geriffelter Bergrücken im Nordwesten, Lianensaiten über einer Wildschlucht, worüber der Luftgeist Ariel mit seinen Flügeln und Fingern strich. Ariel war Prosperos oberster Diener – zum Dank, weil Prospero ihn einst aus der Verhexung befreit hatte. Die frühere Herrin der Insel, die Hexe Sycorax, hatte ihn in eine gespaltene Fichte geklemmt, weil er – ein allzuzarter Geist, um schnödes fleischliches Geheiß zu tun – nicht ihr Bettgenosse hatte werden wollen. Dabei war das liebeshungrige Weib damals schon schwanger gewesen, wer weiß von wem, und hatte danach einen Wechselbalg geboren, ein geschecktes Tierwesen von wachsender Bosheit, mit Namen Caliban. Nachdem dann Prospero die Inselhexe durch seinen stärkeren Zauber besiegt und verbannt hatte, versuchte er, Caliban zu einem Menschen aufzuziehen. Aber das schlug fehl. Caliban lernte kaum reden, nur fluchen. Als er obendrein noch fast die kleine Miranda vergewaltigt hätte, war es mit Prosperos Wohlwollen aus. Caliban wurde nun wie ein niedriger Sklave gehalten. Wenn sie sich begegneten, hatten sie nur Haßworte füreinander. Der Molch, der Schröter sollen den Prospero befallen, geiferte Caliban. Ein Südwest blas Euch an und deck Euch ganz mit Schwären. Prospero wiederum fluchte ihm Krämpfe und Seitenstiche an den Leib, Igel sollen die Nachtzeit durch sich an dir üben, zwicken solls dich und so weiter. Wenn er bloß an ihn dachte, fielen ihm die schlimmsten Torturen ein.

Daß Miranda und der gerettete Ferdinand gleich so heftig füreinander entflammt waren, das paßte Prospero gut in den Plan. Vorläufig allerdings tat er so, als sei er über den jungen Mann empört. Er beschuldigte ihn, daß er sich einen Titel anmaße, und daß er überhaupt ein Spion sei. Zur Strafe ließ er Ferdinand schwere Holzklötze schleppen. Diese Bewährungsprobe sollte er erst bestehen. Die Verliebten sollten nicht zu sehr begünstigt werden, überlegte Prospero, damit nicht leichter Sieg den Preis verringere. Mehr Last, mehr Liebe – die Rechnung ging ziemlich auf. Der Prinz mit seinen feudalen Händchen war der Mühseligkeit kaum gewachsen, und Miranda versuchte, trotz Verbot, mitzuschleppen, so gut es ging. Sie meinte, der Vater sähe es nicht.

Ein anderer Teil der Versprengten hatte sich inzwischen auf einem anderen Teil der musikalischen Insel vom schlimmsten Schrecken erholt. Es war ein hochmögendes Grüppchen, darunter König Alonso und sein Bruder Sebastian, ferner Antonio, der Herzog von Mailand,

Prosperos verräterischer Bruder, und jener Gonzalo, der seinerzeit den Verbannten beim Überleben geholfen hatte.

Gonzalo war durch die Schiffskatastrophe in Kopf und Gefühl aufgerüttelt und in eine utopische Stimmung versetzt worden. Er träumte seinen fürstlichen Genossen ein künftiges Inselreich vor, das er hier aufrichten wollte; wo es keine Art von Handel geben sollte, keinen Namen eines Amts, Reichtum und Armut nicht, keinen Vertrag und Erbschaft. Auch die Liebe sollte frei und ungebunden sein, und das Heiraten unnötig. So ungemein wollt ich regieren, fantasierte Gonzalo, daß es die goldne Zeit verdunkeln sollte.

Allerdings zeigte es sich, daß bis dahin noch viel zu verbessern war. Kaum waren die Herren zu sich gekommen, da regte sich die alte Bosheit wieder und der Hunger nach Macht. Nach seinem eigenen früheren Beispiel suchte Antonio den Prinzen Sebastian zu einem Komplott gegen den Bruder Alonso anzustiften, und wenn nicht der unsichtbare Engel Ariel auf seine musikalische Art das Schlimmste verhindert hätte, wäre es auch gelungen: Mit blanken Degen standen die Verschwörer da, als der Boden zu zittern begann und ein schneidender, trompetenartiger Orgelton den König weckte. Sie konnten sich nur mit Mühe herausreden.

Noch ein anderer Teil der Schiffbrüchigen, die Matrosen Trinculo und Stephano, hatte aus den Schiffstrümmern einen Schatz geborgen: das Weinfaß. So konnten sie sich fortlaufend die Becher füllen, mit flüssigem Trost, den sie nötig hatten. Stephano, zum Beispiel, mußte den Ärger ertränken, den er immer mit seinem Mädchen hatte: Denn sie macht ein ständiges Gekeifel, kommt ein Seemann, heißt es: Geh zum Teufel! Wie sie da herumtorkelten, bemerkten sie Caliban, der wie gewöhnlich fluchend niedere Dienste tat; ihm schienen sie Plagegeister, von Prospero ausgeschickt, und er warf sich zu Boden und stellte sich tot. Aber nicht tot genug, um nicht von den beiden Weinfreunden einen Flaschentrost eingeflößt zu bekommen. Da wurde Caliban zum erstenmal im Leben tief beglückt.

Von nun an war Caliban zu jeder Schandtat für seine beiden Wohltäter bereit. Er hetzte sie auf, daß sie zusammen den Prospero wegräumen sollten, daß sie Herren der Insel würden und die Erben von Mutter Sycorax' Hexenkunst. Der Geifer lief ihm aus dem Mund, vor Trunkenheit und boshafter Vorfreude war er ganz aus dem Häuschen: Ban ban Caliban hat zum Herrn nen andren Mann, kreischte er und, Freiheit, heisa, Freiheit!

Doch Ariel hatte alles mitgehört – überall Augen und Ohren. Um die Kumpanei in eine Falle zu locken, ließ er Pfeifen pfiffeln und Lianen fideln lustig, auch ein Steinhorn, immer was anderes, vor ihnen her, so daß sie folgten und staunten. Caliban erklärte ihnen, das sei hier nichts Besonderes, der Lärm sei hier üblich; doch den Seeleuten, vom Wein ohnedies beseligt, gefiel es sehr. Das wird mir ein tüchtiges Königreich werden, sagte Stephano, wo ich meine Musik umsonst habe.

An einem anderen Ende der Insel hatten unterdessen die Herren Antonio und Sebastian ihr Mordkomplott gegen König Alonso erneuert und Ariel mußte ein zweites Mal dazwischenschweben. Er zauberte der Gesellschaft eine prächtige Speisetafel hin, und als sie sich dransetzen wollten, setzte er sich dazwischen in Gestalt einer Harpyie, mit kralligen Fingern und Leichengestank, verdarb ihnen so den Appetit und ließ, vermittels einer zierlichen Erfindung, das Bankett wieder zu Luft zerrinnen. Durch solche geisterhaften Vorgänge, durch Luftheulen, Seufzer, durch haarsträubende Dämonenmusik trieb er die feudalen Herrschaften in Konfusion, Spiegelfechterei und Wahnsinn, so daß sie völlig vom Nachdenken und Verbrechen abgelenkt wurden.

Ferdinand und Miranda hatten ihre Liebesprobe bestanden und Prospero gab ihnen die Heiratserlaubnis. Das hatte allerdings noch nicht viel zu bedeuten, denn bis zur Hochzeit hieß es keusch bleiben. Prospero nahm es sehr genau damit, er hielt Ferdinand einen warnenden dünnen Finger vor: Zerreißt du ihr den jungfräulichen Gürtel, so wird der Himmel keinen Segen auf dies Bündnis sprengen! Ferdinand versprach es hoch und heilig. Aber Prospero dachte an seine eigene Jugend und hatte immer noch Zweifel. Damit sie auf andere Gedanken kämen, ließ er ihnen durch den ruhelosen Ariel ein kleines mythologisches Schauspiel vorzaubern. Es traten auf die Blumengöttin Iris, und Ceres, die Göttin der Fruchtbarkeit, und sogar Jupiters Gattin Juno, also die oberste

Weiblichkeit vom griechischen Olymp; sie deklamierten musikalisch untermalte allegorische Verse. Das Publikum zwinkerte und gähnte.

Während der Vorführung fiel Prospero wieder der Mordplan ein, zu dem, wie ihm Ariel hinterbracht hatte, Caliban die beiden weinseligen Teerjacken angestiftet hatte. Wie immer, wenn Prospero an den Hexenbalg dachte, packte ihn eine blutauftreibende, augenflimmernde Wut: Ein Teufel ists, ein geborener Teufel! Dabei bestand überhaupt keine Gefahr mehr, und das Strafgericht war von Ariel bereits vorbereitet worden. An dem Ort, wo das Lumpengesindel sein Attentat ausführen wollte, vor Prosperos Höhle, war ein großer Haufen bunter Jacken, Hosen, Mäntel und Mützen hingeworfen. Trinculo und Stephano, wie erwartet, stürzten sich darüber, um sich für ihre künftige Stellung entsprechend auszustaffieren, sie beachteten nicht die verdächtige Musik, und nicht Calibans Warnungen, so waren sie leicht zu greifen. Jagdkläffen, Hecheln, schaumige Lefzen, eine geisterhafte Hundemeute fiel über sie alle her und zwickte und zwackte sie, besabberte sie, erfüllte alle ihre Kopfhöhlen mit Aasgeruch, bis Prosperos Zornglut gekühlt war.

Seit langem hatte Ariel dem Prospero damit in den Ohren gelegen, daß er aus dem Dienst freigelassen werden wollte. Als das Schiff sich näherte, und Prospero daran seine Pläne knüpfte, hatte er die Freilassung versprochen, wenn alles gelungen sein würde. Das stand nun dicht bevor. – Aber jetzt wollte Prospero nicht nur seine Geister-Diener entlassen, er wollte überhaupt mit der Zauberei ein Ende machen. Den Zaubermantel, Zauberstab, Formeln auf Pergament, Folianten, alle Insignien – er legte sie ab und entsagte seiner Kunst. Er hatte alles eingerenkt, was man ihm ausgerenkt hatte, das sollte genügen. Das friedliche Ende, Nachhausesegeln, Ankommen, ging jetzt auf eigene Gefahr; in Wirklichkeit kann ja auch keiner zaubern.

Er rief Ariel, ein letztes Mal, daß er die Versprengten von allen Seiten musikalisch anlockte, die mit Wahnsinn Geschlagenen mit seiner Musik heilte und die große Versöhnungsszene zustande brachte. Wie ein Schäferhund trieb er sie alle herbei, daß sie die Welt heil machten, mehr oder weniger. König Alonso erkannte Prospero gleich und wollte sein altes Unrecht wieder gutmachen: Dein altes Herzogtum geb ich dir zurück. Darauf Gonzalo, der nichts zu fürchten hatte, dann Miranda und dann Ferdinand, den Alonso doch längst für tot gehalten hatte. Um so lieber stimmte der erlöste König der Verbindung zu, dem Friedensbett. Jawohl, und es tauchten die Zechbrüder Stephano und Trinculo auf, nebst dem Caliban, und alle zerknirscht in ihrer Schande, am Ende ihres Rausches. Es erschienen auch die größeren Bösewichter Antonio und Sebastian, denen man freilich, da es ja hohe Herren waren, auf viel feinere Art zu verstehen gab, daß sie Dreck am Stecken hätten und in sich gehen müßten. Wenn Alonso wüßte... wenn er erriet...

Es sei vergessen, es sei nicht gewesen. Dann, während die bleichen Herren noch zu Boden blickten, strömte auch schon das wunderbar gerettete Schiffsvolk herbei, und es erwies sich, daß das verloren geglaubte Schiff unversehrt im Hafen lag, so daß sie alle, die hohen Herrn und die weniger hohen, gleich einsteigen konnten, zur Heimfahrt, die Segel gebläht von weichen, melodischen Winden.

DIE BEIDEN VERONESER

Wie gefällt es dir, Krabb, nun wieder durch Veroneser Straßen zu schlendern, hier auf einen Schluck ins Du de Cope, dort mal zu Pomarini hinein, zur Piazza Erbe mit ihren Ständen, Ausschänken, Bratereien, wo auch mal ein Happen zu Boden fällt – auch ein Hund müßte doch ein Vergnügen dran haben, wenn das Bein die alten Ecken und die Nase die alten Düfte wiederfindet! Dabei habe ich schon geglaubt, daß dieser Fall nie mehr eintreten wird, daß man vielmehr mir das Fell abziehen, und dir den Schädel eintreten wird – welcher Räuber hat schon was übrig für kläffende Hunde! Nein, diese Welt ist nichts für ehrliche Leute. Daß ich, Lanz, ehrlicher Diener des ehrlichen Herrn Proteus, und du, Krabb, ehrlicher Köter eines ehrlichen Dieners eines ehrlichen Herrn mal unter so unehrliches Gesindel fallen sollte – wer hätte das gedacht? Oder hast du was dagegen, gegen das Wort Ehrlichkeit?

Kratz dich nicht, sonst denkt einer noch, ich hätte Flöhe! Hör auf, sag ich! Was juckt dich denn so im Ohr? Hörst du auch, wie ich es höre, wie unser Herr Proteus damals von seiner Dame Julia so herzzerreißend Abschied nahm? Wenn auch ungern, so mußten wir doch abreisen, nach Mailand, seinem Freund Valentin nach, und meinem Freund Flink, der Valentins Diener ist. Haben wir es nicht beide gesehen, wie die Julia unserem Herrn den Ring gab, als Unterpfand, wie man so sagt, der ewigen Treue? Ewig! Ich bitte dich! Ist eine Wurst ewig? Diese Ewigkeit jedenfalls war kaum länger als eine Wurst. Bald sah man nur noch ihr Hinterteil. Hast du je deinem Herrn so schnöde das Hinterteil zugekehrt – es sei denn, unfreiwillig, wenn ich dich trat? Nein. Kein Hund ist so untreu, wie unser Herr Proteus es war. Allerdings – der Herr Valentin war nicht ganz unschuldig dran. Zum Beispiel, nehmen wir mal an, ich sage zu dir: Krabb, sage ich, wir werden unweigerlich bald in der Birreria

Forst einem gewissen Mussjö Flink begegnen, und der ist genau so ein großer Saufaus und Worteverdreher wie ich, und gewiß hat er auch mal ein fettes Stück Wellfleisch für dich übrig – wenn ich so spreche, kann ichs dir übelnehmen, wenn du ihm nachläufst und mich im Stich läßt? So ähnlich wars in Mailand. Als unser Herr Proteus und ich und du (ziemlich umständlich, auf einem Boot) in Mailand eintrafen, da hatte Valentin unserem Herrn auf Vorschuß schon ein solches Loblied gesungen – nicht nur dem Herzog, sondern auch vor dessen Tochter Silvia –, daß du direkt einen Freipaß hattest, mir ungestraft ans Bein zu pinkeln – vielmehr, ich wollte sagen, der Herr Proteus dem Valentin – vielmehr, ich meine natürlich nicht ans Bein pinkeln, sondern, daß er ihm eines auswischen konnte.

Es ist kompliziert und das viele Reden macht die Kehle trocken. Ich glaube fast, wir sollten einen kleinen feuchten Umweg machen. Genau wie unser Herr Proteus seine Umwege machte, auf dem Weg, wie er meinte, zum Fenster der Silvia. Jawohl, kläff nur: du hast recht gehört. Kaum hatte er seine Dame Julia hinter sich gelassen und sah in Mailand die Silvia, da hatte er sich auch schon in diese verliebt – obgleich er damit seinem Freund Valentin ins Gehege kam. Was schaust du mich so an? Verstehst du nicht, was ich sagen will? Nun, es war so, als ob ich mit beiden Füßen in einen Schuh hinein wollte. Hier, schau her. Sagen wir, mein linker Schuh sei Fräulein Julia, und der rechte Schuh das Fräulein Silvia. Naja, die

Schuhe sind nicht ganz so schön, aber darauf kommts nicht an. Hauptsache, es passen Füße hinein. Sagen wir also, mein linker Fuß sei Proteus, und der rechte Fuß sei Valentin – es ist also Proteus, der in der Julia steckt, und Valentin steckt in der Silvia; natürlich nur bildlich, du mußt das nicht wörtlich nehmen. Nun fällt es meinem linken Fuß ein, der unser Herr ist – du kennst doch den Fuß unseres Herrn, Krabb? – es fällt ihm also ein, daß er aus dem linken Schuh heraus und in den rechten Schuh hinein will. Ich schüttle also den linken Schuh ab; aber da merke ich auf einmal: Es ist schon einer drin in dem Schuh! Was nun? Nun, ich mache, daß man mir den rechten Fuß aus dem Weg räumt. Wie mache ich das? Na, ganz einfach: Ich sage, der rechte Schuh ist gar kein Schuh, sondern die Tochter des Herzogs von Mailand. Und der Herzog hat seine besonderen Pläne damit, und er sagt zu meinem rechten Fuß: Höre, Valentin, du hast offenbar ein Verhältnis mit meiner Tochter – wobei ich mich sehr vornehm ausdrücke. Das gefällt mir nicht, sagt der Herzog, und ich werde dich dafür verbannen. Also fort mit dir, Fuß – marsch, in den Wald! Ja, winsele nur, Hund! Es ist wirklich eine unnatürliche Lage. Da steht er nun, mein linker Schuh, verwaist, allein und einsam; hör nur, wie er knarrt und seufzt! Und hier, der dazugehörige Fuß, der linke – muß er sich doch mit dem rechten Schuh beschäftigen, in den er gar nicht reinpaßt! So ausgelatscht ist sie ja nun doch nicht, die Silvia – ich meine, der Schuh. Und nun, zuletzt, sieh dir den rechten

Fuß an, der schuhlos ist, wie er forttappt und forttappt, und auf dem schmutzigen Waldweg immer schmutziger wird!

Schluß der Vorstellung. Es ist ja eigentlich nichts Besonderes, daß man was einstecken muß, was für einen anderen gedacht ist. Gehe ich, zum Beispiel, zum Schneider Ruffino, um ein neues Wams für unseren Herrn abzuholen, so bekomme ich statt dessen einen Haufen unflätiger Worte, womöglich noch ein heißes Bügeleisen an den Kopf, weil noch nicht mal das alte Wams bezahlt ist. Komme ich aber mit leeren Händen zu unserem Herrn zurück, so kann ich froh sein, wenn ich dafür nur ein paar Flüche und keine Prügel einstecken muß, die ja eigentlich für den Grobian Ruffino gedacht waren. Und es ist nicht nur für die Herren, daß man einstecken muß – was habe ich nicht schon für dich schon erduldet! Jawohl! Wenn du dich nur gefälligst an die Peinlichkeit erinnerst, in die du uns beide in Mailand gebracht hast! Ach, das willst du nicht hören, wie? Schnupperst lieber an dem Droschkenrad, an dem soeben die Dogge des Cavaliere Pitti das Bein gehoben hat? Na warte, ich werde dich mit der Nase drauf stupfen!

Nachdem unser Herr Proteus sich so unnatürlich von Julia abgewandt und sich in die Dame Silvia verliebt hatte, machte er einen teuflischen Plan. Er machte es sich zunutze, daß der Herzog seine Tochter keineswegs an Valentin, sondern an einen gewissen Thurio vergeben wollte – einen Herrn, einen betuchten Herrn, aber einen nicht allzu gewitzten Herrn. Als nun Valentin in seiner Arglosigkeit unserem Herrn Proteus verriet, daß er die Silvia nachts mittels einer Strickleiter durchs Fenster ihrer Kammer entführen wollte, kam es unserem Herrn gerade recht, und er erzählte es dem Herzog gleich weiter. Als dann Valentin dem Herzog wieder unter die Augen kam, mit einem verdächtigen Brief in der Hand, mit einer verdächtigen Schwellung unter dem Mantel, da zog ihn der Herzog zum Schein ins Vertrauen. Er sagte ihm, daß er in eine junge Dame verliebt sei, und er wisse nicht, wie man das heutzutage anstelle, er sei ja etwas über das Alter hinaus, wolle aber doch die Betreffende entführen, denn sie dürfe nicht aus ihrer Kammer... – kein Problem, sagte Valentin, mit einer extra dünnen Strickleiter aus echter Seide, die er ihm verschaffen könne, und die man unauffällig unter dem Mantel verstecken könne, aha, unter dem Mantel, sagte der Herzog, und ob er ihm nicht gleich auch noch den Mantel besorgen könne – genau so einen, wie er jetzt anhabe – und griff danach, und riß ihn auf, worauf die Strickleiter rausfiel, und riß ihm auch den Brief weg, öffnete ihn und las: Silvia, in dieser Nacht befrei ich dich, und schrie: Du Unverschämter! Also das ist der Dank, und fort denn, liebst du dein Leben, und verbannte ihn somit aus Mailand.

Wir waren ja damals viel unterwegs. Dauernd hieß es: Los, Lanz, ein Briefchen an Fräulein Silvia, oder: Eil dich, ein Blümchen, ein Döschen, ein Beutelchen an Fräulein Silvia – und dabei trug er mir auf, zu tun, als wärs gar nicht von ihm, sondern von Herrn Thurio, der ein zu dumpfer Schmalzkopf war, um für sich selber was zu reden und zu tun. Und das alles mit wohlwollender Duldung des Herzogs! Das ging so weit, daß Proteus der Dame, in Thurios Auftrag, ein Ständchen brachte; und sie schaute am Ende, als das Lied aus und Thurio fort war, aus dem Fenster und fragte ins Dunkle, was denn beabsichtigt war mit der Veranstaltung; Proteus' Stimme kam zurück: ihren Willen zu erlangen, und sie erkannte ihn gleich, sagte, er solle gleich schlafen gehen, und nannte ihn einen schlauen, meineidigen, falschen, treulosen Mann. Sie hatte wirklich nichts mit ihm im Sinn.

Ich stand nicht weit davon und dachte noch, wer ist nur dieser andere junge Herr in der Nähe, der kam mir so bekannt vor. Erst später bemerkte ich, daß es in Wirklichkeit ein Mädchen war, nämlich die Julia, die heimlich nach Mailand gekommen und Zeuge des Vorfalls war. Und unser Herr Proteus, stell dir das vor, erkannte sie nicht, merkte nichts – ja, er benutzte sie noch, in ihrer Verkleidung, als Boten, schickte sie zu Silvia mit einem Ring – eben dem Ring, den er einst in Verona von ihr bekommen hatte! Ich weiß, was du sagen willst: Sowas riecht man doch! Keine Nase, diese Menschen. Aber es war wohl mehr der dicke Schädel. Unser Herr, wenn er sich mal was in den Kopf gesetzt hat: so leicht läßt er nicht davon ab. Trotz der Abfuhr machte er immer weiter, immer neue Liebesgaben für Fräulein Silvia. So schickte er mich los, ich sollte ihr einen kleinen Hund zum Geschenk bringen; ein Schoßhündchen, Krabb, wie eine Ratte, aber dumm wie ein Kalb, lief deshalb auch gleich fort, und war nicht mehr zu finden. Aber ich mußte doch nun der Dame etwas abliefern, es stand ja

auch in dem Briefchen, und so dachte ich: Geb ich ihr Krabb statt dessen, wenn auch ungern. Dann hat sie was, zehnmal soviel Hund, macht sie einen guten Tausch. Und Krabb auch, als Herrschaftshund. Ja – ziehe nur den Schwanz ein –, du weißt ja, was jetzt kommt! – Ich also hinein mit dir, in den Herzogspalast. Dem Diener, diesem albernen Laffen, sagte ich: Bahn frei, wir sind in wichtiger Mission, von Herrn Proteus zu Fräulein Silvia. Im Salon, wo Silvia war, hielt man gerade Gesellschaft, lauter durchbrochene Damen und seidige Herren an Tischen, in Sesselchen, die schwatzten, tranken oder spielten Karten, oder fächelten sich mit ihren elfenbeinernen Fächern, und dazwischen einige dieser windigen Windspiele – da mußtest du dich natürlich gleich dicke tun! Eh ich dich zurückpfeifen konnte, wars schon passiert. Ich stand vor dem Fräulein, das mich ganz mißtrauisch von unten her ansah: Was willst du denn schon wieder – sag deinem Herrn... fing sie an, aber da erhob sich ein großes Kreischen (wie mißtönend diese Herrschaften sein können), einige Herren sprangen auf, hielten sich die Nasen zu, eine Dame war ohnmächtig, unter ihrem Rock rann ein Bächlein hervor, was ist denn das für ein Dreckskötter? wurde gekeift, und peitscht ihn hinaus und ich sah gleich, was passiert ist, und nicht peitschen, nicht peitschen rief ich, und sogar: ich hätte das getan! Nun, die ließen sich das nicht zweimal sagen, und prügelten mich hinaus, während du leer ausgingst. Eines Tages, da klaue ich eine Wurst und deute auf dich, und dann sind wir quitt!

Bleib doch nicht an jeder Ecke stehen! Die Zunge klebt mir schon im Hals! – Damals, die Dame Silvia, sie hatte es eilig, sich den unerbetenen Bewerbungen zu entziehen. Sie verabredete sich mit dem jungen Eglamont, daß er ihr bei der Flucht behilflich sei. Sie wollte dem Valentin nach, den sie eigentlich liebte. Das geschah noch in derselben Nacht, aber sie machten es ziemlich auffällig, so daß es sich bald herumsprach. Schon ein paar Stunden später wußte es der Herzog. Nun wurde Thurio alarmiert (dem schon fast die Lust an ihr vergangen war), und unser Herr Proteus, und Diener und Hund – wir alle sollten hinterdrein, in den Wald, auf Mantua zu, wohin sie angeblich entwichen waren. Die Herren zu Pferde, ich auf dem Maultier, und du hinterdrein mit hängender Zunge (warum werde ich nur dauernd dran erinnert!).

Und nun der Wald. Ich sage dir, diese Wälder um uns herum, die haben es in sich! Valentins Räuberbande ließ da keinen durchkommen. Silvia wurde gefangen, auch unser Herr Proteus, der nun völlig überschnappte und die Frau fast noch vergewaltigt hätte; sie fingen auch die verkleidete Julia. Sie hätten sich sogar den Thurio, ja sogar den Herzog selbst gegriffen und ausgeraubt, wenn Valentin da nicht eingegriffen hätte: Zurück! Es ist der Fürst! Und wir beide natürlich, wir wurden an die Bäume geschnürt, nur zur Gesellschaft – zu holen war bei uns ja nichts, außer Hunger und Durst.

Im Wald kam alles heraus, die reine Natur; da blieb nichts verborgen. Herr Thurio war nichts als ein feister Schlappschwanz, und nun merkte es sogar der Herzog, der die Stirn runzelte und sagte: Fahr ab mit Schaden! Er gab dann sein Mädchen ohne weiteres dem Valentin, als ob das nie ein Problem gewesen wäre! Alles vergeben und vergessen! Unser Herr Proteus, da er nun dem edlen Räuber Valentin gegenüberstand, vergaß gleich seine ganze Bosheit und Untreue, und war sogleich wieder mit Julia, deren Verkleidung jetzt für alle durchsichtig wurde, ein Herz und eine Seele. Es ist dann schließlich ein richtiges Picknick draus geworden, es wurde alles aufgefahren, was die Räuberhöhle hergab, Hasenrücken, Rehkeulen, Fasanen, Bier in Massen (sie hatten es einem Transport von Bologna abgenommen) und recht anständigen Wein aus der Toscana. Ich habe mich auch ein bißchen mit den Räubern unterhalten, die mir recht lustige Gesellen zu sein schienen (du hast dich ja so vollgefressen, daß es fast eine Schande war). Dem Herzog hat das alles auch ziemlich gefallen, und er hat sie am Schluß alle begnadigt und zu Polizisten gemacht; es war vermutlich die einfachste Methode, daß der Verkehr nach Osten wieder normal zum Rollen kam.

Endlich – die Birreria! Und durchs Fenster sehe ich schon unseren Freund Flink, der uns mit dem Humpen reinwinkt. Unser Herr, in seinen Flitterwochen, wird uns nicht vermissen, also treten wir ein, auf einen Schluck. Aber daß du dich anständig benimmst, Krabb; was der Hund tut, fällt auf den Menschen zurück.

MASS FÜR MASS

Zur Zeit des Herzogs Vincentio ging es in Wien drunter und drüber; jeder machte sich ein leichtes Leben, die ganze Stadt ein Huren, Fressen und Saufen. Nicht nur daß es in der Vorstadt und an der Donau mehr Spelunken als Straßenecken gab, sogar neben dem ehrwürdigen Stephansdom hatte der Bierzapfer Pompeius ein Café Chantant eingerichtet. Nicht nur daß es in der Vorstadt die bekannten Bordelle der Madame Durchunddurch gab, selbst in der Kärntnerstraße waren es mittlerweile gut ein Dutzend feinste Freudenhäuser. Auf dem Graben, hinter der Pestsäule, hatten zwei gegenüberliegende Schlemmerlokale ihre Tische und Bänke so weit hinausgestellt, daß die Fußgänger kaum mehr unbehelligt durchkamen und von den angeheiterten Freßsäcken zum Mittun aufgefordert wurden. Die Durchhäuser und Innenhöfe waren jeden Morgen vollgekotzt und stanken nach Urin. Auf herumgetragenen Schildern und Inschriften wurden obszöne Vorstellungen, Massagen, Lustknaben, Bettiere und alle möglichen Sachen angeboten; so auch in den Zeitungen. Es gab Angebote, die man vor lauter Verderbtheit schon gar nicht mehr verstand.

Hin und wieder kamen Staatsbesucher nach Wien, zum Beispiel ein preußischer König oder ein hoher Geistlicher aus Rom, die Vincentio auf die skandalösen Zustände in seiner Stadt aufmerksam machten. Er wunderte sich darüber; wenn er mal durch die Stadt ging, kam sie ihm ganz lustig vor. Ihr meint also, fragte er zweifelnd, es ginge hier zu freizügig her? Sie zischelten was von Hoheit mögen die Augen auftun, Sumpf und neues Babylon, und da er nun öfter solche Urteile hörte, meinte er, es wäre wohl doch was dran und es müsse mal was unternommen werden.

Der Herzog war in Wien wegen seiner Milde und Leutseligkeit beliebt, und einen solchen Ruf verliert man nicht gern. Er beriet sich also mit Eskalus, seinem Ratgeber, und sie kamen auf die Idee, daß der Herzog eine längere Reise antreten und für die Zwischenzeit einen strengen Statthalter einsetzen sollte, daß er gedeckt von meinem Namen zuschlägt und doch ich selbst mich fernhalte vom Kampf und üblen Ruf. Natürlich sollte der Vertreter möglichst tugendhaft sein, daher bekam Herr Angelo den Auftrag, der einen engelhaften Namen und die Reputation eines Heiligen hatte.

Dieser Angelo war ein Sauertopf, es hieß, in seinen

Adern flösse Schnee statt Blut, und er habe durch geistige Arbeit, Bücherlesen, Fasten seine Natur stumpf gemacht. Das lustige Wiener Leben war ihm schon lang ein Dorn im Auge, und so machte er sich, kaum war der Herzog abgereist, mit Feuereifer ans Aufräumen. Sogleich ließ er alle Schlemmer- und Sündenlokale zumachen, die Inhaber und ihre Kunden, sofern sie nicht gleich untergetaucht waren, mit schweren Geldstrafen belegen oder ins Gefängnis werfen. Er ließ die Straßen reinigen, anstößige Reklame entfernen, die Häuserwände neu malen und sogar die obszönen Inschriften in den

öffentlichen Bedürfnisanstalten übertünchen. Die Stadt war recht adrett und sehr viel stiller geworden, und Angelo hätte zufrieden sein können.

Aber mit dem Aufräumen und Säubern ist es eine eigene Sache, hast du mal angefangen, so wird dein Auge schärfer, und bald stört dich das kleinste Stäubchen. Angelo machte schon jede Mücke zum Elefanten, zum Beispiel machte er eine Staatsaktion aus dem Fall von Claudio und Julia. Ihr Vergehen bestand darin, daß sie sich kräftig geliebt hatten, ohne verheiratet zu sein, mit dem Ergebnis, wie Claudio sich ausdrückte, daß unser geheimer Bund in allzu dicker Schrift sich zeigt an Julia; man hat immer schon eine poetische Ader gehabt, in Wien.

Angelos Urteil war drakonisch; wegen der Schwängerung wurde Claudio ins Gefängnis geworfen und sollte schon am folgenden Tag um einen Kopf kürzer gemacht werden. Zum Glück konnte Claudio noch ein paar Worte mit seinem Freund Lucio sprechen. Lucio sollte Claudios Schwester Isabel verständigen, sie möge schnell zum Statthalter hin und dort für ihn um Gnade bitten.

Isabel war gerade in ein Kloster eingezogen, um dort ihre Probezeit als Nonne anzufangen, als Lucio mit seiner schlimmen Nachricht kam. Natürlich machte sie sich, in Lucios Begleitung, sogleich auf den Weg zu Angelo, wurde dort vorgelassen und flehte ihn an, noch einmal Milde walten zu lassen. Angelo blieb jedoch ungerührt, er wollte ein Exempel statuieren. Das Recht darf nicht zur Vogelscheuche werden, erklärte er mit steifer Brust und starrem Blick, ein rechter Ölgötze, so daß Isabel den Mut verloren hätte, wenn Lucio, der aus dem Hintergrund zuschaute, ihr nicht beigesprungen wäre. Jedesmal, wenn Isabel schon die Schultern hängen ließ und sich entfernen wollte, drehte Lucio sie wieder um, schob sie wieder vor und zischte ihr ins Ohr: Los Mädchen! Nochmal zu ihm! Zeigs ihm, heiz ihm ein, du bist doch schließlich ein hübsches Ding! Also trippelte sie wieder vor Angelo hin, der sie finster von seinem erhöhten Regentensessel betrachtete, machte noch einmal einen allerliebsten Kniefall, lächelte noch reizender hinter dem Novizenschleier, ließ ihn – in aller Unschuld – noch tiefer in den Ausschnitt blicken, bis er nicht mehr aus und ein wußte. Gehen Sie! keuchte er, gehen Sie gleich – und dann, etwas leiser: Aber kommen Sie morgen wieder. – Mit Claudio, ja, ja, er wolle es überlegen.

Er sah ihr nach, wie sie fortging, graziös an Lucios Arm. Ihm war zu Mut, er wußte nicht wie. Seit fünf Jahren hatte er mit keiner Frau mehr geschlafen.

Eskalus, der weiter die täglichen Regierungsgeschäfte besorgte, hatte den scharfen Kurs des Statthalters nur ungern mitgemacht und milderte ihn, wo er konnte. Einmal führte ihm der Konstabler Ellbogen zwei Gefangene vor, den Kuppler Pompejus Hinterteil und den Bürger Schaum, die er wieder mal bei einem verwerflichen Geschäft ertappt hatte. Hier, sprach der Konstabler, bringe ich diese notorischen Benefikanten, und versuchte dem

Staatsrat zu erklären, was für eine Untat diese begangen hatten; aber es geriet ihm da einiges durcheinander, und auch die Verbrecher konnten es nicht nüchterner schildern, so daß am Ende eine noch größere Unsicherheit darüber herrschte, welche Straftaten, wenn überhaupt, von wem begangen worden waren. Fort, macht euch fort, sagte Eskalus, laßt euch nicht mehr erwischen! Insofern waren die kleinen Leute in Wien manchmal besser dran, weil sich im Gestrüpp ihrer Reden auch die Richter verfingen.

Die ganze Nacht hatte Angelo sich schlaflos in seinem Bett gewälzt. Wieder und wieder hatte er sich seine Moralprinzipien vorgesagt, und hatte doch zugleich Isabels Lippen, ihren hohen Busen, die ganze Wohlgestalt vor sich gesehen. Verzweifelt hatte er am harten Gerüst seiner Grundsätze Halt gesucht und hatte doch zugleich Isabels warmes Fleisch gespürt. Gegen Morgen hatte er einen Entschluß gefaßt.

Als Isabel am Vormittag – diesmal ohne Lucio – wieder bei Angelo vorsprach, eröffnete ihr dieser, nach kurzem Vorgeplänkel, eigentlich ohne große Umschweife: Bezüglich des Claudio könnte er sich nur erweichen lassen, wenn sie ihm ihre Tugend opfere. Was sagst du da? – Isabel glaubte zu träumen. Wars möglich – dieser Tugendwächter, dieser Schauspieler – beging die gleiche Untat, für die er andere töten ließ! Sie trat dicht an ihn heran mit zornfunkelnden Augen: Gleich unterschreibst du meines Bruders Freiheit, sonst ruf ich lauthals, was für ein Mann du bist! Angelo lächelte fein. Nur zu, sagte er. Los, geh nur! Sie solle nur hinaus, und ihr Märchen erzählen – niemand würde ihr glauben. Bei dem Ruf, den er hatte! Isabel ließ den Kopf sinken. Es war teuflisch, aber er hatte recht.

Kummervoll ging Isabel ins Gefängnis und berichtete Claudio, wobei ihr das Blut ins Gesicht schoß, welchen Preis der Herr Angelo für sein Leben verlangte, und daß sie ihn nicht zahlen wollte. Claudio legte sein blasses Gesicht ans Gitter und schaute sie an. Verstehst du denn nicht, sagte er. Ich soll sterben! Tot sein, liegen, kalt und starr, verfaulen! Und du willst dein bißchen Unschuld nicht opfern. Unschuld – gegen Leben, rief er, aber sie schüttelte den Kopf. Er ließ nicht locker, beschwor sie, bettelte. Aber sie war empört und putzte ihn herunter, pfui pfui pfui – dann stirb lieber gleich, und wandte sich zum Gehen. Wieder eine Enttäuschung; gut daß sie eine Nonne wurde. – Das hätte also bös ausgehen können, wenn hinter der Wand nicht jemand zugehört hätte, der einen Ausweg wußte.

Vincentio hatte von Anfang an, seitdem er Angelo die Zügel überlassen hatte (damit er sie an seiner Stelle anzöge), ein ungutes Gefühl bei der Sache gehabt. Er war darum in Wirklichkeit gar nicht aus Wien fortgereist, sondern hatte, als Mönch verkleidet, seine Beobachtungen gemacht, wie der Statthalter sein Geschäft besorgte. Was er da sah und hörte, mußte ihn tief bekümmern. Angelos Sittenpolizei hielt die ganze Stadt in Furcht und

Schrecken. Sie bestrafte und kerkerte jeden ein, der nur irgendwie mißfiel, und das waren nicht nur betrügerische Wirte, Huren und Zuhälter, sondern auch harmlose Va-

gabunden, Menschen mit unüblichen Nasen oder Bärten, kecke junge Leute, die sich abfällig über Angelo äußerten, und solche, die dem rechtmäßigen Herzog allzusehr nachweinten. Und dabei blieb es nicht. Da für die Mitteilung anstößiger Vorgänge Belohnungen gezahlt wurden, entstand eine Rotte von Spitzeln und Denunzianten, die private Rechnungen auf diese Art beglichen oder nur leicht zu einem Verdienst kommen wollten. Andererseits konnten die reicheren Bordellwirtinnen und Gastwirte sich ohne weiteres loskaufen, ja sie konnten, bei entsprechender Vorsicht und gegen Zahlung von Schutzgeldern, hinter verschlossenen Türen ihr Geschäft ungestört weiterbetreiben. – Immerhin, noch waren es Angelos Schergen, noch konnte man meinen, er selbst wisse von alledem nichts.

Doch dann kam dem Herzog Isabels Fall zu Ohren.

Als Isabel den unglücklichen Claudio verließ, trat ihr ein Mönch in den Weg, sagte, er habe alles mitangehört und fragte, ob sie Mut habe. Ja, wenns nicht verwerflich scheint. Gut, dann solle sie, sagte der Mönch, zum Schein auf Angelos Bedingung eingehen, mit einigen Maßregeln, daß es dunkel sein müsse, daß sie verschleiert und stumm bleiben müsse. Wenn sie dies mit dem Statthalter ausgehandelt habe, dann wolle er, der Mönch, dafür sorgen, daß an ihrer Stelle eine gewisse Mariana zum Rendezvous ginge und daraus mehr als ein Nutzen entstände.

Mariana war Angelos Verlobte gewesen, aus gutem Haus und wohlhabend, bis man eines Tages hörte, ihr Bruder, der mit ihrem Erbteil in Form von Handelsware unterwegs gewesen sei, sei mit seiner Ladung ins Meer versunken. Und was hatte Angelo getan? Er hatte sogleich behauptet, er habe ehrenrührige Entdeckungen über sie gemacht, und sie sitzen lassen. Seitdem waren Jahre vergangen, doch die Frau verzehrte sich noch immer nach ihm.

Es war daher für den Mönch, den Herzog in der Mönchskutte, leicht, sie zu überreden, und ohne Bedenken konnte Isabel dem Angelo – wobei sie züchtig errötete – ihr Einverständnis geben, unter Bedingungen, die die Vertauschung leichter machten: Bei dem Fieber, in dem er sich befand, waren ihm sowieso alle Weiber gleich.

Daß der geile und zugleich von Skrupeln geplagte Statthalter sich auf diese Weise ein Luststündchen verschaffte, hätten in Wien wohl viele verziehen. Unentschuldbar war aber sein Plan, Claudio, auch wenn der Preis entrichtet wäre, dennoch töten zu lassen. Da war es ein Glück, daß auch diesmal jener besondere Mönch zur Stelle war, als die Anordnung, Claudio zu ermorden, beim Kerkermeister eintraf. Schiebt den Tod auf, bat der Mönch, und machte ein paar Andeutungen, dem Herzog sei es gewiß recht, so daß der Kerkermeister bereit war, einen anderen Kopf zum Beweis zu Angelo zu tragen. Der Zufall tat noch ein übriges und sorgte dafür, daß ein Mensch namens Ragozin im Gefängnis starb, ein berüchtigter Pirat, der nun das Kopfabschneiden noch weniger spürte. Der Kerkermeister erledigte das und ging gleich damit zu Angelo. Der war erfreut: So ist es recht, sagte er: Zeig ihn mal her. Nur seltsam, sagte er, Claudio hatte anliegende Ohren, dieser hat abstehende, Claudio hatte eine Hakennase, dieser hat das Gegenteil – ja, sagte Angelo hämisch: Der Tod ist ein großer Verstellungskünstler. Vor allem ist er stumm.

Der Herzog Vincentio hatte seinem Statthalter ankündigen lassen, daß er seine Reise früher als geplant beenden werde. Zu seiner Ankunft hatte Angelo, um einen guten Eindruck zu machen, die Straßen zum Stadttor mit Girlanden geschmückt, und das Stadttor selbst mit einem Transparent Willkommen unser durchleuchtigster Herzog Vinzenz. Hinter dem Tor hatte Angelo ein hohes Podest errichten lassen, mit rotem Samt bezogen, und vielen Stufen, die zu einem Thronsessel führten. Darauf saß er nun, und ein Posaunenchor zu beiden Seiten blies, als der Herzog staubbedeckt hereinritt. Er war erstaunt über den Aufwand, und rief: Grüß Gott, Angelo, willst du nicht herkommen, daß ich dich umarmen kann, worauf Angelo, der es sich feierlicher gedacht hatte, mit unbehaglicher Miene herunterstieg, sich den Stadtschlüssel vom Gürtel nestelte und ihn dem Herzog, der vom Pferd gesprungen war, in steifer Haltung überreichte. Nun setzte sich der Herzog auf eine der Stufen des Podestes, zog Angelo neben sich, sagte zu den Posaunenspielern, die durch die Programmstörung aus dem Takt gekommen waren, sie sollten sich nicht weiter bemühen, und zu Angelo: Nun, was gibt es Neues in Wien? Dieser erzählte ihm, zuerst zögernd, dann eifriger, wie er in der Zwischenzeit Ordnung gemacht und die guten Sitten wieder eingeführt habe. Der Herzog lobte ihn dafür.

Es waren ziemlich viele Leute gekommen, um die Ankunft des Herzogs zu sehen, und der Herzog sagte, er wundere sich, daß sie so still wären, gar nicht lachten oder pfiffen, wie er es von früher kannte, aber es blieb keine Zeit zur Antwort. Aus der Menge trat nun Isabel und sagte, sie hätte eine Beschwerde vorzubringen, und begann ohne weiteres, ihre Erlebnisse mit dem Statthalter zu beschreiben, und was er für ein Wüstling sei. Darauf betretenes Schweigen. Dann trat, wie auf ein Signal, Mariana vor und berichtete ihren Teil der Skandalgeschichte, nämlich daß Angelo nur in seiner Vorstellung mit Isabel, in Wirklichkeit aber mit ihr geschlafen habe. Nun erhob sich unter den Umstehenden, unter denen natürlich viele von Angelo geschädigte Huren, Fresser und Säufer waren, bereits ein leises Johlen des Vergnügens. Angelo wußte nicht mehr, wo er hinschauen sollte, aber er hatte sich schnell wieder in der Gewalt und leugnete alles. Alles gelogen, sagte er, und wollte die Sache sofort in einem Prozeß verhandelt sehen, in dem er selbst der Richter sein wollte. Der Herzog verzog keine Miene und ließ den Prozeß in dieser Form zu.

Während hierzu die Vorbereitungen getroffen wurden, zog der Herzog sich zurück und legte noch einmal seine Mönchskutte an. Er kehrte zurück, um bei dem Verhör als Zeuge auszusagen, daß er gesehen habe, wie Herr Angelo es trieb und wie die Verderbnis kocht und Blasen schlägt. Eskalus, der das Verhör führte und ziemlich ahnungslos war, war empört: Er schmäht die Grundordnung, rief er, und darauf versuchte man ringsum dem Mönch am Zeug zu flicken, bis schließlich einer ihm wirklich die Kutte abriß: Da sah man den Herzog darunter, Mönch und Herzog waren derselbe gewesen, und vor dem Herzog war nichts zu vertuschen. Die Leute ringsum stimmten einen großen Jubel an, lachten, pfiffen und ließen den Herzog hochleben.

Angelo jedoch war tief zerknirscht. Das Todesurteil, das der Herzog über ihn verhängte, erschreckte ihn nicht, es kam ihm sogar erwünscht. Nun wollte aber Mariana, die nach so langer Zeit mal wieder etwas von ihrem Mann gehabt hat, ihn nicht gleich wieder verlieren, und bat beim Herzog um sein Leben. Der meinte, sie brauche sich um den Mann keine Sorgen zu machen, aus Angelos Nachlaß könne sie sich leicht einen neuen kaufen. Mariana, die treue Seele, wollte aber partout keinen anderen als diesen Ausbund der Schlechtigkeit – verstehe einer die Weiber. Sie flehte und bettelte, bis sie den Herzog zur Gnade gerührt hatte.

Währenddessen waren hier alle, auch Angelo und die betroffenen Frauen, noch immer der Meinung, daß Claudio wirklich, wie der Statthalter es gewollt hatte, enthauptet worden war. Nun aber flüsterte der Herzog dem Kerkermeister zu, er möge seinen Gefangenen herbeiholen; als dies geschah und Claudio, der zuerst, der größeren Überraschung halber, einen Sack über dem Kopf hatte, lebend darunter hervorkam, waren sie alle gebührend erleichtert. Der Herzog hatte alles auf lehrreiche Weise zum Guten gewendet, er führte den Claudio, mit einigen Ermahnungen, der Julia zu, die starr vor Freude war und, kurz vor der Niederkunft, so dick wie ein Faß, schob den Angelo, der erst allmählich wieder zu sich kam, zur Mariana mit den Worten, er solle bei ihr alle seine Sünden abbüßen, belohnte den Kerkermeister und hielt seinerseits um Isabel an, die darauf doch lieber nicht mehr ins Kloster wollte.

Vincentio regierte noch lange in Milde und Gelassenheit in Wien und scherte sich wenig um den Sittenverfall, der ihm immer noch erträglicher schien als eine Tyrannei der Tugendwächter.

DIE KOMÖDIE DER IRRUNGEN

Als junger Mann hatte Ägäus, ein Kaufmann aus Syrakus, bei einem Schiffsunglück seine Frau, seinen jüngeren Zwillingssohn Antipholus und dessen Leibsklaven Dromio verloren. Damals war ihr Schiff in einen heftigen Sturm geraten, und diese drei hatten sich, um nicht unterzugehen, an einen Mast gebunden – ebenso wie es auch Ägäus selbst mit seinem anderen Sohn, der auch Antipholus hieß, und mit dessen Sklaven Dromio II gemacht hatte. Das Schiff war bald zerbrochen und die Teile waren auseinander getrieben. Ägäus rettete sich mit seiner Familienhälfte, die andere Hälfte blieb verschollen.

Fünfzehn Jahre vergingen. Antipholus, der Ältere, war bei seinem Vater zu einem stattlichen jungen Mann mit eigenen Gedanken herangewachsen. Oft schien es ihm, daß sein Vater sich mit dem Verlust der Mutter, des Zwillingsbruders und seines Dromio allzu leicht abgefunden hatte. Er fing immer wieder davon an und gab keine Ruhe, bis er schließlich die Erlaubnis hatte, mit seinem Dromio auf die Reise zu gehen und nach den Verschollenen zu suchen. Der Vater ließ sie nur ungern fort, da er dann auch noch den letzten Rest der Familie zu verlieren fürchtete. Und er hatte richtig geahnt. Monate und Jahre vergingen, und die Reisenden kehrten nicht zurück.

So mußte Ägäus sich selbst auf die Suche machen. Er war inzwischen ein grauhaariger, knochiger Mann geworden, ziemlich gebrechlich und in sich gekehrt. Als Kaufmann war er nicht besonders erfolgreich gewesen. Mühsam raffte er etwas Reisegeld zusammen und ließ sich von dem nächsten Frachtsegler in Richtung Osten mitnehmen. In Tarent stieg er aus, fuhr ein Stück die Adria hinauf, wanderte manchmal etwas landeinwärts, setzte über nach Illyrien, fand einen, der nach Korkyra segelte, von da nach Elis, ließ Sparta aus, weil er seinen Antipholus kannte, und erreichte Kythera. Kythera enttäuschte ihn, er nahm das nächste Boot nach Melos und klapperte eine Insel nach der anderen ab. Verschmutzt und apathisch hockte er auf Deck, zwischen undichten

Weinfässern, Bündeln von Stockfischen und herumkullernden Oliven. Eine Kabine konnte er sich nicht leisten. Nachts und bei Regen zog er sich einen Rosinensack über den Kopf, auf den noch der alte Firmennamen gestickt war: Ägäus & Söhne, Nüsse und Trockenfrüchte en gros, Syrakus. Die Matrosen trieben ihre rohen Scherze mit ihm.

Über seine verlorene Frau und seine beiden Söhne konnte er nirgendwo etwas Handfestes herauskriegen. In den Hafenschenken erntete er höchstens Hohn und Spott: Antipholus und Antipholus? – Er sei wohl schon bei der Zeugung besoffen gewesen. – Die zwei Dromios? – Er meine wohl die beiden Seiltänzer vom Zirkus Sophokles! Aber die hätten sich schon vor zwei Jahren in Korinth den Hals gebrochen. Am schlimmsten war es, wenn er von diesem boshaften Gesindel auf eine falsche Fährte gelenkt wurde und Tage oder Wochen durch die Straßen und von einem Kopfschütteln zum anderen irrte – bis er es endlich aufgab, voll ohnmächtiger Wut, und noch immer leise zweifelnd, ob er auch wirklich alle Winkel durchstöbert hatte. Danach weiter, zum nächsten Hafen.

Als er schließlich nach Ephesus kam, besaß er außer seinen schäbigen Kleidern und dem Rosinensack nichts mehr. Wie viele Jahre er schon unterwegs war, wußte er selbst nicht, er hatte lange keinen Kontakt mit seinen wenigen Geschäftsfreunden mehr, und um die Politik hatte er sich auch schon lange nicht gekümmert. Er ahnte nicht, daß sich zwischen Ephesus und seiner Heimatstadt ein solcher Konkurrenzneid entwickelt hatte, daß es schon sträflich war, als Syrakusaner in Ephesus erkannt zu werden. Die Kaufleute, die im Stadtrat den Ton angaben, hatten ein Gesetz durchgebracht, wonach ein solcher feindlicher Ausländer, wenn er in Ephesus aufgegriffen wurde, eine Strafe von tausend Talern zu zahlen hätte. Falls er nicht zahlte oder nichts hätte, so sei er mit dem Tode zu bestrafen.

Ägäus war den Zöllnern am Hafen sofort durch seinen Sack aufgefallen, der seine Herkunft anzeigte. Da er sich zahlungsunfähig erwies, wurde er gleich zum Herzog geführt. Dem Herzog war es direkt unangenehm, das Gesetz noch einmal anwenden zu müssen – oft kam das nicht mehr vor, denn inzwischen hatte es sich im ganzen östlichen Mittelmeer herumgesprochen. Aber der Fremde hatte nun mal das Geld nicht, der Herzog mußte sich an das Gesetz halten und die Hinrichtung befehlen. Als äußerste Gnade gewährte er dem Ägäus Aufschub bis zum Sonnenuntergang, damit er sich noch irgendwo Geld beschaffen könnte. Beim Verhör hatte der ausgemergelte alte Mann seine ganze Leidensgeschichte erzählt, und insgeheim hoffte der Herzog, daß der Fremde sich aus dem Staub machen würde.

Durch einen jener Zufälle, die im Altertum viel häufiger vorkamen als heutzutage, hatte es sich ergeben, daß der jüngere Antipholus mit seinem Sklaven Dromio I in Ephesus lebte. Sie waren nach dem Schiffbruch, zusammen mit der an denselben Mast angebundenen Mutter, von Fischern gerettet worden. Kaum getrocknet und erholt, waren die beiden Kinder vor den Augen ihrer Mutter als Sklaven verkauft worden. Als Antipholus herangewachsen war, hatte er sich durch geschickt abgezweigte Waren seines Herrn soviel Geld verdient, daß er sich und Dromio freikaufen konnte. Sie hatten sich dann in Ephesus niedergelassen, und Dromio war durch seinen Parfümhandel reich geworden. Was aus der Mutter geworden war, wußten sie nicht.

Ein weiterer Zufall brachte es mit sich, daß eben zur Zeit unserer Geschichte auch der zweite Antipholus, der Ältere, mit seinem Dromio in Ephesus eingetroffen war. Noch immer hatte er keine Spur von seiner Familie gefunden. Zum Glück hatte er in Ephesus nicht gleich jedem unter die Nase gebunden, wo er herstammte.

Für einen jungen Mann, wie unseren Antipholus, ist das Reisen noch ein Genuß. Er war hübsch und gesund und braungebrannt, und es machte ihm Spaß, in der neuen Stadt herumzuschlendern, den fremden, etwas lächerlichen Dialekt zu hören, den mandeläugigen Mädchen, die stolz, mit klimpernden Ohrringen, durch die Gassen stolzierten, nachzupfeifen, an den Verkaufsständen Waren und Preise zu vergleichen und nebenbei mal ein kleines Geschäft zu tätigen. Seinen Dromio hatte er einstweilen ins Wirtshaus geschickt, er sollte dort einen Tisch reservieren. Außerdem sollte Dromio das Bargeld bewachen, das sie bei sich hatten: Es bummelt sich nicht gut mit einem Beutel mit tausend Talern am Gürtel. Übrigens brauchte Dromio auch nicht immer zu sehen, was er sich an kleinen Freuden gönnte, außerdem ging er ihm manchmal auf die Nerven mit seinem Geschwätz. Vielleicht ließ er ihm zuviel durchgehen.

Kaum hatte er aber seinen Dromio fortgeschickt, da tauchte er auf der anderen Seite schon wieder auf. Er ruderte und boxte sich durch das bunte, lärmende Gewimmel zu seinem Herrn durch, zupfte ihn am Ärmel und schrie ihm das absonderlichste Zeug ins Ohr. Er habe den Auftrag, den Herrn nach Hause zu holen, denn die Gans sei am Verbrennen, das Schwein falle vom Spieß, und seine Frau sei über die Verspätung schon sehr erbost. Antipholus von Syrakus hatte in dieser Stadt natürlich weder Haus, noch Gans oder Schwein, noch eine Frau – er besaß überhaupt keine Ehefrau und war froh darüber. Er war also über den Unsinn, den Dromio verzapfte, zuerst verblüfft und, als er gar nicht aufhören wollte, verärgert. Als dann der Sklave auch noch behauptete, nichts von dem Haufen Geld zu wissen, den Antipholus ihm anvertraut hatte, war dieser mit seiner Geduld am Ende und es setzte ein paar gesalzene Kopfnüsse. Dromio ergriff die Flucht. Dabei hatte dieser Antipholus, von Syrakus, nur diesen Dromio, von Ephesus, mit dem seinen, und Dromio nur diesen Antipholus mit dem seinen verwechselt.

Aber das war erst der Anfang der Verwirrungen.

Als Antipholus darauf in eine stillere Gasse eingebogen war, sich an eine besonnte Hauswand lehnte und sich mit der Hand über die Stirn strich, kam Dromio schon wieder daher. Diesmal wußte er zwar etwas über das aufbewahrte Geld, und daß es in Sicherheit sei, aber nichts von einer Gemahlin und einer wartenden Mahlzeit, und schon gar nichts über den kürzlichen Wortwechsel über diese Gegenstände, denn dieser Dromio war nun wirklich der Sklave des Herrn aus Syrakus. Ein Sklave kann es eben seinem Herrn fast nie recht machen, und so bekam auch dieser seine Portion Prügel. Allerdings war dieser Dromio dickhäutiger und weniger mundfaul als der andere, und er gab seinem Herrn ganz hübsch kontra, wobei sie vom Hundertsten in das Tausendste kamen, zuerst nur mit allerhand Reden über Witze und Späße – daß auch der Spaß seine Zeit habe, jetzt aber keine Zeit –, dann von der kahlen Platte des uralten Gottes der Zeit zu der Frage, warum dem Menschen das Haar ausgehe, und zur Antwort, das Haar des Menschen würde durch Witz ersetzt – und so weiter hin und her mit den haarsträubendsten Plattheiten. Im Altertum haben die Leute für ihr Leben gern Kalauer gerissen.

Inzwischen war der Dromio von Ephesus zu seiner Herrin Adriana nach Hause gelaufen, der Frau des Antipholus von Ephesus. Er hatte sich den schmerzenden Schädel gerieben und der Adriana berichtet, ihr Mann habe nicht die Absicht, zum Essen zu kommen, und scheine überhaupt nichts von einer Frau zu wissen. Was sagst du da, rief sie, na warte, Antipholus! – und da sie sowieso ständig von einer krankhaften Eifersucht geplagt wurde, hatte sie sofort den ärgsten Verdacht. Zusammen mit ihrer Schwester Luciana stürzte sie – nicht mal richtig frisiert und in ihrer verwaschenen Kittelschürze – auf die Straße hinaus, um Antipholus aufzustöbern; sie stöberte auch einen auf und fing sofort an, mit ihm zu zetern. Antipholus von Syrakus wußte nicht, wie ihm geschah. Ihm schwirrte der Kopf – war denn hier alles gegen ihn verschworen? Das ganze Straßenvolk, Händler, Huren und Lackaffen, stand im Kreis herum und feixte, und dem Antipholus in seiner Verzweiflung war schon alles egal. So ließ er sich mit seinem Dromio in ein Haus und zu einem Essen führen, das gar nicht für ihn bestimmt war. Ach lirum larum, ihm war so schlenkerig zu Mute, und wo sowieso alles ins Rutschen kam, fing er auch gleich an, der hübschen Luciana mit den süßesten Worten den Hof zu machen, was diese sehr verstörte, da sie ihn für ihren Schwager hielt. Wenn er so ein Leichtfuß war, hatte Adriana womöglich recht mit ihrer Eifersucht? In der Küche bemühte sich unterdessen die fette Köchin um den wenig entzückten Dromio, der der falsche war, und ihr keine sehr hübschen Komplimente machte. Da habe sie so einen Namen, wie eine schlanke Schäferin, Amaryllis, und sei dabei so voller Schmalz, daß man aus ihr eine Lampe machen könnte, und dann bei ihrem eigenen Licht davonlaufen! Nein – in diesem Haus gab es nichts wie Mißhelligkeiten, und es ist begreiflich, daß Antipholus und Dromio so bald wie möglich das Weite suchten.

Der wirkliche Hausherr, Antipholus von Ephesus, war währenddessen vor seinem Tor angelangt, um wie üblich zu Mittag zu essen. Statt aber das Tor aufzumachen, hatte der Hausknecht nur die kleine Holzklappe einen Spaltbreit geöffnet und ihn wie einen Betrüger abgewiesen, da der Herr schon drinnen sei. Antipholus schäumte vor Wut – diese Domestiken wurden auch immer unverschämter. Am liebsten hätte er sein eigenes Haus mit einem Rammbaum aufgebrochen. Aber sein Freund Balthasar, den er zum Essen mitgebracht hatte, beruhigte ihn und hatte einen besseren Vorschlag: Man könnte doch die Gelegenheit benutzen, und das Mahl bei einem netten, gefälligen Mädchen einnehmen. Das sei bestimmt vergnüglicher als zu Hause, und dann hätte Adriana wenigstens mal einen Grund zur Eifersucht. Bald eilten die Freunde, voller Vorfreude, durch die Mittagsstille in die Richtung der bekannten kleinen Gasse mit den vielen perlschnurverhangenen Türen. Auf dem Weg stießen sie auf den Goldschmied Angelo, der irgend etwas von Antipholus zu wollen schien. Halt uns nicht auf, sagte Antipholus, wir haben Geschäfte. Ich auch, sagte Angelo, und hielt ihm eine Rechnung für eine Goldkette vor die Nase, die noch zu bezahlen sei. – Was für eine Goldkette? – Na, die, die du bestellt und vorhin in Empfang genommen hast! – Was, schrie Antipholus, ich höre wohl nicht recht!

Hier haben wir schon die nächste Konfusion. Antipholus bestritt energisch, eine solche Kette erhalten zu haben – der Goldschmied dagegen beschwor es. Übrigens war es auch auf dem Lieferschein quittiert: 1 St. Goltkehte erh. – Anntiphalus. Da half kein Protestieren und kein Sträuben: Der hartnäckige Schuldner wurde von einem schnell herbeigerufenen Polizisten arretiert, und sollte so lange in Haft bleiben, bis das Geld bezahlt war; Dromio wurde geschickt, um das Geld von zu Hause zu holen – wenn auch unter Protest.

Währenddessen spazierte der andere Antipholus, der von Syrakus, ein paar Straßen weiter mit einer schweren Goldkette um den Hals, die ihm ein freundlicher Mann mit Lederschurz aufgedrängt hatte. Irre! murmelte Antipholus – total verrückt! Und er erwiderte nach allen Seiten hin die Grüße der Leute, die ihn wie einen alten Bekannten behandelten. Aber nicht genug damit, nun tauchte auch noch Dromio auf, in der Hand einen dicken Beutel voll Geld, den er seinem Herrn überreichen wollte, um ihn aus der Schuldhaft auszulösen! – Was für eine Haft denn, um Himmels Willen? – Achso ja, sagte Dromio mit großen Augen: Sie sind ja gar nicht mehr in Haft! – Dromio war auch schon halb durchgedreht. Also brauchte der Herr das Geld gar nicht – oder doch? – Verrücktes Huhn, kicherte Antipholus, zisch ab, kauf dir meinetwegen mit dem Geld einen Strick zum Aufhängen, und der macht das auch, der Dromio, der rennt doch tatsächlich zum Seiler, der sich schon an den Kopf faßt, und kauft tatsächlich einen Mordsstrick, und rennt mit dem Strick zum Gerichtsgefängnis, wo sein Herr Antipholus ihn dringend erwartet, und nun sieht er den Kerl daherkommen, mit dem Strick statt mit Geld, und er gerät völlig außer Fassung und prügelt den Dromio grün und blau.

Für Adriana war der Fall nach allem, was sie erlebt, und dann noch gehört hatte, noch schlimmer als gedacht: Ihr Mann war nicht nur untreu, sondern auch noch verrückt geworden! Deshalb holte sie sich, mit der Schwester Luciana, Hilfe von einem Quacksalber namens Zwick, der auf seinem Ladenschild neben Kuren gegen Podagra, Würmer und Impotenz auch Teufelsaustreibungen anpries. Nun suchten also Adriana, Luciana und dieser Zwick die Straßen nach Antipholus ab, aber als sie ihn schließlich hatten und behutsam ausfragten, gab er derart konfuse Antworten, daß der Zwick den Fall für hoffnungslos hielt. Sowas gehörte eingesperrt! Der Polizist wurde geholt und Antipholus, nebst seinem Dromio, von Syrakus – in Fesseln gelegt, und da ihnen sowieso schon den ganzen Tag nur Mißgeschicke widerfahren waren, ließen sie alles willenlos geschehen und sich fortführen.

Als danach Adriana den Gerichtsdiener ausfragen wollte, wie es zugegangen war, daß ihr Mann schon vorher einmal verhaftet worden war, da war plötzlich ein Getümmel, und ein wildgewordener Antipholus stürzte fessellos hinter einem Haus hervor. Die entsetzte Adriana rannte natürlich schreiend davon – und doch hatte eben diese Frau diesen Antipholus vorhin aufs dringlichste zum Mittagessen eingeladen! Nein, jetzt reichte es! Dieser Ort war ein Irrenhaus, Antipholus von Syrakus hatte endgültig genug von diesem Spuk, und er hatte keinen anderen Gedanken mehr, als unverzüglich abzureisen.

Aber nichts da, mein Lieber! Jetzt wird hiergeblieben! – Denn gerade kam der Goldschmied Angelo des Weges – und was erblickte er an Antipholus' Hals? Die Goldkette, die dieser vorhin angeblich nicht erhalten hatte! Doch erklärte dieser Antipholus jetzt auf einmal, er habe das ja auch nie geleugnet, so daß sich ein erneuter Grund zum Kämpfen ergab.

Aber nur kurz. Schon eilte Adriana herbei und rief: Aufhören, aufhören!, denn Antipholus sei ja unzurechnungsfähig und total von Sinnen, worauf der Antipholus, dem schon wieder Böses schwante, zusammen mit seinem Dromio in einem glücklicherweise gegenüberliegenden Kloster Zuflucht suchte. Die Äbtissin des Klosters ließ die beiden hineinschlüpfen. Als gleich darauf Adriana an die Pforte pochte und die Auslieferung ihres flüchtigen Ehemannes verlangte, merkte die Äbtissin rasch, woher der Wind wehte. Die liebevolle Gattin mit einer Stimme wie ein schartiges Küchenmesser! Die Klosterfrau nahm Adriana mal richtig ins Gebet und hatte sie bald soweit, daß sie es selber zugeben mußte: Mit ihrer ewigen Eifersucht konnte sie jeden Mann zum Wahnsinn treiben! Sie müßte wirklich etwas netter zu ihrem Antipholus sein. Adriana faßte also viele gute Vorsätze, als zur allgemeinen

Überraschung ein weiterer Antipholus – diesmal wirklich der ihre, der von Ephesus, der sich aus der Schutzhaft befreit hatte, mit seinem Dromio vor dem Kloster auftauchte.

Unterdessen waren die Schatten lang geworden, und das bringt uns auf etwas: Über dem ganzen atemlosen Durcheinander hätten wir fast den alten Ägäus vergessen! In dieser fremden Stadt, so abgerissen, wie er aussah, hatte er natürlich keine Möglichkeit gefunden, das geforderte Lösegeld zu beschaffen. Am Ende des Tages wurde er nun, umringt von Bewachern, Henker und Priester, und in Begleitung des Herzogs – der noch immer auf ein Wunder hoffte – zum Richtplatz geführt. Gerade als der eine Antipholus und seine Adriana sich wieder versöhnt hatten und der andere Antipholus, da seine Verfolger jetzt anders beschäftigt schienen, vorsichtig ein paar Schritte vor die Klosterpforte machte und mit ihren Herren auch die beiden Dromios auf dem Platz zusammentrafen, schleppte man im schrägen Abendlicht Ägäus von Syrakus an ihnen vorbei.

Ach, lieber Leser, stell es dir vor: Welch eine ungläubige, tränenreiche, vielfache Wiedererkennungsszene fand nunmehr statt! Nicht nur, daß die beiden Antipholusse und ihre beiden Sklaven, da sie nun endlich zu viert an einem Ort zusammen waren, einander erkennen mußten – nein, an dieser zweifachen Doppeltheit erkannte auch Ägäus, trotz seiner schwachen Augen und ihrer Veränderung, seine lang gesuchten Söhne und

Sklaven, und schließlich gab sich auch die Äbtissin des Klosters als die verschollene Gattin und Mutter in dieser Familie zu erkennen; tief bekümmert über die Versklavung des eben geretteten Sohnes (für Dromio änderte sich ja nicht viel) war sie damals in diesen Orden eingetreten. So selbstvergessen genoß die Familie das glückliche Ende, daß sie den Herzog verwirrt stehen ließen, wie in einem Spiegelkabinett, aus dem man nur mühsam den wirklichen Weg ins Freie findet. Selbst das Lösegeld war jetzt gleich doppelt vorhanden – hier tausend Taler, dort auch so viel – mehr als genug, und deshalb erlassen. Wer war hier wer? – jedes Gesetz löste sich auf vor dieser Frage.

Allmählich begab sich die Gesellschaft, Hand in Hand, und Arm in Arm, zur Erkennungsfeier in das mütterliche Kloster. Am Ende sehen wir auf dem Platz nur noch die beiden Dromios einander gegenüberstehen. Der eine steht zwei Schritte rechts von der linken Eingangssäule. Der andere steht zwei Schritte links von der rechten Eingangssäule. Hinter ihnen stehen ihre beiden Schatten auf der Klostermauer. Sie stehen sich gegenüber und schauen sich ins Gesicht. Der eine Dromio ist froh, daß die dicke Amaryllis nicht seine Frau, sondern nur seine Schwägerin werden soll – aber ist er sicher? Der andere Dromio sagt: Mich dünkt, du bist mein Spiegel, nicht mein Bruder! Und damit du, liebster Leser, dich nicht auch noch mit deinem Ebenbild verwechselst, hänge ich rasch meinen Spiegel zu.

VIEL LÄRM UM NICHTS

Auf der Hinreise zu einem Krieg hatte eine kleine Gesellschaft von adeligen Offizieren, darunter Don Pedro von Aragon und Graf Claudio von Florenz, zwischen zwei Schiffen einen Tag Aufenthalt in Messina gehabt. Es hatte ihnen gut gefallen. Als sie nach dem

Krieg dort wieder vorbeikamen, wollten sie, da es vorerst nichts anderes zu tun gab, etwas länger bleiben. Im Palast des Gouverneurs Leonato stand ein ganzer Flügel für Gäste bereit. Es war noch früh im Jahr, milde Luft, Zitronenblüte, viel buntes Gewimmel aus dem Osten und Afrika. Am Hof gab es ein paar hübsche Mädchen, die einen lebenslustigen Kavalier schon reizen konnten.

Claudio hatte schon auf dem Herweg ein Auge auf die Tochter des Leonato geworfen. Ihr Name war Hero, sie hatte braunes Haar, schwarze Augen, und einen Hals, einen Hals! Er hatte öfter an sie gedacht, auf den Schiffen, zu Pferde, nachts im Zelt. Nun bat er den Freund Don Pedro, wie es damals der Brauch war, bei Leonato in seinem Namen um sie anzuhalten; das lief auch sehr gut, der Vater war dafür, die Tochter hatte nichts dagegen, und eine Woche später sollte die Hochzeit sein. Entsprechend die Vorbereitungen; drei Schneider nähten das Brautkleid, ein halbes Dutzend Köche und Köchinnen sorgten für Essen und Trinken, Maler, Tischler und Gärtner dekorierten im Saal, im Hof und in der Kirche. Der Zeremonienmeister stellte das Programm zusammen. Eine Aufsicht war kaum nötig.

Eines Morgens nach dem Frühstück saßen Leonato und seine Gäste auf der Terrasse unter dem rotgrünen Baldachin und betrachteten die Wasserspiele. Hero klöppelte an einem Brautshawl, die Zofe fitzte die Seide auseinander. Sechs Tage noch! stöhnte Claudio, und diese Langeweile! Was fangen wir nur an! Don Pedro hatte eine Idee. Wie wärs, wenn man zum Zeitvertreib noch ein zweites Pärchen zusammenkuppelte? Claudio gähnte und stocherte mit seinem Degen im Kies herum. Vom Schloß her hörte man Hämmern, Sägen und Singen. Und wer sollen die Glücklichen sein? fragte Claudio. Sagen wir: Beatrice und Benedikt, sagte Don Pedro. Die ganze Gesellschaft lachte. Diese beiden! rief Leonato, das wird doch nie was!

Beatrice war Leonatos Nichte, und Benedikt gehörte zur Gesellschaft der reisenden Offiziere. Die beiden standen zueinander wie Hund und Katz, und beide hatten sie ein böses Mundwerk. Sie nannte ihn zum Beispiel Signor Schlachtschwert, und einen tapferen Tellerhelden, man stecke sich an ihm an wie an der Pest, überdies sei er so tumb wie der Pappmann einer Schießscheibe. Benedikt blieb ihr nichts schuldig. Er sagte, wenn ihr Atem so fürchterlich wäre wie ihre Ausdrücke, so würde sie alles bis zum Nordpol vergiften. Sie hatten überhaupt etwas Grundsätzliches gegen das andere Geschlecht. Beweist mir, bramarbasierte Benedikt, daß ich jemals aus Liebe mehr Blut vergieße, als ich durch eine Flasche Wein ersetzen kann, so stecht mir die Augen aus mit eines Balladenschreibers Feder, hängt mich auf über der Tür eines schlechten Hauses und schreibt darunter: Zum blinden Cupido!, und sie schwor, von so einem Stück gewaltigen Staubes ließe sie sich nicht unterkriegen, und da alle Söhne Adams ihre Brüder seien, wolle sie nicht in Blutschande leben. Und so immer an einer Schnur, immer hitzig und spitzig. – Und die willst du zum Turteln bringen? fragte Claudio. Tut, was ich sage, sagte Don Pedro, Ihr werdet schon sehen. Und dann erklärte er jedem seine Rolle in diesem Spiel.

Das Schloß lag über der Stadt, Blick aufs Meer, an klaren Tagen bis nach Kalabrien. Auf dem Schräghang davor ein ziemlich durchtrieben angelegter Park, Gänge in Taxus-Tunnels, knirschende Labyrinthe, Grotten, versteckte Statuen, Springbrunnen, Palmenrondelle, das riesige Zweigdach eines Johannisbrotbaums. Es war angenehm, sich drin zu verirren. Solange die Handwerker an der Arbeit waren, blieb man sowieso besser im Freien.

Don Pedro wartete auf die Stunde, zu der Ritter Benedikt gewöhnlich allein im Park spazierte. Er richtete es so ein, daß jenseits einer Hecke, für ihn gut zu hören, ein Gespräch über ihn geführt wurde. Wie war das auch noch, Leonato, sagte Don Pedro beispielsweise, was erzähltet Ihr vorhin, daß Eure Nichte Beatrice in Benedikt verliebt sei? – Allerdings, wurde geantwortet, und weiter in aller Breite, während Benedikt wie ein Hase die Ohren aufstellte, daß das Fräulein verrückt nach ihm sei, jedoch vor Scham noch kratzbürstiger als vorher; dabei sei sie doch wirklich ein nettes Mädchen, so solide, auch sehr verständig, ihre einzige Untugend, soweit man sehen könnte, daß sie in ihn, Benedikt, verliebt sei; man solle es ihm, Benedikt, am besten gar nicht erzählen, er würde sonst doch nur seinen Scherz damit treiben und das arme Fräulein dafür ärger quälen. So also, in dieser Art, das Gespräch; es wurde dick aufgetragen.

Die Wirkung trat sofort ein. Was! rief Benedikt, als die anderen sich entfernt hatten: Sie in mich verliebt! Das muß erwidert werden! Ach so, eine Untugend sei es, eine Dummheit, in ihn verliebt zu sein! Na, dafür wollte er sich schon revanchieren, er wollte sich, zum Gegenbeweis, entsetzlich wieder in sie verlieben! – Wenig später kam Beatrice, widerwillig, wie sie sagte, um ihn zum Essen zu holen. Gleich fing sie wieder an, auf ihm herumzuhacken, sie nannte ihn eine Dohle, einen komischen

Vogel, und war so scharfzüngig wie immer. Doch Benedikt legte sich alles zu seinen Gunsten aus. Je stärker sie ihre Abneigung zeigte, desto mehr war er vom Gegenteil überzeugt.

Die andere Hälfte der Kuppel-Intrige wurde von Don Pedro ganz entsprechend eingerichtet. Wieder die Kulissen des Parks, ein schattiger Weg mit Beatrice, und ungesehen in Hörweite Hero und eine Zofe, von Benedikts Liebeskrankheit schwatzend, auch über ihn, ganz entsprechend, nichts wie Lob. Aber es sei alles vergebens, auch, daß sie es gar nicht erst erfahren sollte, sonst nur ihr Spott usw., Hohn und Verachtung sprüht ihr funkelnd Auge und so fort – alles wie im Spiegel. Danach, wie im Reflex, auch die Wirkung. Sie war sogleich verliebt, wie vom Schlag getroffen, voller guter Vorsätze, als die Stimmen sich entfernten: Leb wohl denn, Mädchenstolz; voller Vorsätze, eine andere Beatrice zu sein. So weit, so glatt. Leonato konnte sich die Hände reiben. Funktionierte alles. In der Geometrie des Parks, zwischen blendender Helle und tiefblauen Schatten, Zypressenkegel, perspektivisch, Marmor-Venus, Amoretten, Fontänen vor dem Hintergrund, vor dem Hintergrund der maurisch-afrikanischen Dienerschaft, blauroter Gewänder, beweglicher Farbtupfen. Lief alles gut.

Leonato hatte jedoch einen Bruder namens Don John, der ihm gar nicht ähnlich war, und auch kein Geheimnis daraus machte, daß er mit der verbindlichen Art seines Bruders nichts gemein haben wollte. Er führte eine andere

Gemeinheit im Schilde: Niemand soll mir absprechen, sagte er, daß ich ein aufrichtiger Bösewicht sei! Das Dumme war nur, daß ihm nichts einfiel. Sein Diener und Spießgeselle Borachio hatte schon berichtet, daß eine Heirat im Werke ist, und Don John hatte gleich spekuliert, sie könnte das Fundament werden, irgendein Unheil drauf zu bauen. Aber wie? Er hatte einfach keinen Einfall – und war sehr schlechter Laune. Was ist? schrie er Borachio an, was stehst du so dumm rum? Los, denk nach! Schließlich hatte Borachio einen Vorschlag, wie man durch das bevorstehende Liebesfest einen Querstrich machen könnte. Er sei gut bekannt mit einer von Heros Kammerzofen. Ich kann sie, sagte er, zu jedem ungewöhnlichen Augenblick der Nacht so bestellen, daß sie aus dem Kammerfenster ihres Fräuleins herausblickt.

Na und? fragte Don John; er sah nicht, worauf das hinauslief.

Borachio machte ihm klar, somit könnte er dem Don Pedro erzählen, Claudio sei im Begriff, sich mit einer verrufenen Dirne zu vermählen.

Sehr schön, sagte Don John; und der Beweis dafür? – Er hatte es immer noch nicht richtig begriffen, und Borachio mußte ihm ausführlich darlegen, wie er, als handele es sich um einen Freundschaftsdienst, die Hero verdächtigen müßte, bis die Herren zur Überzeugtheit nur noch einen letzten Beweis verlangten. Den wollte Borachio dann mit dem als Hero verkleideten Kammermädchen liefern, wenn er sie nur dazu brächte, sich zu einer bestimmten Nachtzeit vor dem Frauenflügel des Palastes einzufinden.

Du Gauner, du perfider, lachte Don John und versprach, sein Teil dazu beizutragen. Außerdem versprach er eine Belohnung von tausend Dukaten im Fall des Erfolges.

Auch hier funktionierte alles. Ein paar Sätze zu Don Pedro und Claudio genügten. Eine schlimm angebrachte Werbung – so kann man sich irren – geht nur heut Abend mit, so sollt Ihr sehen – schon war der Argwohn erwacht: Seh ich diese Nacht etwas, weshalb ich sie morgen nicht heiraten könnte, so will ich sie vor der ganzen Versammlung beschimpfen.

In der Nacht dann Rascheln und Huschen, ein Quietschen da oben, Flüstern, was Schattenhaftes unten, Sporenklirren, und oben was Weißes. Eine Männerstimme, dumpf, wie wärs denn nochmal, Kindchen, oder so ähnlich, und eine hohe, halb flüsternd halb bibbernd, süßes Tier oder so ähnlich, ein klirrender Aufschlag auf der Erde – genug, das reichte; war schon Beweis genug.

Unten in Messina versahen in dieser Nacht zwei Wächter nach der Anleitung des Konstablers Holzapfel ihren Dienst. Licht war noch im Wirtshaus Frederico Segondo und in der Casa Carezza; sonst wars stockdunkel. Es war fast nichts los. Zwei Matrosen grölten dem Hafen zu. Ein großes Gekreische in der Casa. Ein Kind schrie nach der Amme, aber vielleicht wars eine Katze. Ein Individuum mit großem Schlapphut und klirrendem

Sack kreuzte die Straße. Die Wächter wanderten ihre Runden. Gegen Morgen stolperten zwei Kerle aus der Wirtshaustür und führten eine laute Unterhaltung. Schreit nicht herum, die Leute wollen schlafen, rief einer der Wächter, aber sie schienen es nicht zu hören. Der eine prahlte vor seinem Genossen, er habe mal eben tausend Dukaten verdient, indem er mit Fräulein Heros Kammermädchen unter Heros Namen ein Liebesgespräch geführt, und Don Pedro und Graf Claudio hätten, gehörnt, gestellt und geprellt von Don John, dieses Rendezvous mit angesehen. Es war natürlich Borachio, dem das viele Geld zu Kopf gestiegen war, und ein Kumpan von ihm namens Konrad. Die beiden wurden unverzüglich von der Wache arretiert und den Wachaufsehern Holzapfel und Schlehwein vorgeführt. Was hier geplaudert worden war, mußte den Gouverneur interessieren.

Dann kam der Morgen der Hochzeit. In Heros Kammer waren die Damen versammelt und schauten zu, wie die Braut herausgeputzt wurde. Warum war ihr nur das Herz so schwer? Die Zofe gluckste: Vielleicht, weil bald das Gewicht eines Mannes drauflag? – Pscht, machte Hero; sei still, du freches Gör; hilf mir lieber, das Mieder zuzuhaken. Sie war sehr rot geworden. – Zur gleichen Zeit wurde der Brautvater beim Anlegen des schweren, goldbestickten Festgewandes unterbrochen, weil ihm die Konstabler von Messina etwas Dringendes mitzuteilen hatten. Er empfing sie mit halbgeschlossener Hose und schuhlos; die Fersen der Kniestrümpfe hatten große Löcher. Also, was ist los, was wollt ihr, fragte Leonato die eintretenden Herren Holzapfel und Schlehwein. Etwas fix, wenn ich bitten darf, in einer Stunde ist Hochzeit. – In Heros Kammer machte Beatrice ein trauriges Gesicht. Einerseits war sie neidisch, zum anderen auch wieder nicht. Mit Benedikt war sie noch immer nicht im reinen. – Beim Gouverneur lief dem Holzapfel die Zunge kreuz und quer. Der gute liebe Schlehwein, mein gnädiger Herr... ein alter Mann, gnädiger Herr, und sein Verstand ist nicht so stumpf, wie ichs ihm wünschen möchte. Also machts kurz, ich bitt euch, sagte Leonato, und ließ sich von seinem Diener in den smaragdgrünen Festrock helfen. Sehr wohl, sagte Holzapfel, ganz recht, aber wär ich auch so ennuyant als ein König, so wollt ichs mich nicht dauern lassen und alles auf Euer Gnaden wenden. Leonato rollte die Augen zur Decke. – Im Brautzimmer wurde nun gemeldet, der Bräutigam, der Brautwerber und die jungen Kavaliere seien eingetroffen, um Hero zur Kirche zu führen. – Vor dem Gouverneur hatte der Bürger Schlehwein das Wort genommen; er fing an, ihm von der nächtlichen Verhaftung des Borachio und Konrad zu berichten – aber gleich kam ihm der Holzapfel wieder dazwischen, entschuldigte die Geschwätzigkeit dieses Schlehwein mit seinem Alter, und brav, Nachbar Schlehwein und so fort, wenn zwei auf einem Pferd reiten, muss einer hinten sitzen und so weiter, trotzdem eine ehrliche Seele sei er schon, aber was Gott tut, ist wohl getan, bis dem Leonato doch die Geduld riß, während er sich in die Schnabelschuhe zwängte, wirklich, jetzt müsse er fort; und er trug ihnen auf, sie sollten das Verhör der beiden Subjekte nach eigenem Gutdünken vornehmen.

Er hätte sich, und mehreren anderen, viel Unglück erspart, durch mehr Geduld. Aber nun war die ganze Gesellschaft, teils ernst, teils mit finsterer Miene, schon in die Kirche eingetreten. Flieder, Tulpen, Narzissen schäumten im Überfluß, und ein Kerzenmeer erhitzte das Innere. Durch die Weihrauchwolken, von der Empore, kam Orgel und Kindergesang. Das Brautpaar stand vor dem Altar, dahinter wartete ein Mönch, bis alles still war.

Der Mönch fragte Claudio, ob er gekommen sei, um sich mit diesem Fräulein zu vermählen. Aber Claudio sagte nein. Dann drehte er sich zu Leonato um und sagte, er wolle doch wohl einem Freund nicht die faule Frucht geben. Leonato glaubte zu träumen. Im Hintergrund entstand ein Geraune und Hero fragte ganz kindlich: Ist meinem Herrn nicht wohl? Ach so, sagte Leonato, und meinte, jetzt hätte ers erfaßt. Falls etwa der Bräutigam die Braut schon vorher ein bißchen *überwunden* hätte, so sei es kein Drama. Aber darum geht es nicht, sagte Claudio, während die Kirche sich zu leeren anfing, und er fragte Hero nach dem Mann der letzten Nacht. Sie begriff erst gar nicht, und dann leugnete sie jede Schuld. Aber dann sagte auch Don Pedro, daß er es gesehen hätte, und Don John rieb auch noch etwas Salz in die Wunde.

Es war zuviel für die junge Braut. Niemand stützte sie, sie war blutleer im Gesicht, sie schwankte und sank zu Boden wie tot. Dies sieht nicht aus wie eine Hochzeit, sagte Benedikt. Nur wenige Gäste waren zurückgeblieben. Jemand hatte die Kerzen gelöscht und es war dunkel wie im Grab.

Natürlich war Leonato über die Beschuldigung seiner Tochter und die geplatzte Hochzeit schwer erschüttert. Doch kamen ihm bald Zweifel über die Berechtigung der Vorwürfe. Der Mönch, der ein Menschenkenner war, bestärkte ihn darin: Eine Frau mit so einem Lebenswandel wäre nicht, wie Hero, abwechselnd blaß und rot geworden. Auch Benedikt kam zur Ansicht, hier sei ein Unrecht passiert, und Beatrice hatte sowieso nie etwas anderes gedacht.

Diese beiden waren sich, durch Don Pedros gutgemeinte Intrige, zwar näher gekommen, aber doch mit Vorbehalt. Hier wäre mal eine Gelegenheit, dachte Beatrice, ihn auf die Probe zu stellen, und sagte zu ihm, wer hier die Abrechnung besorge, der könne sich um sie verdient machen. Gut, aber was sollte er tun, fragte er. Tja, das sei aber was für Männer, sagte sie. Er liebe sie doch, sagte Benedikt verärgert, und sie reizte ihn weiter, bis er zu allem bereit war. Also gut, sagte sie schließlich, dann ermorde Claudio, und er versprach es ihr, wohl oder übel.

Der Mönch hatte Leonato überredet, daß er seine Tochter, nachdem sie in der Kirche wie tot ausgesehen hatte, auch nach außen hin für tot erklärte. Irgendwas könnte man daraus schon machen. Es fand ein feierliches Begräbnis statt, wobei wenigstens ein Teil der Blumen und des Hochzeitsessens verwendet werden konnte. Sie hats verdient, dachte Claudio, aber sehr wohl war ihm nicht dabei.

Unterdessen machten sich Holzapfel und Schlehwein

daran, Borachio und Konrad gerichtsmäßig und peinlich zu verhören. Sie waren natürlich in solchen Sachen ungeübt, und es ging demgemäß schleppend voran.

Ihr perspektivischen Kerls, sagte Holzapfel, ich kriege euch schon. Paßt auf, sagte er mit listiger Miene, was sagt ihr darauf: Ich sage, daß ihr Spitzbuben seid. Nun? Nun, sagte Konrad, das seien sie nicht. Ein verdammt witziger Bursche, sagte Holzapfel, aber er werde schon mit ihnen fertig werden. Ich weiß, was du tun mußt, sagte der Schreiber. Weiß ich selber, sagte Holzapfel, was ist es denn? Darauf sagte der Schreiber, man müsse die beiden Nachtwächter als Zeugen nehmen, die Borachios Prahlereien mit angehört hatten, und so wurde es gemacht, und das ergab klare Aussagen; dafür, erklärte Holzapfel dem Borachio, werde er noch ins ewige Jubiläum verbannt werden.

Die Delinquenten wurden dann zum Gouverneurspalast geführt, gerade an einem Auflauf vorbei, der sich um zwei Herren mit gezogenem Degen gebildet hatte. Es waren Benedikt und Claudio, die sich da gegenüberstanden, und um ein Haar wäre, wie Beatrice es gewünscht hatte, ein Mann weniger am Leben gewesen. Doch stand auch Don Pedro bei der Gruppe, und der wunderte sich, wie die beiden Diener seines Bruders vor die Spieße der Wächter und zu den Fesseln kämen.

Wäre es bei der Auskunft des Bürgers Holzapfel geblieben, so hätte in diesem Punkt die Dunkelheit fortbestanden; nun wurde aber zum Glück einer von der Reue gepackt und weiteres Unheil verhindert: Ich habe Euch sehenden Auges blind gemacht, gestand Borachio, und das Fräulein Hero durch seine und seines Herrn Don John falsche Anschuldigungen getötet.

Leonato hatte die Neuigkeiten schon gehört und eilte auf dem Weg zur Stadt, um sich die Übeltäter selbst vorzuknöpfen. Nun sah er plötzlich alle zusammen, auch Don Pedro und Claudio, die ihm in tiefer Zerknirschung gegenübertraten. Mit hängendem Kopf sagten sie, daß sie zu jeder Buße bereit seien. Was Sie nicht sagen, meine Herren, knurrte Leonato, und überlegte sich schnell, was er ihnen für einen Denkzettel verpassen könnte. Dann sagte er, daß sie ihm zwar seine Tochter nicht wieder aufwecken könnten, daß sie aber alles tun müßten, um ihren guten Ruf wiederherzustellen. Und außerdem: er habe da eine Nichte, die noch zu vergeben sei, die müsse nun geheiratet werden. Man hatte noch nie von dieser Nichte gehört, vielleicht war sie verkrüppelt, oder schwarz, oder ein altes Weib, irgendwas Unmögliches, aber Claudio konnte da nicht nein sagen.

Die neue Hochzeit wurde schnell vorbereitet, kaum Gäste, eine ziemlich trübselige Versammlung in der Kirche, die Braut, inmitten einiger Frauen in spinnwebgrauen Kleidersäcken, Gesichter verhängt, jedoch eine mit langem Hals. Ungesehen mußte Claudio ihre Hand ergreifen, ungesehen sein Jawort sprechen, dann wurden Hüllen und Hauben abgenommen. Eine Überraschung ist es nicht, daß es nun doch Hero war, die er so unverdient bekommen hatte. Ein glückliches Ende mit Hindernissen – um so schöner, um so schöner.

Aber ein Rest vom Knoten blieb unaufgelöst. Wie stand es denn nun mit Benedikt und Beatrice? Am Anfang hatte es sich doch gut angelassen mit den beiden, es hatte so ausgesehen, als müßten sie sich bei der nächsten Gelegenheit in die Arme sinken! Stattdessen, nach einem kurzen Überschwang, Sticheleien und Stacheleien wie zuvor. Nun standen sie, inmitten der hochbeglückten Gesellschaft, noch immer bockig, immer noch ein bißchen fremd. Kommt jetzt, ihr Klötze, raunten von beiden Seiten die Kuppler, jetzt macht mal, gebt euch einen Ruck, und so weiter, was man eben in solchen Fällen raunt. Viel brachte das nicht: *Liebt Ihr mich nicht – Nein, weiter nicht als billig* – das war der ganze Dialog, der herauskam; es war fast peinlich, vor allem Don Pedro gegenüber, der schließlich einen Ruf zu verlieren hatte.

Die Affäre wurde mühsam ins reine gebracht. Man zupfte sie am Ärmel, man zeigte *ihr,* auf zerknittertem Papier, ein klappriges Liebessonett, schamhaft, wie es hieß, von ihm verborgen, man zeigte *ihm* ein fettiges Papier, mit Reimen, angeblich, die sie an ihrem Busen wärmte; und nicht mal diese goldenen Brücken wollten sie betreten: Was, sagte Benedikt, was hör ich da, *ich* soll so was gekritzelt haben, und *ich,* sagte Beatrice, das soll von mir sein – nein wirklich, es war fast zum Auswachsen, wollten die gar nicht aufeinander fliegen, man schubste sie fast: Kommt, Nichte, sagte Leonato, glaubt mir nur, Ihr *liebt* diesen Herrn! Bestimmt, sagte er, *Ihr liebt euch,* also bitte, so nehmt Euch doch, um Gottes Willen! Also haben sie dann in Gottes Namen den netten Leuten von Messina den Gefallen getan.

EIN SOMMERNACHTS-TRAUM

Das Geschrei der Papageien und Affen hat mich heute früh aufgeweckt in unserem luftigen Stelzenhaus, und ich habe mich hinaus auf die Veranda gesetzt, um dir zu schreiben, liebste Susannah, während Lysander drinnen noch schläft. Über Nacht ist hier ein Baumast hereingewachsen, ich strecke die Hand aus, pflücke eine tiefrote Erdbeerbirne und beiße in ihr kühles, durchdringend duftendes Fleisch. Verwundert denke ich, wie eng mein Gesichtskreis war, bevor Lysander mich hierher brachte. Du weißt, wir wollten weit fort, um dem Streit wegen unserer Heirat zu entgehen. Und wirklich, dieses Land hier ist wie die Welt, wie alle Landschaften zusammen, Winter und Sommer; es gibt Steinzeit hier, und die Zeit der Entdecker, auch die allerneueste Zeit, auch die Technik wuchert schon. Man kann hier alle Arten von Menschen treffen, sie heißen Achilles Mitsubishi, Lavinia Grandmaire, Lin-tse Rosenbaum und Emerson Fittipaldi, und sie sind Fürsten oder Hochstapler, feenhafte Indianer oder gewöhnliche englische Spießbürger. Man neigt zum Fiebern: Du siehst einen Puma oder einen Tapir, wo eben noch eine Kragenechse wie versteinert in der Sonne saß, man hört von Vögeln mit menschlichen Köpfen, ein süßfauler Duft geht dir bis auf den Grund. Vielleicht macht es die Hitze.

Doch ich will der Reihe nach erzählen. Es begann mit meines Vaters Wutanfall, als das zwischen Lysander und mir herauskam. Er tat so, als erwache er aus völliger Ahnungslosigkeit. Er wollte mich ja unbedingt mit dem Windbeutel Demetrius verkuppeln, aus geschäftlichen Gründen – aber was gehen mich seine Geschäfte an! Er war derart von Sinnen, daß er schrie, ins Kloster hätte man früher so eine Tochter gesteckt, sogar die Todesstrafe habe darauf gestanden, nach einem uralten Gesetz, das vielleicht noch gültig sei!

Aberwitz, wirst du sagen, gewiß war es das, aber der Alte hätte uns viel Verdruß machen können – ich bin doch erst sechzehn! Da traf es sich gut, daß Lysander in Manaos eine Tante hat, Mrs. Arden, so etwas wie seine zweite Mutter. Sie ist die Witwe, glaube ich, eines Gummizapfers, oder eines Aufsehers von Gummizapfern – diese Leute lebten nie lange; aber es blieb genug Geld für sie zurück. Amazonien, dachten wir, da kommt so leicht keiner hin – allein schon der Name hört sich unzugänglich an: sehr naiv – es gibt ja kaum mehr Orte, wo einer nicht leicht hinkommt.

Auch sonst waren wir arglos wie Kinder. Am Nachmittag waren wir also gelandet – der Flughafen: Wellblech mit automatischen Türen, Mrs. Arden hatte uns freundlich aufgenommen und uns eines der – wegen der häufigen Überschwemmungen – üblichen Pfahlbauhäuser gezeigt, wo wir nach der Hochzeit wohnen sollten; einstweilen schlief nur Lysander hier, ich bei der Tante. In dieser Wildnis gibt es einige strenge Sitten, als ob sie sonst fürchten, gleich ganz zu versinken. Es ist hier sumpfig.

Die beiden Häuser liegen am Stadtrand, eine Meile vom Fluß weg – man sieht dort die Öltanks und Krane; auf der anderen Seite fängt gleich der Urwald an. Nach dem Abendbrot wollten wir noch ein paar Schritte tun, auf dem elastischen Boden – was konnte passieren, so dicht an bewohnter Gegend! Aber es stößt hier das Gegensätzlichste dicht aneinander. Denke dir den Wald, vor dir, wie eine schwarzgrüne Mauer, irgendwo siehst du eine Öffnung, wie von einem Tunnel, du vermutest dort einen Pfad, gehst ein paar Schritte hinein, rudernd mit den Armen, um Lianen und Palmwedel zur Seite zu biegen – hinter dir federn sie sirrend zurück. Gleich drängt ein fleischiges Wachstum dich aus der Richtung – und schon bist du verirrt! Da hatte ich auch Lysander verloren – er hatte einen hausdicken Baumstamm rechts umgangen – ich links, und er war wie aufgesogen: Lysander! rief ich, Lysander!, und ich hörte auch ihn rufen – aber woher? Ich folgte der Stimme, oder ihrem Echo, ich ging jedem Knacken nach, im Zickzack, drängte und zwängte mich durchs Dickicht und stand plötzlich auf einer kleinen kreisrunden Lichtung, die lückenlos von einem dichten Lianenvorhang umgeben war. Aus der Ferne machte eine Trommel tomterom. Alles war pelzig von kleinen Blüten. Ringsum kicherte es, keckerte, zwitscherte, brummte, ein fruchtiger Dunst benebelte mir den Kopf; ich war wie mit Müdigkeit vollgesogen, ich legte mich auf den federnden Boden und schlief sogleich ein.

Es zeigte sich nun, daß wir durchaus nicht die einzigen Europäer dort waren, ja, es irrten in dieser Wildnis Menschen umher, die uns nur zu sehr bekannt waren und denen wir durch die weite Reise entkommen zu sein glaubten. Was hatte Helena da angerichtet! Du erinnerst dich, liebste Susannah, an Helenas Unglück, daß sie sich in Demetrius vergafft hatte, der nichts von ihr wissen wollte – nichts *mehr:* denn er wollte nun mich. Aber Helena wollte nicht von ihm ablassen. Also war es unüberlegt von Lysander und mir, Helena von unserem Reiseplan zu erzählen, den sie sogleich Demetrius weitererzählte, um sich bei ihm einzuschmeicheln: Sie selbst verriet ihm den Fluchtort ihrer Nebenbuhlerin – denn das war ich für sie, auch wenn ich es nicht wollte, da er mir doch nachlief! So verrückt wird man durch Liebe.

Stell dir also vor, wie ich schlafe, in diesem ungeheuren Wald, tief in den Traumhöhlen, von dieser seltsamen Müdigkeit zu Boden gedrückt. Aber irgendwann mach ich die Augen auf und sehe eine Gestalt über mich gebückt, und blicke in ein Gesicht: Demetrius! rufe ich, springe hoch, wische mir die Blüten und Käfer ab: Wie kommst du hierher! – Er redet von seiner Verliebtheit, wie üblich, und ich gähne und denke, wo mag nur Lysander sein, und sage: Hör auf Demetrius, sage mir lieber, wo Lysander ist. Wo Lysander ist? Da kam mir auf einmal ein schrecklicher Verdacht, und ich rannte los, reißend und prasselnd in den dichten Wald hinein, noch tiefer in den Wald, und er hinterher.

Ich war mir nicht sicher, ob ich überhaupt wach war. Da hängt immer ein feiner Tröpfchendunst zwischen den Stämmen, aromatische Öle, die von den Blättern abgeschieden werden – man hat sofort, wenn man sich niederlegt, die buntesten Träume, und die Grenze zwischen ihnen und der Wirklichkeit verfließt. Während ich in meiner Lichtung schlafend lag, war ich zugleich ein ätherisches Waldwesen, um mich tanzten und sangen bräunliche Indianermädchen, nannten mich Majestät und Königin Titania und versuchten mich aufzuheitern; und ich träumte ein langes Geisterleben, auch sehr lebhaft von einem Streit mit einem anderen Waldfürsten, namens Oberon, einem Streit, den wir wegen eines reizenden Indioknaben hatten. Den hatte ich einmal, im Wald ausgesetzt, als Säugling gefunden, hatte ihn sorgfältig aufgezogen, und nun verlangte ihn Oberon für sich, als Pagen – und er war mir so lieb geworden. Von da an gab es Zornausbrüche, jedesmal wenn wir uns sahen. Ich träumte, es sei durch unseren Streit die ganze Natur in Unordnung geraten, Schnee im Sommer, im Winter Früchte, durch einen sanften Blumenfrühling würden plötzlich wüste Stürme rasen. Solche Träume träumt man hier, Großfürst zu sein, und die natürliche Welt würde mit einem leiden – alles im Übermaß. Eine kleine Erklärung wäre es, daß hier, südlich des Äquators, die Jahreszeiten den englischen Jahreszeiten entgegengesetzt sind. Wenn man im Winter abreist und bald im Sommer ankommt, das verwirrt den Kopf.

Du kannst ruhig lächeln, Susannah – mir war nicht danach zumut. Ich suchte Lysander. Ganz plötzlich war die Nacht eingebrochen, doch fiel auch gleich ein glänzendes Mondlicht, wie in Kaskaden, durch die wilden Blätterschluchten. Endlich, nach langem Kreuz und Quer, hatte ich meinen Freund erspäht – aber war er es auch? In großen Sprüngen sah ich ihn, zwischen den Stämmen, ein Mädchen verfolgen, das ich erkannte: Helena, unsere Freundin, die wir, wie wir meinten, auf der anderen Erdhälfte zurückgelassen hatten. Und Lysander, der für diese Bohnenstange nie das geringste Interesse gezeigt hatte, plötzlich so versessen auf sie, daß er ihr jedesmal, wenn er sie eingefangen hatte, von ihrem Kleid etwas abriß! Aber immer wieder entwischte ihm Helena: Mensch, laß mich los! rief sie, was ist denn in dich gefahren! – Sie war zornig, weil sie wohl glaubte, Lysander wollte seinen Spott mit ihr treiben – oder war es kokett? So spielten wir unser Ringelspiel: Ich jagte meinem Lysander nach, Lysander jagte Helena, Helena jagte dem Demetrius nach und Demetrius mir. Aber glaube mir, Susannah, lustig wars nicht. Ich bekam einen großen Zorn auf Helena, weil sie mir meinen Liebsten nahm, und ich stürzte mich auf sie, wollte ihr die Augen auskratzen; Lysander und Demetrius wollten uns trennen, aber dabei gerieten sie selbst in Streit miteinander und zogen ihre Waffen: Und es schien, als sollte unsere Hochzeitsreise blutig enden.

Später erzählte mir Lysander, während er mir die Hand streichelte, wie es für ihn gewesen war, nachdem er sich im Wald verlaufen hatte. Auch er war dann in Schlaf gefallen, und er erzählte von einem sonderbaren Traum: Ein Waldkobold habe sich ihm genähert und ihm, während Lysander wie gelähmt zuschaute, ein wenig von einem Blumensaft unter die Lider gestrichen. Die Wirkung des Säftchens, das habe der Kobold selbst verraten, sollte es sein, daß der Schläfer sich in das erste Wesen, das er beim Erwachen sah, verlieben mußte. Und das war Helena. Was sagst du dazu, Susannah? Ich sagte: O mein Flattergeist, also bei dir war es Zauberei, was bei anderen Männern die Vergnügungslust ist! – Er schien mir ziemlich verlegen.

Es war boshaft von mir, ihn so herunterzumachen, da ich es besser wußte. Auch ich hatte von einem Kobold geträumt. Er war, so ging es in meinem Traum, ein Diener und Spießgeselle des Oberon, er schlüpfte durch Ritzen, kobolzte durch die Luft, hatte immer den Kopf voll Streiche – ein ziemlich alberner Kerl, wie ich fand, immer witzig witzig, in wechselnder Gestalt, als knickendes Stuhlbein unter einem Hintern, als Fliege im Weinglas, als morsches Brett im Boden, er blies Hüte vom Kopf, machte Pferde scheu, daß der Herr Oberon sich den ätherischen Bauch halten mußte. Aber in dieser Nacht verwechselte er uns, der Troll. – Troll, sagte Lysander, ja, so hieß mein Kobold auch. – Jetzt sage mir, Susannah, was bedeutet das, wenn zwei dasselbe träumen?

Mir spielte der Troll noch einen Streich, jedenfalls im Traum. Ich träumte nämlich, als ich Waldkönigin war, ich hätte mich für eine Stunde in meiner Blumenlaube zur Ruhe gelegt – wie ich es auch wirklich getan hatte – und meine indianischen Elfen umschwebten mich, fächelten mir und hüteten meinen Schlaf, aber verspielt, und schon ein bißchen nachlässig. Da habe sich, in einem unbewachten Augenblick, der Troll zu mir geschlichen und habe auch mir jenen Saft unter die Lider geträuft, so daß ich danach, als ich aufwachte, im Traum, einen Grauesel für einen hübschen Mann hielt und ihn ganz verzückt umschmeichelte. Es war so, wie du es kennen wirst: Ich war Titania, die luftige Königin, und schaute mir zu und sah mich mit dem Esel schäkern! Dieser Esel jedoch war – auch im Traum – nicht ein wirklicher Esel, sondern ein Londoner Bürger, aus einer durchreisenden Touristengruppe; die waren alle Handwerker, und dieser, der Esel, der Zettel hieß, war ein Weber; in der fleischigen Wildnis des Urwalds hatte ihm der Troll diese Tiergestalt gegeben. Und ich – ich flüsterte ihm schmelzende Liebesworte zu, süßes Langohr nannte ich ihn, meinen pelzigen Kraulfreund, und ich wollte ihm den Kopf mit Rosen schmücken. Ihm war jedoch nur an einigen Lebensmitteln gelegen. Bald sank sein Kopf auf meine Brust und er schlummerte ein... und begann im Schlaf zu sprechen; oder vielmehr: er deklamierte, als sei er ein Schauspieler in einem altertümlichen Stück, worin er den König Pyramus und zugleich noch einige weitere Rollen spielte. Demnach war also der Esel, der kein Esel war, sondern ein Londoner Weber namens Zettel, im Traum ein König, und dies alles geschah in *meinem* Traum, der selbst wieder von mir geträumt wurde. Du wirst sagen müssen, liebste Susannah, daß es eine komplizierte Träumerei war, ungefähr wie die übereinander gestaffelten Baumstockwerke, die selbst oft wieder den Boden für Wachstum bieten, oder die hohlen Riesenstämme, in denen sich junge Bäume ansiedeln, die Fächer der Düfte, Äste und Schlangen, das zeitliche Ineinander des Blühens und Früchtetragens in unserem Wald, das sich bis in mein Innerstes fortsetzte.

Nun war aber an dem Traum des Webers Zettel durchaus etwas Wahres, denn es war wirklich die Liebe zum Theater, die diese Reisenden verband, und sie hatten auch in England schon, in ihrer laienhaften Manier, hin und wieder ein Stück vorgestellt. Während ihrer Amazonasreise hatten sie nun den Plan gefaßt, in Manaos ein Stück aus ihrem Repertoire vorzuführen – vielleicht kamen sie drauf, als sie das Opernhaus sahen, diese prächtig überwucherte Ruine. Für das große Fest, von dem du bald lesen sollst, gab es auf diese Weise einen Höhepunkt, als ob er eigens dafür vorbereitet worden wäre. Du solltest, wenn du mal wieder von Stratford loskommst, die Truppe in London ansehen; sie spielen gelegentlich auf der Southside in einem Pub, The Globe and the Fortune, und ich kann dir einen Hauptspaß versprechen.

Es ergab sich, daß in der Nähe von Mrs. Ardens Haus in der Pension Attika ein weiteres Brautpaar abgestiegen war, das hier seine Hochzeit feiern wollte. Er hieß Theseus und behauptete, ein Herzog zu sein – Herzog Theseus, wie aus dem Schulbuch. Er gefiel mir gleich, ein stattlicher Mann, schwarzhaarig, mit Spitzbart, lebenslustig, immer sehr fein in weiße Seidenhosen und eine Purpurtoga gekleidet. Der Mann mußte schwerreich sein, oder sein Vater (man flüstert etwas von Schiffsreeder), außerdem war er ein Filou. Seine Braut, die Donna Hippolyta, stellte er in allen Bars und Tanzlokalen der Stadt als Königin von Amazonien vor, und die Leute schrien Hurra, sie spielten das Spiel mit, oder sie nahmen es ernst. Unglaubliche Dinge sind hier möglich: Der indianische Koch vor der Kathedrale ist ein Inkaprinz, mein Damenfriseur heißt Trotzki, und gestern bettelte mich ein alter Tramp um zehn Cruceiros an, der sagte, er sei der Enkel des Kaisers von San Franzisco. Jedenfalls wollte Herr Theseus seine Hochzeit mit einem großen Volksfest krönen, und er sagte burschikos, da könnten wir ja alles in einem Aufwasch erledigen. Auch wir konnten mit zwei Hochzeiten aufwarten.

Du wirst mir hoffentlich verzeihen, liebste Susannah, daß mein Bericht so unordentlich vor und zurückspringt. Jetzt will ich dir erzählen, wie inzwischen alle unsere Verwirrungen und fehlgeleiteten Neigungen wieder zurechtgerückt wurden. Sei es, daß Fürst Oberon, wie es im Traum ging, seinem Troll den Kopf wusch: Los, in den Wald, und die Verwechslung nochmal verwechselt! Oder war es, daß wir vernünftig wurden: Plötzlich, eines klaren und stillen Morgens, waren alle Liebesnöte wie weggeblasen: Es war, als wenn jemand vor unseren angstvoll aufgerissenen Augen ein wüstes Kriegsgetümmel mit einer nachlässigen Handbewegung weggewischt hätte. Wer weiß nach einem guten Ende, wie es zuging, ein neues Säftchen unter die Lider, oder das vorige – und schon war der treulose Lysander in den lieben Hermia-Mann zurückverwandelt, und auch Demetrius, indem er sich heftig die Augen rieb, wandte sich Helena zu, wie einer Geliebten, und als sei es nie anderes gewesen bei ihnen. Ein Einheimischer hätte sich vielleicht nicht gewundert. Hexerei ist anscheinend etwas Verbreitetes hier, nachts hörst du von den Hausboten Trommeln und Schreie. Mrs. Arden erzählte uns, erst kürzlich sei ein alter Indianer den Rio Negro heruntergekommen, der habe in den Bäumen spurlose Brände erzeugt, das Pflaster in der Stadt für ein paar Stunden durchsichtig gemacht, wie Glas, habe einen Negerjungen in einen Puma verwandelt und wieder zurück, und sei am nächsten Tag wieder verschwunden gewesen.

So feierten wir alle sechs, Theseus und Hippolyta, Demetrius und Helena, und Lysander und ich, unsere Hochzeiten in der Kathedrale von Manaos, wo Baumschößlinge durch den Fliesenboden brechen und an den Heiligenfiguren, ja selbst an dem großen Kruzifix über dem Hochaltar, Kolibris ihre Nester angebracht haben; sie flogen durch die zerbrochenen Fenster aus und ein, während wir unser *Si* sprachen. Ein kleiner, buckeliger Schwarzer spielte ganz mächtig auf einer elektronischen Orgel. Der Priester war mit seinem kleinen Flugzeug aus Santos gekommen – auf einem fliegenden Kreuz, wie manche hier glauben. Er hatte sich seinen Priesterumhang aus einer bunten Maultierdecke gemacht, und er nahm öfters mal einen Schluck aus dem Abendmahlkelch.

Theseus, der Krösus, hatte uns eine Überraschung bereitet und hatte Helenas und meine Eltern aus England herkommen lassen. Mein Vater war natürlich sehr beeindruckt, er redete den Theseus immerfort mit Durchlaucht an, und plötzlich hatte er gar nichts mehr gegen Lysander als Schwiegersohn, da der so vermögende Freunde hatte.

Nach der Zeremonie in der Kirche traten wir in feierlichem Zug auf den Platz hinaus: Da waren wir von einer Buntheit wie geblendet. Draußen war in zaubrischer Eile ein Jahrmarkt aufgestellt worden, Karussells, Schaukeln, Schießstände, Wahrsagerbuden, auch ein Tanzboden und ein Rumba-Orchester, und ein großes Zelt für das Festessen. Theseus hatte keine Kosten gescheut. Wir wurden vom wilden Tomtom der Trommeln, dem Knarren großer Karnevalsratschen und einem vielstimmigen Jubelgeschrei in Empfang genommen.

Das Fest ging zwei Nächte und zwei Tage. Am ersten Abend wurde der Tanzboden zur Bühne, und Mr. Zettel und seine Truppe spielten für uns die allerkläglichste Komödie von Pyramus und Thisbe. Mein Vater fand das Schauspiel dem sonstigen Niveau nicht angemessen, aber Theseus, und wir anderen, amüsierten uns sehr gut dabei. Diese Leute brachten ihre Deklamationen derart verdreht heraus, daß es schon wieder eine Kunst war. Der Prolog sagte gleich, daß uns das Stück hoffentlich mißfallen werde, und daß wir diesen Genuß sicher bereuen würden. Da sie keine Kulissen und andere Ausstattung zur Hand hatten, wurden auch die Gegenstände von Menschen gespielt. Einer hatte sich mit Mörtel beschmiert und spielte eine Wand, und spielte den Spalt in der Wand mit gespreizten Fingern, und einer, mit einer Funzel, stellte einen Busch im Mondschein dar. Es war ein rauchend-blutiges und tränen-trauriges Stück, worin, nach kurzem zärtlichem Vorspiel, ein brüllender Löwe erschien und furchtbar blutig war, worauf König Pyramus glaubte, dies sei das Blut von Thisbe, seiner Geliebten, und sich in seiner Verzweiflung sogleich sein Schwert einstach, wonach die nur aus einer Ohnmacht erwachende Thisbe, beim Anblick der geliebten Leiche, sich dasselbe antat. Die Schauspieler sagten dazu, wie sie wirklich hießen, also die Wand hieß Thoms Schnauz, und der Löwe Hans Schnock, damit sich die Damen nicht zu sehr erschreckten. Du siehst also, es war alles sehr schön und schön zum Lachen, und danach begann die Nacht mit Tanz, und Belustigung und Liebe, wobei sich, wie mir schien, auf dem Festplatz sehr viel mehr Pärchen zusammentaten, als die Kirche erlaubt hatte.

Später, beim Herumschlendern mit Lysander, der seinen Arm um mich gelegt hatte und mich zärtlich an sich drückte, entdeckte ich eine Bretterbude mit blättriger Aufschrift: Oberons Magisches Kabinett. Sie stand auf einer Seite des Platzes, die nahe am Fluß war, und von der letzten Überschwemmung noch sehr verschlammt, daher nicht extra beleuchtet. Als wir eintraten, sahen wir auf einer kleinen Bühne, vor einem Publikum von drei oder vier Krausköpfen, einen fantastisch mit bunten Federn aufgeputzten Mann, der gerade eine sehr zarte, blasse junge Frau auf seinen Armen trug. Die Frau hatte ein blaues Schleiergewand an, sie hatte die Augen geschlossen, mit hängenden Gliedern, wie leblos. Der Mann – das war ja wohl Oberon – trat mit ihr ein paar Schritte in den Hintergrund der Bühne, bückte sich ein wenig, blieb einige Minuten in dieser Stellung, und kehrte ohne seine Last zum Bühnenrand zurück. Undeutlich sahen wir die Frau im Hintergrund waagerecht in der Luft schweben. Oberon grinste ins Publikum. Er erzählte mit einem ziemlich unangenehm lüsternen Gesichtsausdruck allerlei Geschichten, die wir nicht verstanden; offenbar sprach er nicht das übliche brasilianische Portugiesisch, das wir leidlich gelernt haben, sondern einen besonderen Dialekt. Das Publikum kicherte. Die zarte, schimmernde Frau im Hintergrund begann zu stöhnen. Oberon schien dem Publikum nun etwas anzukündigen, und es trat Stille ein. Die Frau begann nun, während sie kleinere Schwingungen ausführte, wie in Trance zu reden, und zugleich sah man an der Rückwand ein Farbgeflimmer, wie ein sehr undeutliches Kino, verwaschene, fratzenhafte Gesichter, etwas wie ein Huschen, Hasten, Wischen, das spitze, zittrige Lachen der Frau, dumpfe Tierlaute, glühende Augen, ein heftiger Tumult von Umschlingungen, während die schwebende Frau sich aufbäumte, dann etwas wie ein aufflackerndes Feuer mit heftigem Funkensprühen und dann Dunkelheit. Das

Publikum murmelte und tuschelte, dann wurde es mit einem Schlag hell. Nun sahen wir die Frau zusammengebogen in einem Sessel sitzen, den Kopf in den Händen vergraben, während der gefiederte Oberon von der Bühne herabstieg und mit einer Blechbüchse im Publikum Geld sammelte.

Ziemlich verwirrt gingen wir hinaus und fragten einander, was wir davon verstanden hätten. Viel wars nicht, und wahrscheinlich war das Ganze eine erbärmliche Täuschung. Lysander meinte, dieses Mädchen habe mir ähnlich gesehen, was ich lieber nicht hören wollte. Während wir noch dort, im Halbdunkel standen, sahen wir die beiden durch ein Seitentürchen aus der Bude herauskommen. Statt der Kostüme trugen sie nun ziemlich lumpige Straßenkleidung; sie schienen recht fröhlich zu sein und verschwanden in enger Umschlingung in der Dunkelheit.

Am zweiten Morgen beendeten die Marktfrauen das Fest. Es war der Tag, an dem sie dort jede Woche ihre Waren feilbieten. Sie schwangen Stöcke und Besen, veranlaßten die Schausteller durch wilde Drohungen zum schleunigen Abbruch und kehrten schließlich den Platz mit wilder Energie von allem Unrat, Flitter, Spuk und Unfug frei – uns wars nur recht. Wir hatten nur noch den Wunsch, allein zu sein.

Drinnen höre ich das Bett knarren, gleich wird Lysander mich rufen. Die Sonne steht schon ziemlich hoch, wir werden die Vorhänge aufziehen, und dann werden wir uns darüber unterhalten, wie wir unsere Zukunft einrichten wollen. Es hat alles seine Zeit, die Träumerei, die Verrücktheit, das Liebesglück. Aber auch das feste Leben, das einem nicht unter der Hand zergeht, ist etwas, worauf man sich freuen kann. Wir kehren nach England zurück. Bis dahin küßt Dich, liebste Susannah

Deine erwachsene Hermia

DER KAUFMANN VON VENEDIG

In Venedig waren der Reichtum und der Genuß des Reichtums recht ungleich verteilt. Der Kaufmann Antonio zum Beispiel, der immer ein paar Schiffe gewinnbringend auf den Meeren herumfahren ließ, hatte stark unter Schwermut zu leiden und wußte nicht warum. Sein Freund Bassanio dagegen, der sein geringes Vermögen auf das angenehmste durchgebracht hatte, und auch danach kein Interesse an mühsamem Gelderwerb zeigte, war immer munter und guter Dinge. Wenn die beiden sich trafen, bemühte Bassanio sich stets, seinen melancholischen Freund aufzuheitern – aber das war nicht einfach. Der Mensch trank nicht, er lachte nicht über Witze, und für Weibergeschichten hatte er auch nicht viel übrig. Wenn gar nichts anderes mehr half, dann half nur noch eins: Das Geldverschenken. Das leuchtende Gesicht des Empfängers brachte etwas Wärme ins Leben, und so war beiden gedient.

Bassanio hatte diesen heilsamen Aderlaß schon öfters vorgenommen. Um ehrlich zu sein: Er hatte seit Jahren davon gelebt. So allmählich plagte ihn nun doch sein Gewissen, und er schwor, daß es das letztemal wäre, dieses Mal wirklich. Antonio war das wirklich ganz egal, aber Bassanio glaubte ihm nicht so ganz und sagte, die Knappheit würde nun bald ein Ende nehmen, denn er habe Aussicht auf eine gute Partie: Ein Fräulein, reich an Erbe, und sie ist schön, und schöner als dies Wort: Von hohen Tugenden – Ihr Nam ist Portia. – Daß er diese Portia nur ein einziges Mal gesehen hatte, und sie sich wohl kaum an ihn erinnerte, sagte Bassanio nicht. Für ihn ging es jetzt darum, sich als Freier standesgemäß auszustaffieren – das übrige würde sich finden. Wie immer war Antonio bereit, für die Kosten aufzukommen.

Allerdings gab es diesmal eine Schwierigkeit: Antonio konnte nicht, wie sonst, einfach seine Brieftasche ziehen.

Sein gesamtes Vermögen war in Handelsware investiert, und auf seinen Schiffen unterwegs. Um Geld zu verschenken, mußte er einen Kredit aufnehmen.

Für einen ordentlichen Anzug mit Tressen, Schlitzen und Schnüren, einen Zierdegen, eine Kutsche und Gespann, Sekretär, Mietlakaien, Geschenke, und was man sonst noch alles brauchte, um einer vornehmen Dame Eindruck zu machen, hatte Bassanio dreitausend Dukaten veranschlagt. Der einzige Geldverleiher, der für eine solche Summe in Betracht kam, war der Jude Shylock – ein unerfreulicher Zeitgenosse. Er lebte von Zinsgeschäften, und da einem Juden damals jede normale Arbeit verboten war, blieb ihm auch gar nichts anderes übrig.

Eigentlich hätte man erwartet, daß Bassanio – bei einer derart sicheren Bürgschaft – sein Geld ohne weiteres erhielt. Aber Shylock machte Schwierigkeiten. Erstmals verlangte er, daß Antonio selber käme. Aber als Antonio dann selbst bei ihm vorstellig wurde, blieb der Jude weiterhin widerspenstig, sagte nicht ja und nicht nein und erging sich vage in biblischen Gleichnissen. Schließlich kam es heraus, was ihn wurmte. Shylock, wir wünschen Gelder – so sprecht Ihr, der mir den Auswurf auf den Bart geleert und mich getreten, wie Ihr von der Schwelle den fremden Hund stoßt. Da hatten ihn diese christlichen Kaufleute jahrelang wie den letzten Dreck behandelt, und nun kam einer daher und forderte gerade das, weswegen er sonst verachtet wurde. – Hat ein Hund Geld? – Shylocks Augen funkelten und sein Bart sträubte sich: Ists möglich, daß ein Spitz dreitausend Dukaten leihen kann?

Lassen wirs gut sein, sagte er dann, nach einer Pause, in der Antonio und Bassanio ziemlich betreten zu Boden geblickt hatten; für diesmal will ich darüber hinwegsehen. Ich werde das Geld aufbringen – und keinen Heller Zins fordern.

Antonio sah ihn überrascht an: Keinen Heller Zins?

Keinen Heller, sagte Shylock, bis auf eine Kleinigkeit. Eine kleine Sicherheit muß ich schon verlangen – nur zum Spaß, der Fall wird ja nicht eintreten. Wenn nach drei Monaten die Schuld nicht gezahlt ist: laßt uns ein volles Pfund Fleisch zur Buße setzen, das ich schneiden dürfe aus welchem Teil von Eurem Leib ich will.

Ein Pfund Menschenfleisch! – War das nicht ein ungewöhnliches, ein unheimliches Verlangen, das man lieber gründlich bedenken sollte? Aber Antonio bedachte nur, daß ein einziges seiner Schiffe mit Ladung fünfzigmal dreitausend Taler wert war, und auch die wenigen Bedenken, die Bassanio äußerte, wischte er weg.

Fräulein Portia lebte auf einem stattlichen Anwesen in Belmont auf dem Festland; aber ähnlich wie die Kaufherren aus Venedig hatte sie unter der Melancholie des Reichtums zu leiden. Den ganzen Tag nur Toilette machen, die Schneiderin an sich herumsticheln lassen, im Park promenieren, ein wenig Backwerk naschen, Laute spielen und Bänder besticken: Auf mein Wort, Nerissa, klagte sie ihrer Kammerzofe, meine kleine

Person ist dieser großen Welt überdrüssig. Zu den Folgen des Reichtums gehörte auch ein Schwarm von Freiern, der sie bedrängte: Rechte Trottel und Knoten allesamt. Der neapolitanische Prinz – vor allem stolz, daß er Pferde beschlagen kann. Der Pfalzgraf: Nichts wie Stirnrunzeln. Der französische Herr, Monsieur Le Bon: Wenn eine Drossel singt, macht er gleich Luftsprünge. Faulconbridge, der junge Baron aus England: Versteht kein Lateinisch, Französisch oder Italienisch, und so ging es weiter – einer so unbrauchbar wie der andere. Was mach ich nur, jammerte Portia, gibt es denn keine liebenswerten Männer mehr auf der Welt? Herrin und Zofe, beide grübelten und grübelten, und nach längerem Grübeln fiel der Zofe etwas ein: Hatten sie nicht einmal einen hübschen, lustigen jungen Mann getroffen, der Bassanio hieß? – Richtig! Bassanio, rief Portia, den hätte ich fast vergessen.

Es war wie Gedankenübertragung. Bassanio hatte sich inzwischen mit dem geliehenen Geld standesgemäß herausgeputzt und mit Diener und kleinem Gefolge nach Belmont auf den Weg gemacht. Kurz nachdem dort von ihm die Rede gewesen war, pochte er schon ans Tor. Er muß wohl ziemlich geschniegelt und gebügelt ausgesehen haben – der Bediente, der ihn drinnen anmeldete, geriet fast außer sich vor Bewunderung: Ich sah niemals noch solch einen holden Liebesabgesandten, nie kam noch im April so süß … – Na na, unterbrach ihn Portia: Was für Ergüsse, und Nerissa erstickte fast vor Kichern; aber als

Bassanio dann eintrat, männlicher und sympathischer als in ihrer Erinnerung, schmolz Portia bald dahin.

Plötzlich waren Langeweile und Melancholie verflogen. Die nächsten Tage ging es auf Belmont munter zu: Ballspiele, Verstecken und Blindekuh wurden gespielt, Picknicks wurden auf dem Rasen vor dem Haus oder auf versteckten Lichtungen des weitläufigen Parks abgehalten, auf einer schnell zusammengenagelten Theaterbühne neckten sich Harlekin und Colombine, Lautenvirtuosen und Sänger überboten sich im musikalischen Wettstreit, und nach Sonnenuntergang tanzte man unter bunten Lampions und Fackeln bis tief in die Nacht. Und bei allem war Bassanio der Mittelpunkt.

Endlich hatte Portia einen Freier, den sie lieben konnte. Aber durch eine Testamentsverfügung ihres Vaters war sie daran gehindert, einfach ihren Wünschen zu folgen. Im Testament war bestimmt, daß ein Bewerber um seine Tochter eine Probe bestehen mußte; er mußte unter drei Kästchen, einem goldenen, einem silbernen und einem bleiernen, dasjenige herausfinden, das Portias Bild enthielt. Die meisten Freier hatte Portia inzwischen durch ihre Unfreundlichkeit und offenkundige Abneigung vertrieben. Übriggeblieben waren, außer Bassanio, nur noch ein Herr von Aragon und ein Prinz von Marokko. Diese beiden wurden jetzt allmählich ungehalten und forderten endlich eine Entscheidung. Als Portia sah, daß sie es nicht weiter aufschieben konnte, setzte sie die Probe für den nächsten Vormittag fest.

Der Prinz von Marokko kam als erster dran. Er war sehr von sich überzeugt, trat mit entschlossenem Schritt in den kleinen Raum neben dem Salon, und zog herrisch den Brokatvorhang weg, hinter dem die Kästchen standen. Jedes von ihnen hatte auf dem Deckel eine Inschrift. Auf dem goldenen Kästchen stand: Wer mich erwählt, gewinnt, was mancher Mann begehrt; auf dem silbernen stand: Wer mich erwählt, bekommt soviel als er verdient, und auf dem dritten, das aus Blei war, stand etwas Abschreckendes: Wer mich erwählt, der gibt und wagt sein Alles.

Wie es sich für einen Feudalherrn gehört, wählte der Prinz das Gold. Aber als er öffnete, lag drin ein Totenschädel mit einem Zettel in der Augenhöhle. Der Prinz las: Alles ist nicht Gold was gleißt, goldnes Grab hegt Würmer meist; er fluchte unbeherrscht und verabschiedete sich nicht einmal ordentlich, bevor er sich auf den Heimweg machte.

Der nächste Kandidat, der Herr von Aragon, war das personifizierte Mittelmaß. Wir brauchen uns mit ihm nicht lange aufzuhalten – er wählte das mittlere Kästchen und war auch aus dem Spiel.

Nun war Bassanio an der Reihe. Die Kästchen wurden wieder zugemacht und er hereingerufen. Er sah Portia liebevoll an, und ging dann nach nebenan. Wenn er nun falsch wählte! O laß dir Zeit, flüsterte Portia. Nicht so schnell, o Gott, nicht so schnell!

Aus Venedig gibt es inzwischen auch ein paar Neuigkeiten zu berichten. Der alte Shylock war schwer gedemütigt worden. Seine schöne Tochter Jessica, die ihm nach dem Geld auf der Welt das Liebste war, hatte sich in einen Christen namens Lorenzo verliebt. Und da sie von dem freudlosen Leben im Haus ihres Vaters, der ein rechter Geizkragen war, genug hatte, ließ sie sich von ihrem Freund entführen. Dabei hatte sie einen gehörigen Beutel voll Gold und Juwelen als unfreiwillige Brautgabe mitgenommen. Zu Schiff entkam das Pärchen auf das Festland.

Shylock war außer sich. Daß mein eigen Fleisch und Blut sich so empört, jammerte er; und die nichtsnutzigen venezianischen Eckensteher trieben auch noch ihren Spott mit seinem Jammer: Pfui, altes Fell: bei deinem Alter empört es sich?

Nicht lang danach traf Shylock seinen alten Freund Tubal, und der machte alles noch schlimmer. Tubal war eben aus Genua zurückgekehrt, und erzählte, wie Jessica dort die Preziosen zu Geld machte. Shylock raufte sich die Haare. Aber dann berichtete Tubal, nach den Worten andere Menschen haben auch Unglück, von den ungünstigen Gerüchten, die unter Händlern über Antonios Schiffe umgingen. Shylock horchte auf. Was für ein Unglück, was für ein Unglück? fragte er gierig dazwischen, aber Tubal, in seiner sprunghaften Weise, redete schon wieder von Jessica, und so, indem er mal von Shylocks verlorener Tochter, dann von Antonios verlorenen Schiffen redete, brachte er den alten Mann dermaßen in Aufregung, daß die Worte Jessica, Antonio, Scham, Schadenfreude und Haß sich in seinem Kopf zu einem einzigen schrillen, qualvollen Geräusch verbanden. Er bot ein Bild des Jammers. Gichtgebeugt und durch Lieblosigkeit verlottert, schlurfte er murmelnd durch die Gassen von Venedig. Auf Wucher leiht Jud Shylock, Jessy reitet Christenbock, schrien die Kinder hinter ihm her und ahmten seinen Gang, seine Gebärden, seine Redeweise nach, aber Shylock achtete nicht mehr darauf. Er hatte nur noch einen einzigen Gedanken: Rache! Rache!

In Belmont konnte Portia die Probe, der sich Bassanio unterwerfen mußte, wirklich nicht länger hinauszögern. Auch Bassanio wollte es hinter sich bringen, denn wie ich jetzt bin, leb ich auf der Folter. Portia hatte einen der Lautenvirtuosen holen lassen, er sollte während der Kästchenwahl singen und spielen, so, wenn er fehltritt, end er schwanengleich, hinsterbend in Musik; und daß die Vergleichung noch näher passe, sei mein Aug der Strom, sein wäßrig Totenbett. Portia machte eine richtige Oper aus der Veranstaltung, damit nur ja keiner etwas merkte. Schließlich hatte sie nicht umsonst dafür gesorgt, daß Bassanio als letzter dran kam: Sie wußte doch jetzt, welches das richtige Kästchen war. Es konnte gar nichts schiefgehen.

Bassanio stand mit todernstem Gesicht vor den Kästchen. Er streckte seine Hand zu dem goldenen aus, schaute Portia an. Portia verzog keine Miene. Bassanio zog seine Hand zurück, murmelte etwas von Midas und

harte Kost, und näherte sich dem Silberkästchen. Portia drehte ihr Gesicht ganz leicht nach links, und ganz leicht nach rechts, und Bassanio wandte sich ab. Er stand vor dem dritten Kästchen. Unschlüssig drehte er sich hin und her, blickte zu Boden, blickte zur Decke, ließ verzweifelte Blicke herumgehen. Als sein Blick Portia streifte, senkte sie ein wenig das Lid über dem linken Auge. Bassanio wandte sich wieder dem Kästchen zu und nahm eine mannhafte Haltung ein: Doch du, du magres Blei, das eher droht, als irgendwas verheißt, dein schlechtes Aussehen spricht beredt mich an, sagte Bassanio, was Nerissa und der übrigen Dienerschaft, die alles mit angehaltenem Atem verfolgten, äußerst heroisch erschien. Fast hätte Portia noch einen Fehler gemacht. Noch bevor das Kästchen ganz offen war, brach sie in Jubel aus: O Liebe, mäßige dich in deiner Seligkeit!, aber zum Glück war der Virtuose gerade bei einer besonders glänzenden Belcantopassage, und so merkte es niemand. Das Bleikästchen enthielt Portias Bildnis.

O Glück, o glücklicher Ausgang! Da man schon gerade beim Verloben war, verlobte sich jetzt auch Bassanios Diener Graziano mit der Zofe Nerissa, und ringsum gab es nur Küsse, Umarmungen, Liebestöne, Wohligkeit. Zur Abrundung verkündete Portia, daß somit das Haus mit allem Inventar, wozu auch die Dienerschaft gehörte, *und eben dies Ich selbst* Bassanios Besitz seien, und sie besiegelte alles mit einem Ring, den sie an seinen Finger steckte. Nerissa machte dasselbe mit ihrem Graziano – wie ja damals die Bedienten überhaupt so eine Art hatten, ihre Herrschaft ständig nachzuahmen. Eines allerdings sollten die jungen Herren sich hinter die Ohren schreiben: Daß sie die Ringe ja nicht verloren oder verschenkten; denn sonst hätten sie auch ihre Liebe verloren oder verschenkt.

In dieser Geschichte sind Jubel und Schrecken nie weit auseinander. Eine kleine Reisegesellschaft traf in Belmont ein, darunter auch Lorenzo mit seiner jungen Frau Jessica. Sie brachten eine Hiobsbotschaft aus Venedig. Es waren nicht mehr nur Gerüchte: Der schlimme Fall war eingetreten, Antonios Schiffe waren alle verschollen, sein Vermögen fort, das von Shylock geborgte Geld war fällig, und der Jude bestand mitleidlos auf seinem Geld. Und jetzt ging es auch schon nicht mehr um die Rückzahlung: Hätt er selbst Geld, den Juden zu bezahlen, der nähm es nicht. Die Frist war abgelaufen, und Shylock wollte nichts anderes als das verpfändete Stück von Antonios Fleisch.

Portia wollte es trotzdem nochmal versuchen. Sie schickte den Bassanio auf schnellstem Wege nach Venedig, damit er Shylock sechstausend statt der dreitausend anbot, und, wenn das nicht reichte, nochmal das Doppelte oder Dreifache – darauf sollte es nicht ankommen.

Aber Bassanio erreichte nichts in Venedig. Mit Geld war Shylock nicht zu kaufen: Ich will den Schein, ich will nicht Reden hören. Ich will kein Reden: Meinen Schein will ich. Ebensowenig beeindruckten ihn moralische Appelle. Da sollten sich die Herren Christen erstmal an der eigenen Nase packen: Ihr habt viel feiler Sklaven unter euch: Laßt sie doch frei, vermählt sie euren Erben! Laßt ihr Bett so weich wie Eures sein! Sie würden sich dann wohl damit herausreden, sagte Shylock, daß die Sklaven Geld gekostet hätten und ihr Eigentum seien.

Aber seht ihr – bei mir ist es ebenso. Auch ich hab Fleisch gekauft und wills jetzt haben! Vielleicht ein bißchen unüblich, diese Art von Handel, aber ein bißchen unüblich ist fast jeder: Manche können kein schmatzend Ferkel ausstehen, manche werden toll, wenn sie ne Katze sehen, andere, wenn die Sackpfeife durch die Nase singt, können vor Anreiz den Urin nicht bei sich halten. Und Shylock hatte sich eben auf ein Stück Christenbrust versteift.

Der Fall war so ungewöhnlich, daß er bis in die höchste Instanz ging; die Rechtmäßigkeit des Anspruchs mußte vom Dogen bestätigt werden. Im Prachtsaal des Dogenpalastes war die ganze Patrizierschaft versammelt, sie standen in Grüppchen um den Dogen und Antonio herum. Shylock stand etwas abseits, er wurde natürlich von allen geschnitten. Er hatte sich für den Anlaß festlich gekleidet, mit seinem festen, perlenbestickten Kaftan und Atlaskäppchen, wie zum Sabbat. Er fühlte sich seiner Sache sicher und hatte daher gleich seine silberne Fleischplatte mitgebracht, und ein Damaszener Schächtmesser, das er emsig wetzte.

Der Doge verstand nicht viel von der Justiz und hatte sich dem Problem nicht gewachsen gefühlt; er hatte daher um den Beistand eines berühmten Rechtsgelehrten namens Bellario, von der Universität Padua, gebeten. Aber Bellario hatte wieder mal einen Asthma-Anfall bekommen – eine Folge des häufigen Umgangs mit staubigen Folianten – und mußte absagen. Statt dessen erschien, mit Bellarios Empfehlung, ein junger Advokat namens Balthasar, mit seinem Schreiber. Alles drehte sich nach den beiden um, als sie kurz vor dem festgesetzten Termin in den Saal traten. Dem Dogen, der schon etwas nervös geworden war, fiel ein Stein vom Herzen. Ein hübscher Mensch, dieser Balthasar, dachte der Doge, ein sehr hübscher Mensch für einen Advokaten. Dieses Gesicht, dachte Bassanio, wo habe ich nur dieses Gesicht schon gesehen? Doch der Ersatzadvokat ließ ihnen keine Zeit zum Nachdenken, sondern trat augenblicklich in die Verhandlung ein.

Er schien mit dem Rechtsfall gut vertraut; er fragte erstmal, wer hier Shylock sei, und Shylock unterbrach sein Messerwetzen und meldete sich; dann fragte der Anwalt nach Antonio, und ob er den Schein anerkenne; und Antonio seufzte und sagte, doch, mit dem Schein habe es seine Richtigkeit. Dann wurde der Jude noch einmal zur Gnade aufgerufen – eine Formsache, denn inzwischen war es klar, daß Shylock darauf nicht einging. Noch einmal bot ihm Bassanio reichlich von Portias Geld an. Da Shylock weiterhin unbeugsam blieb, verstieg sich Bassanio zu dem Verlangen, dann müsse eben das Recht gebeugt werden – was der Advokat weit von sich wies, indem er der Versammlung die allgemeine Rechtsunsicherheit darstellte, die ein solcher Präzedenzfall nach sich zöge. Shylock war entzückt. O weiser Richter! rief er mit erhobenen Händen, Gerechter Richter! Und mit noch größerem Eifer wetzte er sein Messer.

In der umständlichsten Advokatenmanier ging das Verfahren weiter. Noch einmal wurden Shylocks Rechte bestätigt und Antonio aufgefordert, sein Hemd aufzuknöpfen. Der Advokat dachte auch an die erforderliche Fleischwaage und an einen Feldscher, der den Antonio danach verbinden sollte – was Shylock für unnötig hielt. Davon stand nichts im Schein. Viel zu heilen war dann sowieso nicht mehr, das wußte auch Antonio. Er hielt also eine Abschiedsrede, tröstete die Überlebenden, vor allem Bassanio, der als der eigentliche Urheber besonders trostbedürftig war. Und Shylock wetzte das Messer, und noch einmal sagte der Advokat, das Fleisch, jawohl, das Fleisch, und Shylock prüfte die Schneide mit dem Daumennagel, und der Advokat bestätigte, jawohl, das Fleisch, und Shylock legte den Wetzstein fort, in Ordnung, das Fleisch, und Shylock nahm die Fleischplatte und das Messer und trat auf Antonio zu. Da rief Balthasar Halt, Shylock! Einen Moment noch. Nicht so schnell!

Jetzt mal ganz ehrlich: Hat denn wirklich jemand geglaubt, daß der christliche Advokat Balthasar und die ganze erlauchte Versammlung eine so kannibalische Tat eines Juden zulassen würden? Augenblick! rief der hübsche junge Advokat, der vielen Anwesenden so außerordentlich bekannt vorkam: Eins ist noch zu merken. Der Schein hier gibt dir nicht ein Tröpfchen Blut! Shylock sollte sich also sein Pfand nehmen – aber: Wehe, du vergießt beim Schneiden auch nur einen Tropfen Blut! Dann nämlich, sagte der Advokat, trete ein anderer

Rechtsparagraph in Kraft, und es könnte das gesamte Vermögen vom Staat beschlagnahmt werden.

Shylock war wie vor den Kopf geschlagen. *Das* war also der Ausweg! Durch dieses Mausloch sollte der Rechtszwang entweichen! Der Sophismus war eines Talmudisten würdig. Tief stürzt man aus der Höhe des Triumphes: Da wurde einem der Stuhl weggezogen, und bald der ganze Boden dazu. Gerechter Richter, höhnte Graziano: Merke Jud! o weiser Richter! Kaum hatte Shylock auf sein Fleisch verzichtet und wollte wenigstens das Geld – wenn nicht das doppelte, oder mehrfache, wie zuvor angeboten, so wenigstens das einfache Kapital, sein Arbeitsmittel –, da wurde ihm auch das schon abgesprochen, und schließlich rückte der Advokat noch mit dem Paragraphen heraus, wonach einer, der einem Venezianer nach dem Leben getrachtet hatte, dem Bedrohten eine Hälfte seiner Güter und dem Staat die andere Hälfte überlassen müsse – und schlimmer: Er sei mit dem Tod zu bestrafen, es sei denn, er bitte den Dogen um Gnade. Es ging so schnell, daß man schon vom Zuschauen ganz taumelig war. Dem Shylock war schon alles gleich. Um sein Leben sollte er bitten? Wozu? Ihr nehmt mein Haus, wenn ihr die Stütze nehmt, worauf mein Haus beruht: Ihr nehmt mein Leben, wenn ihr die Mittel nehmt, wodurch ich lebe.

Immerhin bewies Antonio, nachdem er sich das Hemd wieder zugeknöpft hatte, seine christliche Großmut und verzichtete auf die ihm zustehende Vermögenshälfte –

allerdings mit einem Pferdefuß: Shylock sollte das Geld testamentarisch seiner entlaufenen Tochter Jessica vermachen. Außerdem müßte er sich zum Christen taufen lassen. Da stand er nun, Shylock, bleich und tief gebeugt

mitten unter feixenden Gesichtern. Ich bitt Euch, sagte er, erlaubt mir, weg von hier zu gehen. Ich bin nicht wohl, schickt mir die Akte nach und ich will zeichnen. – Der Mensch war vernichtet.

Als die Tür hinter ihm zufiel, klatschten die Herren in die Hände und jubelten dem Advokaten zu: Bravo!

Fabelhaft! Und einige überlegten schon, wie sie ihn für vorteilhafte Auslegungen gewisser Handelsverträge einspannen könnten. – Wer war er aber wirklich, der hübsche Balthasar? Hatte er nicht für einen Gelehrten ein viel zu glattes Gesicht? In der Hitze des Rechtsstreites hatte man wohl kein Auge dafür gehabt, sonst hätte doch wenigstens Bassanio es merken müssen: Dieser Balthasar war seine junge Frau Portia in Advokatenverkleidung – Bellario hatte sie für diesen Fall mit allen nötigen Kenntnissen versehen; der niedliche Schreiber war natürlich Portias Zofe Nerissa.

Die beiden gaben sich aber auch jetzt nicht zu erkennen, sondern ließen nun, nachdem der Prozeß das erwünschte Ende genommen hatte, ein Nachspielchen folgen: das hatten sie sich – halb lustig, halb im Ernst – bei der Abreise von Belmont zur Erprobung der Ehemänner vorgenommen. Zum Lohn für ihre Verdienste forderten der Advokat von Bassanio und der Schreiber vom Graziano jene Fingerringe, die ihnen die Frauen damals so nachdrücklich zu hüten empfohlen hatten. So ohne weiteres ließen Bassanio und Graziano sich nicht erweichen –: Es hängt an diesem Ring mehr als sein Wert – aber als der Advokat und der Schreiber nun die Beleidigten spielten, konnten sie sich nicht länger sträuben. Also gaben sie sie in Gottes Namen hin, die Ringe.

In einer Sommernacht kehrten sie alle nach Belmont zurück. Es war warm und dunkel, die Luft war gesättigt von Rosen- und Fliederduft. Zwischen den Büschen bewegten sich die Lichtpunkte der Leuchtkäfer, die Nachtigallen machten poetische Töne. In solcher Nacht schlüpft Thisbe furchtsam hin, in solcher Nacht stand Dido, eine Weid in ihrer Hand, und winkte ihrem Liebsten. Schon von ferne sah man das erleuchtete Landhaus auf der Anhöhe liegen. Die Reisenden trafen in Grüppchen ein. Portia und Nerissa kicherten, wenn sie an die Verlegenheit dachten, in die ihr Streich mit den Ringen die heimkehrenden Männer bringen würde, Lorenzo neckte seine Jessica, und Jessica neckte ihren Lorenzo, und alle freuten sich auf die Liebe. Ein halblautes Pferdegetrappel, Küsse und scherzhafte Drohungen, wehende Kerzen, vergossener Wein und ein letzter Glücksbote, der von Antonios wider alle Wahrscheinlichkeit geretteten Schiffen berichtete – dann raschelten die Kleider, Schuhe, Schmuck und Haarspangen klirrten und polterten zu Boden, und das Kichern verwandelte sich in andere Geräusche.

In Venedig jedoch, in seinem totenstillen Haus, stand Shylock am Rechenpult zwischen den Geldsäcken. Ein Öllämpchen warf seinen gelblichen Schein auf die Staatspapiere mit der verschnörkelten Beschriftung, die vor ihm lagen. Er schnitt sich mit dem Federmesser einen Federkiel zurecht. Er fröstelte.

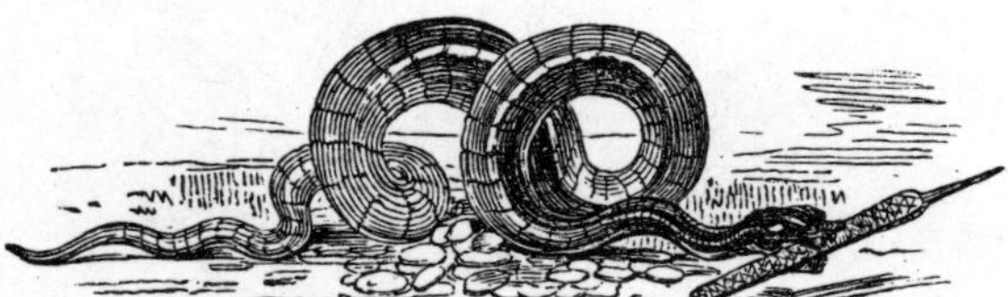

WIE ES EUCH GEFÄLLT

Ein junger Mann in einem groben Leinenkittel saß auf der Bank vor seiner Hütte und schaute mitleidig auf einen etwa gleichalterigen herab, der mit flehend erhobenen Händen vor ihm kniete:

Nein, Orlando, nein, sagte er. So gehts nicht. Mit diesen faden Dichteleien wirst du nie das Herz deiner Dame erobern!

Der Kniende ließ die Hände fallen und den Kopf sinken. Ach, Rosalind, sagte er mit matter Verzweiflung, fühlst du denn nicht, was ich fühle? Liest dus mir nicht aus den Augen?

Fühlst du, liest du – papperlapapp! Hören will ichs! rief der erste verärgert. Du sollst es in Worte kleiden! In Worte voll Fantasie, Feuer und Lustigkeit! – Versuchs noch einmal.

Der Getadelte seufzte tief auf und schüttelte langsam den Kopf. Aber dann straffte er sich wieder, ließ den Brustkorb schwellen und schmetterte in die helle Frühlingsluft hinaus:

Von dem Ost bis in den Inden, ist kein Juwel gleich
Rosalinden!
Ihr Wert, beflügelt von den Winden, trägt durch die
Welt hin Rosalinden!
Alle Schilderein erblinden bei dem Glanz von …

Schluß! – Aufhören! – Der strenge junge Schäfer hielt sich die Hände an die Ohren. – Was soll denn das sein – ein Liebesgedicht? Das glaubst du wohl selbst nicht. In den Inden – Rosalinden – ein Eimern ist das, Klimpern von leeren Milchkannen, Quietschen eines rostigen Pumpenschwengels!

Der Schauplatz dieser halb lachhaften, halb kummervollen Szene war eine Lichtung im Wald von Arden. Der junge Mann, der hier übungshalber mit Rosalind angesprochen wurde, hieß Ganymed und bewohnte, zusammen mit seiner Schwester Aliena und dem Hofnarren Probstein, ihre aus Stämmen, Zweigen und Moos hergestellte Schäferkate. Sie waren, wie andere in diesem Wald, Emigranten aus einem nahegelegenen Herzogtum, das von Friedrich, dem Bruder des rechtmäßigen Herzogs, gewaltsam usurpiert worden war. Auch der vertriebene Herzog war in den Wald geflohen.

Es galt aber damals, bei den Bessergestellten, als beliebter Zeitvertreib, einfach wie ein Schäfer in der Natur zu leben; das grüne Exil fiel ihnen so nicht allzu schwer. Schau mal, echte Löwenmäulchen! hatte Aliena gerufen, als sie zuerst den Wald erreichten, und auf einen Fingerhut gezeigt, und Hörst du, eine Nachtigall, hatte Orlando gerufen, als eine Amsel sang. Sie fanden alles reizend. Auch hatten sie genügend Geld bei sich, zum Erwerb der Schäferhütte; nach Schafen wurde nicht gefragt.

Den Orlando hatte Ganymed kennengelernt, als der wie ein Berauschter im Wald umhertaumelte. Was eigentlich mit ihm los war, kam erst langsam heraus. Orlando hatte sich, noch zu Hause in der Residenz, in Rosalind, die Tochter des alten Herzogs, verliebt. Dann hatte die Politik sie auseinandergetrieben, er hatte sie aus den Augen verloren und war darüber in Liebesraserei verfallen. In einem Drang, die Welt an seinem Gefühl zu beteiligen, hatte er den Wald mit Liebeskundgebungen bedeckt: Zettel mit Liebesschwüren und gereimten Liebesseufzern waren mit Harz an die Stämme geklebt, in Felsritzen gesteckt, auf die Äste von Büschen gespießt. Ganymed hatte sich vorgenommen, diese ungesunde Innenhitze abzukühlen. Jeden Tag sollte Orlando ihn besuchen und ihn umwerben, als sei er Rosalind. Aber Poesie *mit* Publikum ist mühsamer als ohne, Orlandos Feurigkeit war schon leicht abgekühlt. Ach Ganymed, sagte er: Ich glaub, ich lern das nie. Laß mich heimgehen.

Aber Ganymed hielt seine Hand fest und ließ ihn nicht fort. Sehr ausdauernd bist du nicht, für einen Mann: Ich hoffe doch, du bist einer! – Orlando wollte schon aufbrausen, doch Ganymed legte ihm einen schlanken zärtlichen Finger auf den Mund: Pscht – nicht doch, Herr Gänserich! – Komm, setz dich neben mich, sicher tun dir die Knie weh. Willst du mir nicht endlich erzählen, wie du zu deiner unmäßigen Liebschaft gekommen bist?

Orlando setzte sich dicht neben ihn; auf dem Bänkchen war nur Platz für zwei schmale Sitzflächen. Die Sonne schien und wärmte die Knie. Ein paar Zitronenfalter führten Ballett auf, erste Bienen summten um die Leberblümchen am Waldrand.

Ich weiß nicht, begann Orlando vorsichtig, ob dir die Geschichte gefallen wird. Als es mit dieser Liebe anfing, war mein Leben auf dem tiefsten Stand.

Ganymed kicherte: Sehr schmeichelhaft: Durch Liebe kam ich auf den Hund. Wir haben hier einen Meister des Kompliments!

Du verstehst mich falsch! – Orlando war verwirrt: Ich

muß es genauer erklären. Ich war – vielmehr: Ich bin, noch immer, der Sohn eines bekannten Edelmanns, ich hätte das beste Leben haben können.

Der Schluß ist logisch. Wie heißt denn der berühmte Vater?

Sir Roland de Bois, sagte Orlando stolz.

De Bois? – Wir kennen den nicht, hier im Wald.

Naja, im Wald – Orlando winkte ab. Was wißt Ihr von der Welt! – Bei uns kannte ihn jeder. Aber er ist früh gestorben. Nach seinem Tod kam ich in die Obhut meines Bruders Oliver – wenn das eine Obhut war. Er haßt mich wie nichts auf der Welt!

Haßt dich – wie nichts: Warum haßt er dich denn?

Ich weiß es nicht. Ich habe ihm nie einen Grund gegeben.

Er weiß es nicht – das Unschuldslamm! Was tat er denn mit dir, in seinem Haß?

Er behandelte mich schlimmer als ein Tier. Sogar seine Pferde hatten es besser. Ich mußte mit den Knechten essen. Erziehung bekam ich keine.

Das erklärt einiges. Kannst du Mädchen von Jungen unterscheiden?

Ich glaube schon. So was lernt man auch im Stall.

– Nicht daß du aus Versehen vor einem Mann niederkniest! – und was geschah mit dir weiter?

Orlando schaute seinen Nachbarn von der Seite an: Das Kinn, die Wangen, gegen das Licht – flaumig weich. Wimpern wie Schirmchen. Die Wärme des anderen Körpers: In seinem Kopf flimmerten Gedanken, die er nicht verstand. Ein Kuckuck rief Kuckuck.

Ich sagte ihr, wenn Charles mich zu Boden würfe, so käme nur Schmach über jemand, der nie in Ehren war!

Was schwatzt du da, sagte Ganymed. Träumst du?

Wie dein Haar riecht, sagte Orlando leise. Für einen Moment kam es mir vor, als kenne ich den Geruch.

Den Duft, meinst du wohl. – Wer ist denn Charles?

Er war Ringer am Hof des Herzogs, sie nannten ihn: Charles Knochenknacker. Ich hatte Oliver gebeten, mir wenigstens etwas Geld von meinem Erbteil zu geben, damit ich fortreisen könnte. Aber nichts zu machen, er gab mir keinen Penny. Da war mir alles gleich, und ich forderte Charles zum Ringkampf heraus. Ich dachte: Entweder werde ich tot sein oder berühmt.

Was für ein Kindskopf, sagte Ganymed. Beides ist unerfreulich. Was hatte denn das mit Rosalind zu tun?

Sie war auch zu dem Ringkampf gekommen, mit ihrer Cousine Celia, der Tochter des neuen Herzogs Ferdinand, der keiner ist. – Irgendwie flößte sie Kraft ein!

Das ist das erste, was ich höre, daß das Rippenentzweibrechen ein Damenvergnügen ist!

Es war ein Vergnügen für Ferdinand, sagte Orlando. Also meinte er wohl, es müßte auch für seine Tochter ein Vergnügen sein. Und Celia wieder – sie ging nirgendwohin ohne ihre Base Rosalind. – Natürlich mißfiel das dem Herrn Ferdinand – mißtrauisch und mißgünstig, wie er war und ist.

Aliena, die drin in der Hütte wirtschaftete, schien dem Gespräch zu folgen, denn man hörte sie rufen: Macht ihn nicht gar so schlecht!

Warum nicht? Wir alle haben durch ihn zu leiden! – Orlando war irritiert; einen Augenblick horchte er, ob noch was kam.

Sonderbar, erzählte er dann weiter: Rosalind und Celia wollten mich vom Ringkampf abhalten – gerade dadurch spornten sie mich an. Drei kräftige Männer hatte Charles an diesem Tag schon geknackt – und trotzdem: Ich wußte kaum wie es zuging – plötzlich lag er unter mir, und mein Knie auf seiner Brust. – Der Ausgang verblüffte Ferdinand, er winkte mich zu sich und wollte genau wissen, wer ich war. Aber als er den Namen meines Vaters hörte, wurde er finster wie zuvor. Mein Vater hatte bis zu seinem Tod zu unserem alten Herzog gehalten. Ferdinand stand auf und ging fort. Die Freunde seines Bruders waren seine Feinde.

Und Rosalind?

Ach, Rosalind, sagte Orlando. Er knöpfte sein Hemd auf: Diese Kette hat sie mir geschenkt! Dabei sagte sie, ich hätte mehr noch besiegt als meine Feinde. War das ein Liebesgeständnis oder keins?

Ganymed betrachtete Orlandos Brust und die Kette, die drauflag – ein einfaches gläsernes Schmuckstück: Wenn es eins war, dann war es billig! – Er bewegte die Perlenkette und strich dabei sanft über die Haut. – Orlando schob die Hand weg. Nicht nicht! Plötzlich war er in Tränen: Am nächsten Tag hieß es, sie seien beide verschwunden, Rosalind und Celia – junge Mädchen, ganz ohne Schutz! Was kann da passieren! – Schönheit lockt Diebe schneller noch als Gold!

Ganymed lächelte: Schönheit lockt Diebe... ich sage ja: Du lernst es noch. – Aber, sie werden das wohl bedacht haben, die Mädchen. Oder sind sie dumm?

Dumm! Rosalind! Sie ist klüger als ich!

Ich fürchte, da hast du recht, murmelte Ganymed. – Und wie bist du hierher gekommen?

Ich muß bald fort, ich habe heut Essensdienst, sagte Orlando, mit einem Blick auf die Sonne. – Ach, es war beschämend, aber ich mußte doch Adam retten!

Ganymed schüttelte den Kopf. Dieser Kopfsalat – da sollte einer draus schlau werden: *Was* war beschämend? *Welchen* Adam zu retten?

Die Geschichte ist wohl zu lang, sagte Orlando. Ich hatte also Charles besiegt – das brachte Oliver in Wut: Er wollte mich ja los sein! Er scheute kein Mittel, wollte meine Wohnung anzünden, während ich schlief, aber Adam warnte mich. Also nichts wie weg – aber wie, so ohne Geld? Da bot mir Adam sein Erspartes an – Adam, mein alter Diener, sein Erspartes für die Greisenzeit!

Wir kamen zum Wald, halb verhungert, Adam halbtot. Ich suchte im Halbkreis nach etwas Eßbarem, tiefer im Wald sah ich einen gedeckten Tisch. Ich zog den Degen: Her mit dem Essen, oder... – dabei waren sie dann sehr freundlich, es wäre gar nicht nötig gewesen!

Ich holte Adam huckepack dazu, dann lehnte ich ihn an einen Stumpf. Ich steckte abwechselnd ihm und mir einen Bissen in den Mund – seitdem wohnen wir dort. Im Lager des Herzogs.

Aber nun muß ich wirklich gehen. Es gibt Hirschkeule und Pilze. Herr Jaques wird wieder nörgeln.

Dann geh, mit deinen Rätseln, Herr Wirrkopf. Wer mag Herr Jaques sein? – Und um zwei bist du wieder hier! rief Ganymed ihm nach: Dann will Rosalind eine flammende Liebeserklärung hören!

Orlando machte sich auf den Weg. Muß er mich wieder dran erinnern, murmelte er. Ach, diese Dichterei! Genügt es nicht, es auf normale Art zu sagen?

Im Wald von Arden gingen noch andere Leute in Liebesnöten, zum Beispiel der Narr Probstein, der gerne mit seinem Käthchen einig geworden wäre. Er hatte mit der Courmacherei eine andere Last als Orlando; er brummte vor sich hin:

Wenn eines Menschen Verse nicht verstanden werden, das schlägt einen Menschen mehr nieder als eine große Rechnung auf einem kleinen Zimmer – kein guter Vergleich. Vor ihm stand Käthchen, breitbeinig, mit gesenktem Kopf, und spielte mit ihren Zöpfen.

Wahrhaftig, sagte Probstein verdrießlich: Ich wollte, die Götter hätten dich poetisch gemacht!

Sie fragte ihn, was das sei: poetisch. – Was kann man darauf geben? Besteht es mit der Wahrheit?

Du liebe Güte! – Probstein schlug sich die Hand an die Stirn. Was für eine Trine – sie wußte rein gar nichts! – Was hat denn die Poesie mit der Wahrheit zu schaffen! – Aber lieben tat er sie trotzdem, fürs erste.

An diesem Nachmittag wartete Ganymed vergeblich

auf Orlando. Aliena und er hatten etwas Schafskäse mit Feldsalat gegessen (es gab immer freundliche Schäfer); nun saßen sie auf der Türschwelle, schauten auf die Sonnenuhr vor der Hütte, die aus einem alten Mühlstein und einem Fichtenstämmchen gemacht worden war: Halb zwei – drei Uhr – halb vier: Und kein Orlando zu sehen.

Endlich hörten sie Knacken und Schritte. Aus dem Wald trat ein Mann in städtischer Kleidung, schwarzbärtig und bleich. In der Hand hielt er ein blutiges Tuch – ein erschreckender Auftritt:

Erfahrt Ihr erst, was für ein Mensch ich bin und wie dies Tuch befleckt ward, sagte er, in einer künstlichen Manier.

Es war Oliver, Orlandos Bruder. Er brachte eine Hiobsbotschaft, jedoch in zerknirschtem Ton.

Orlando, so ergab es sich, hatte Oliver, als er heimging, unter einem Baum schlafend gefunden – ziemlich unerwartet in diesem Wald, wohl kaum in guter Absicht. Doch zugleich bemerkte er, daß sein Bruder von großer Gefahr umgeben war: Eine grün und goldne Schlange lag dem Schlafenden um den Hals und wollte ihn wohl erwürgen. Es fiel Orlando ziemlich leicht, die Schlange zu vertreiben, da sah er vor sich schon eine neue Gefahr: eine mordlustig aussehende Löwin. Orlando zog seinen Degen, kämpfte und tötete das Tier – diesmal mit knapper Not. Als der schlafende Oliver schließlich von dem Fauchen und Keuchen, Springen und Brüllen, dem Knakken der Äste und dem erschreckten Lärm der Waldvögel geweckt wurde, sah er seinen Bruder stehen – blutend, mit zerfetzter Kleidung, den Fuß auf der toten Bestie. – Sogleich war ihm klar, was Orlando für ihn getan hatte – und sogleich war er von seiner Bosheit kuriert. Er sprang auf, umarmte den Bruder und bat ihn um Verzeihung für alles frühere. Dann führte Oliver den Verletzten ins Lager des Herzogs, wo Orlando, nach der Aufregung und Anstrengung des Kampfes und der unglaublichen Versöhnung, bewußtlos niedersank. Das blutige Tuch war sein erster Verband.

Als Oliver so erzählte und zu diesem Schluß kam, stieß Aliena plötzlich einen Schreckensruf aus, und Oliver mußte vorspringen, um Ganymed aufzufangen, der bei der Beschreibung der Ohnmacht selbst das Bewußtsein verlor. So viel Waldleben, dachte Oliver, und doch so zart besaitet!

Er kam aber schnell wieder zu sich, der junge Schäfer, und es war ihm sehr unangenehm, was ihm da passiert war: Er sprang auf die Beine, rot im Gesicht: Spiel ich nicht gut das Mädchen? Er schlenkerte die Beine, kicherte, und benahm sich recht albern: Ich bitte euch, sagt eurem Bruder, wie gut ich mich verstellt hab! – Oliver betrachtete ihn aufmerksam. Wenn das Verstellung war, dachte er, will ich Olga heißen. Er zwinkerte:

Ich sage Orlando, daß Rosalind ihn entschuldigt!

Jaja, tut das, sagte Ganymed. So geht ja unser Spiel. – Und noch einmal: Ich bitte euch, rühmt meine Verstellung!

Oliver versprach es. Er lächelte leicht, vor allem zu Aliena hin, und ging. Aliena schaute ihm lange nach.

Als Ganymed am anderen Tag dem Verletzten einen Krankenbesuch machen wollte, kam Orlando ihm schon im Wald entgegen – blaß noch, mit dick verbundenem Arm: Orlando! Du müßtest dich schonen! rief Ganymed, und war doch erfreut. Er hakte sich ein – in den gesunden Arm: Hat dir dein Bruder erzählt, fragte er, wie ich mich stellte, als fiel ich in Ohnmacht, als er mir das blutige Tuch zeigte?

Ja, sagte Orlando. Und noch größere Wunder als das.

Ganymed zitterte ein wenig: Was meinst du denn?

Von Oliver und Aliena! – Hast du nichts bemerkt? Er kam und sah und siegte!

Ach so, das. – Ganymed war erleichtert: Ich hab so was gemerkt. Sie wunderten sich eine Weile über diese blitzschnelle Liebe. Schon am nächsten Tag sollte geheiratet werden, auch der Herzog war eingeladen. Der Wald war voller Plötzlichkeiten.

Orlando war niedergeschlagen. Er gönnte ja dem Bruder sein Glück – desto mehr, sagte er, werde *ich* auf dem Gipfel der Schwermut sein.

Gipfel der Schwermut, sagte Ganymed. Ich hoffe, du übertreibst es nicht mit Poesie. – Im übrigen will ich dir morgen gern wieder als Rosalind dienen!

Orlando ließ sich nicht trösten: Ich kann nicht länger von Gedanken leben.

Brauchst du nicht. Ich verstelle mich so, daß du keinen Unterschied merkst.

Aber wenn du es nun mal nicht *bist!*

Dummer, sagte Ganymed: Ich heiße so, ich rede so, ich sehe so aus – genügt dir das nicht? – Übrigens mußt du auf jeden Fall hin, der Herzog befiehlt es. Es wird ein großes Fest – außer Olivers Hochzeit gibt es noch andere Hochzeiten: Probstein nimmt sich sein Käthchen, Silvius, der Schäfer, kriegt seine widerborstige Phöbe – und noch ein Pärchen wird zusammenkommen: Das wird eine Überraschung.

Orlando hob den Kopf: Dieser kleine Ganymed – ein richtiger Kuppler! War dabei selbst so hübsch und fein – die Weiber mußten sich um ihn reißen! Hatte er selbst was vor? – Ach, was ging es ihn an. – Er versank wieder in seine gewöhnliche Trübsal und es wurde wieder ein recht langweiliger Vormittag.

Ganymed – das sei hier nachgetragen – hatte den Herzog am Abend zuvor aufgesucht, hatte ihm die verschiedenen Liebschaften im Walde, die zu besiegeln waren, geschildert und ihn bewogen, zur allgemeinen Festlichkeit einzuladen. Dabei versprach er ihm, bei der Gelegenheit werde der Fürst auch Rosalind wiedersehen, seine lange vermißte Tochter – allerdings unter einer Bedingung: Daß der Herzog ihr erlaubte, den Orlando zu heiraten. Rosalind... mir nichts, dir nichts... sollte auftauchen... und Orlando: Der Herzog war nicht wenig verblüfft und befremdet. Aber gut – er versprach es.

Am nächsten Tag versammelten sich alle Wäldler im Lager des Herzogs. Das war ein großer runder Platz, der von den Zweigen riesiger Bäume überdacht war. Eine Seite war von einer Felswand begrenzt, darin eine Höhle, wo man bei starkem Regen Unterschlupf fand. Auf dem Platz gab es Tische und Sitzgelegenheiten aus Stämmen und Baumstümpfen; der Boden war moosig, die Luft voll Vogelgesang. Es war für drei Viertel des Jahres ein wohnliches Exil. Und für den Winter hatte sich der Herzog eine Trostphilosophie zurechtgelegt: Natur muß bitter schmecken, damit man das Leben spürt.

Zum Festtag waren zwischen den Bäumen Girlanden aus Clematis, Geißblatt, wilden Anemonen aufgehängt worden. Orlandos Diener Adam hatte aus wilder Gerste und bitteren Kräutern ein treffliches Waldbier gebraut. Auf den Tischen standen Körbe mit Beeren, Pilzen, Wurzeln und Kräutern und, appetitlich auf großen Blättern angerichtet, viele Sorten kaltes Wildfleisch. – Herr Jaques, der Vegetarier unter den Wäldlern, unterließ es für diesmal, seinen Unmut zu äußern. Er musizierte ein wenig auf einer Rohrflöte, und Herr Amiens, ein anderer Hofmann des Herzogs, begleitete ihn auf einem Zupfinstrument. Der Herzog begrüßte die von allen Seiten herbeiwandernden Gäste in seinem geflickten, aber sauberen rotgoldenen Staatsfrack:

Willkommen, Damen und Herren! Wie gefällt euch der Festplatz? Alles sehr nett arrangiert, das muß ich sagen! – Er rieb sich ein wenig die Hände: Viel Mühe, viel arkadischer Geschmack – vor allem Herrn Ganymed zu danken, dem allgemeinen Ehestifter. – Wo ist er übrigens? Er hat mir da gestern – ein paar Ankündigungen gemacht – recht großtönend – vielleicht ein wenig hochgegriffen!

In diesem Augenblick erschien am Waldrand ein Mädchen – oder sagen wir: Ein Mensch in Frauenkleidern. Der Herzog rieb sich die Augen: Rosalind? – Nein, rief Orlando zu gleicher Zeit: Nein, so weit darfst du das Spiel nicht treiben, Ganymed! – Aber sie ist es! rief der Herzog, es ist Rosalind! – und nun gab es kein Halten mehr, nun lief das Mädchen auf Orlando zu, warf sich in seine Arme, küßte ihn und ließ ihn fühlen, daß sie es wirklich war, Rosalind. Man hätte sagen können, daß Orlando aus allen Wolken fiel, wenn nicht das Gegenteil richtig gewesen wäre: Er schwebte, inmitten einer Wolke von Glücklichen, und es gab kaum einen, der nicht Grund zu einem wilden und ausgelassenen Fest gehabt hätte.

An diesem Hochzeitstag geschahen noch viele Wunder. Wir erwähnen nur eines. Herzog Friedrich, der verräterische Bruder, war mit einem großen Heer zum Wald hin aufgebrochen, um dort der heimlichen Hofhaltung und dem fortwährenden Zuzug immer neuer Freunde des alten Herzogs gewaltsam ein Ende zu machen. Als er aber im Wald ankam, trat ihm ein Einsiedler in den Weg, der alles wußte, da er viel Zeit zum Denken hatte, und den Usurpator schnell von seinem Racheplan abbrachte, ihm überhaupt die ganze Unrechtmäßigkeit seiner Herrschaft vor Augen führte, und dadurch eine plötzliche Wandlung bewirkte. Sogleich dankte Friedrich ab, und sogleich war der alte Herzog wieder eingesetzt, und Rosalind als Erbin die reiche Braut und Gattin, und Ende gut alles gut und vierfacher Hochzeitsmarsch und ein entsprechendes Essen, Trinken und Tanzen, wobei nur das eine traurig war: Der Abschied vom grünen Herzogtum des Waldes:

Adieu, sorglose Tage, Adieu Milde und Nachsicht, Adieu Ganymed und Aliena, Adieu Schäferleben – alles war einfach, solange sie verkleidet waren, doch nun: Adieu.

DER WIDERSPENSTIGEN ZÄHMUNG

Später am Abend war die Runde im *Pedrocchi* in Fahrt gekommen. Angefangen hatte es mit dem neusten Tratsch und gewöhnlichen Witzen, dann waren sie zu

Weibergeschichten übergegangen. Da hatte jeder etwas beizutragen, und es gab viel Prusten und Kichern, aber am Schluß wollten sie den Mann aus Verona hören, der immer den Vogel abschoß:

He, Petrucchio! rief Lucentio, und Tranio stimmte ein, und Mario und Claudio und alle riefen: Komm, Petrucchio, erzähle nochmal deine Geschichte mit Kathrin, damit wir was zu lachen haben!

Petrucchio, ein knochiger Mensch mit starkem Adamsapfel und welligem braunem Haar, zierte sich ein bißchen: Das habe ich euch doch schon so oft erzählt! Wollt ihr nicht lieber von meinem Gondelstündchen mit Beatrice in Venedig hören? Oder von der bärtigen Frau in Tarascon, oder von der dicken Spanierin, die ich im Beichtstuhl liebte?

Nein nein! riefen sie alle im Chor: Wir wollen die mit Kathrin!

Meinetwegen, sagte Petrucchio – wenn ihr darauf besteht... Er wölbte die Brust ein wenig und ließ seine Augen im Halbkreis wandern: Und ihr habt recht – es war mein Meisterstück. Aber den Anfang, sagte er dann, mache ich kurz. Es genügt, wenn ich sage, daß ein gewisser Baptista, ein wohlhabender Kaufmann aus Padua, zwei Töchter hatte; von denen war die eine, Bianca, hübsch und gefällig, die andere jedoch, wenn auch nicht direkt häßlich, so doch von einem scharfen Benehmen, das jeden Freier abstieß. Also mußte Baptista befürchten, daß er auf seiner älteren Tochter sitzen blieb, und er ließ daher bekanntmachen, es müsse zuerst die Käthe unter die Haube, dann sei Bianca zu haben.

Diese Bianca, fuhr Petrucchio fort, nachdem er ein paar hastige Schlucke Wein genommen hatte, mit ihrem brandroten Haar und den strammen Busen und Waden, machte vielen Männern den Mund wässerig, und es gab allerlei Überlegungen, wie man sie trotz der Hindernisse erobern könnte.

Unser schöner Lucentio hier hatte den Einfall, sich als Hofmeister bei ihr einzuführen, während Tranio den Brautvater mit dem finanziellen Teil der Heirat beschäftigen sollte. Gremio hingegen, mit all seinem Geld, befaßte sich erst gar nicht mit dem Mädchen, sondern gleich mit dem Vater, in der Erwägung, daß man das Gekeife einer alten Jungfer am leichtesten mit Dukatenklang übertönt. Hortensio schließlich, mein alter Freund, als ein Tenor mit weicher Saitenhand, wollte sich als Musiklehrer in Biancas Gunst einschmeicheln – und da ich zu der Zeit gerade ein Geschäft in Padua hatte, wollte ich ihm gerne dabei behilflich sein.

Petrucchio glättete mit beiden Händen sein Haar, mit gebogenen, wellenspielenden Fingern: Mein Geschäft, sagte er, hatte auch etwas mit Heirat zu tun. Aber nicht so, daß ich dafür zahlen wollte: Die hübschen Frätzchen, dachte ich bei mir, die dir hinter dem Rücken Nasen drehen, die süßen Beinchen, die dir auf dem Kopf herumtanzen – du kannst das entbehren. In der Nacht siehst du das alles nicht; da fühlst du nur – und du fühlst etwas anderes!

Petrucchio ließ ein dünnes Grinsen sehen und genoß den Beifall. Jawohl! grölte die Runde: In der Nacht, da fühlst du was ganz anderes!

So ist es, sagte Petrucchio, nur sind die meisten zu dumm, um einen Schluß daraus zu ziehen. – Darauf trat eine unbehagliche Stille ein.

Petrucchio tat einen ergiebigen Zug aus dem Becher, wobei ihm der Adamsapfel behilflich war: So fragte ich in Padua herum, sagte er, ob da nicht eine wäre, reich genug, um mein Weib zu sein. Das übrige sei mir gleich. Sei sie so häßlich als Florentius' Schätzchen, als wie Sybille, sei zänkisch und erbost...!

Es war kurios. Sie hörten sich an wie Pfiffe, eure Seufzer der Erleichterung: Was willst du? – Wenns weiters nichts ist – Oh, wir kennen schon eine, die kriegst du gleich. Und Geld habe sie auch, Baptistas Tochter Kathrin.

Von dir, Hortensio, erfuhr ich es zuerst – du sahst schon deine Aktien steigen! Immerhin – das rechne ich dir hoch an: Du hast mir nichts verschwiegen. Du hast sie mir so abschreckend geschildert, daß einem anderen die Lust vergangen wäre. Aber ich blieb dabei: Egal, ich nehme sie, wenn nur das Geld stimmt.

Jeder konnte sehen, was du dachtest: Ein Irrer – ihr alle! – Petrucchio wischte einen schwachen Protest mit der Hand fort – doch, ihr alle habt es gedacht; aber es war euch recht, den Freiern der Bianca, es paßte euch, und es paßte auch Baptista. Es paßte Baptista so gut, sich diesen Klotz vom Hals zu schaffen, daß er nicht mal, wie sonst bei Kaufleuten üblich, die nötigen Erkundigungen über mich einzog, und auch nicht auf der gebräuchlichen Verlobungszeit bestand. Ich sprach schon gleich von dringenden Geschäften, und daß ich mich mit gravitätischem Brimborium nicht aufzuhalten wünsche: Am liebsten sofort Verlobung, und die Heirat schon bald darauf. Soll mir recht sein, erklärte Baptista – damit ich mich bloß nicht anders besänne –, und schon waren Petrucchio und Käthe einander versprochen, die Hochzeit bestellt, die Gäste eingeladen, und schon war ich wieder auf dem Weg, nach Venedig, wie ich vorgab, um das Brautkleid zu kaufen – und Ring und Ding und bunte Schau, nun küß mich, Sonntag bist du meine Frau!

Petrucchio schwieg. Er nahm seinen Becher und stellte ihn wieder ab. Er räusperte sich mit Betonung und hielt sich den Becher unter das Auge. Curzio bestellte einen frischen Krug Wein; er war ein Goldschmied aus Mantua und ein Neuling in dieser Runde.

Aber nun sage mir, Petrucchio, fragte Curzio, nachdem man sich allseits gestärkt und sich die Lippen gewischt hatte: Diese Kathrin – war sie wirklich so garstig? Man weiß doch, wie die Weiber einander schlechtmachen!

Ganz recht, sagte Petrucchio, daran dachte ich auch. Als ich sie zum erstenmal sah, schien sie mir gar nicht übel. Aber ich bekam schon bald eine Demonstration von ihrem hitzigen Temperament: Sie demonstrierte es an Hortensios Kopf. Als der sich nämlich bei Bianca als Musikus einschmuggeln wollte, geriet ihm die Käthe in die Quere, und die zögerte nicht lange, sondern riß ihm die Laute weg und gab sie ihm derart zu spüren, daß er sie wie einen Kragen um den Hals trug. Gleich danach traf sie auf ihre sanfte Schwester Bianca und fertigte diese mit einer Backpfeife ab, mit dem einzigen Grund, daß sie den Namen ihres Bräutigams, da sie keinen hatte, nicht angeben konnte; und als dann Baptista erschien, um väterlich den Streit zu schlichten, bekam auch er ihre Hand zu spüren. – Währenddessen stand ich vor der Tür zu den Frauenzimmern und sah einen nach dem anderen mit seinen blauen Flecken herauswanken.

Natürlich bekam auch ich mein Fett, als ich als Freier vor ihr stand – aber nun kriegte sie alles sofort zurück.

Es ging wie beim Schlagball. Sie nannte mich einen Esel, ich nannte sie ein Tragetier, sie nannte mich einen Habicht, ich sie eine Taube, sie sagte, ich höre nicht gut, ich sagte, sie sei eine Wespe, sie nannte mich einen Zungendrescher und fing auch an, auf mich einzudreschen, aber ich hielt ihre Hand fest und gab ihr auf ihre Schimpfwörter nur lauter Komplimente zurück. Ihrem Vater erklärte ich ihr Verhalten als aus der Scham entspringend, sie sei ganz Milde und Liebe, wenn wir allein wären, so daß Käthe vor Verblüffung verstummte, und ihr in dem entscheidenden Augenblick, als Baptista unsere beiden Hände ineinanderlegte, kein Widerwort über die Lippen kam.

Petrucchio befeuchtete seine trockene Kehle, und Tranio, indem er mit Lucentio wissende Blicke tauschte, stellte fest: Ja, dumm müsse man sich stellen, beim Umgang mit keifenden Weibern. Gremio wiederum verkün-

dete mit fetter Stimme, er wisse noch etwas Besseres, um den Weibern das Maul zu stopfen, und erntete einen meckernden Beifall dafür.

Petrucchio warf einen leeren Blick im Kreis. Das Gemurmel einiger Gäste im vorderen Teil des Lokals irritierte ihn. Es war ein rascher Sieg, sagte er, und ließ seine Finger langsam über die Haarwellen gleiten. Aber er konnte nicht vorhalten. Als sich mein Käthchen überrumpelt fand, wurde sie nur noch stacheliger. Gremio hat das ganz richtig vorausgesehen: Was sagtest du noch, Gremio, was ich in Aussicht hätte?

Es sei eine Arbeit für Herkules, sagte Gremio.

Für Herkules, ganz recht, sagte Petrucchio. Jedoch für einen, der auch im Kopf ein paar Muskeln hat. So ritt ich also von Padua fort, unter Vorwänden. Ich wollte mir meinen Schlachtplan gut überlegen, während man hier die Hochzeitsvorbereitungen traf. Ich ließ mir Zeit.

Allerdings! rief Hortensio, Zeit hast du dir gelassen! Die Kirche war geschmückt, der Priester stand vor dem Portal, der Braten dampfte, und eine große Hochzeitsgesellschaft erwartete den Bräutigam vor Baptistas Haus. Es entstand schon ein Gemurmel. Baptista trat von einem Bein aufs andere und schickte Diener nach allen Seiten, damit sie meldeten, wenn du in Sicht kamst! Aber nichts. Kein Petrucchio, keine Nachricht. Es war schon eine Stunde nach der festgesetzten Zeit, und selbst der ruppigen Käthe traten die Tränen in die Augen! – Hört hört! rief Curzio, und Gremio sagte: Ich wette, das war schon ein Vorgeschmack auf kommende Freuden. Petrucchio legte wortlos einen Zeigefinger unter den Augenrand und zog ihn ein wenig herunter.

Du bist dann ja endlich aufgetaucht, berichtete Hortensio weiter: Aber in welcher Art und in welchem Aufzug! Mit einem neuen Hut und einem alten Wams. In einem Paar alten Hosen, dreimal gewendet. Mit einem Paar Stiefel, die schon als Lichtkasten gedient hatten – einer mit Schnallen, der andre mit Schnüren. Mit einem alten, rostigen Degen aus dem Stadtzeughaus. Auf einem kreuzlahmen Pferd, mit einem alten wurmstichigen Sattel aus zweierlei Bügeln – er war völlig verrotzt, der Gaul, und lahm und krank. Kurzum, Petrucchio, der Bräutigam aus der Gosse!

Sie gluckten und kicherten alle. Tranio haute immer wieder mit der flachen Hand auf den Tisch, Gremio verschluckte sich beim Trinken, und Lucentio fragte, wo in Dreiteufelsnamen Petrucchio diese Schindmähre aufgetrieben habe!

Beim Abdecker! sagte Petrucchio ruhig, und Lucentio hob den Becher und rief: Prost! Du warst schon immer ein Racker! Und die ganze Runde trank und lachte durcheinander. Danach nahm Petrucchio den Faden wieder auf.

Ihr könnt euch denken, sagte er, wie befremdet Brabantio über einen solchen Schwiegersohn war. Er vergaß alle Vorwürfe, die er mir eigentlich wegen der Verspätung machen wollte, und redete auf mich ein, ich sollte mich doch ein wenig festlicher ausstaffieren: Wenn du nichts hast – Biondello leiht dir was, er hat deine Statur. Ich lehnte das ab: Wozu der Aufwand! Wird sie mich heiraten oder meine Kleider? fragte ich – und meine Zeit sei knapp. Wo ist sie jetzt, schrie ich, wo ist Käthchen, meine Braut: Her mit ihr und in die Kirche!

In der Kirche wurde es dann noch schlimmer, sagte Gremio, der sich von seinen Erstickungen erholt hatte.

Du benahmst dich dort wie ein Fuhrknecht – ein Fluchen und Randalieren...

Er hat dem Priester das Buch über den Schädel gehauen, unterbrach Hortensio, und Meßwein aus dem Pokal gesoffen. Und er hat dem Küster von dem Wein ins Gesicht geschüttet! Es war phantastisch!

Ja, dieser Küster, sagte Petrucchio. Sein Bart schien mir so dünn und hungrig.

Sein Bart schien ihm so dünn und hungrig! heulte Tranio, und die ganze Runde brüllte und japste vor Lachen, während nun Petrucchio das Ende dieser Hochzeit erzählte, mit welcher Eile er aufgebrochen sei, lebt wohl, adjes, sie sollten nur alle noch feiern und schmausen, er hingegen müsse schon fort, mit seiner frisch angetrauten Käthe, die laut aber vergeblich protestierte, nach Hause, mitsamt den räudigen Reittieren und zwei zerlumpten Knechten, auf sein Gut in Verona.

Aber das, sagte Petrucchio, war erst der Anfang.

Die Gesellschaft im Pedrocchi hatte sich vergrößert. Da man vom Lachen und dröhnenden Beifall der Männerrunde im Vorderzimmer auf einen guten Unterhalter schließen konnte, war aus dem Hintergrund noch eine Gruppe von Reisenden, bestehend aus zwei jungen Männern und einer älteren Frau herangerückt. Dann war, wie an der Kleidung ersichtlich, ein englischer Lord ins Lokal getreten, hatte mit raschen Blicken bemerkt, wo es am lebendigsten war, und einen Tisch und Stühle für seinen Pagen und seinen Diener in die Nähe stellen lassen. Zuvor hatte er Petrucchio und seine Freunde gebeten, zuhören und die Weinkrüge auffüllen zu dürfen. All dies wurde ihm gerne erlaubt.

Ich erzählte gerade, sagte Petrucchio, von meiner Heimreise nach der Hochzeit. Sie war beschwerlich – vor allem für Käthchen, meine junge Frau. Ihr Pferd taugte nicht viel, es stolperte, auf unserem Weg voller Rinnen und Pfützen. Käthe fiel in den Dreck, das Pferd fiel auf Käthe, und ich prügelte den Diener, weil das Pferd nichts taugte, bis meine Frau, am Boden liegend, mir zurief, ich sollte ihn schonen, sich dann endlich vom Pferd befreite und uns trennte. Und so ging es weiter, bis nach Hause.

Zum Wohl, rief der Lord: Ich glaube, Ihre Frau hat da einen guten Griff getan. – Mehr als einen, antwortete Petrucchio, genoß einen kleinen Beifallswind und erzählte weiter.

Wir waren schließlich durchnäßt und verdreckt auf meinem kleinen Landgut angekommen, und meine Käthe erwartete nun wohl, daß ich sie liebevoll über die Schwelle trug. Aber ich kümmerte mich nicht um sie, sondern begann gleich wieder zu fluchen und zu toben, weil im Haus nichts vorbereitet war und ein großes Durcheinander herrschte – genau, wie ich es ihnen vorher eingeschärft hatte. Auch verhielt ich mich durchaus wechselnd, wütete erst, und tanzte dann herum, und dazwischen sang ich ein Liedchen: Hum hum hum, wo ist mein voriges Leben hin, oder: Ein Bruder Graurock lobesam.

Später sagte ich zum Käthchen, sie könne sich nun waschen, aber der Bediente schmiß die Wasserkanne hin, so daß nichts draus wurde. Dann sagte ich, nun werde es was zu essen geben, aber das Essen war verbrannt, und ich fegte zornig die vollen Schüsseln zu Boden. So führte ich die junge Frau hungrig und ungewaschen ins Brautgemach, mit den Worten – als würde damit alles wieder gut – die kommende Nacht werde gefastet, so daß nicht mal ihre sonstigen fleischlichen Gelüste gestillt wurden, sofern sie diese noch hatte.

Petrucchio nahm einen stärkenden Schluck, während einige seiner Zuhörer zu Ende lachten.

Sie kann einem fast leid tun, sagte Gremio: Ich hoffe doch, ihr habt es mit dem Fasten nicht zu weit getrieben? – Apropos Fasten!, sagte Petrucchio, und rief: Bedienung! Bringt uns, mit frischem Wein, auch ein Rädchen Käse! Die Lordschaft, sagte er, wird uns gewiß dazu einladen. Der Lord nickte bestätigend, und flüsterte seinem Pagen zu, daß er die Notizen nicht vergäße.

Nach einer Weile des Schmatzens und Schluckens setzte Petrucchio die Erzählung fort: Das Fasten, sagte er undeutlich, und entfernte mit einem Finger einen Käserest aus einer Zahnlücke, das Fasten dauerte seine Zeit. Das heißt: Mahlzeiten wurden zubereitet – zuweilen kochte ich selbst, und richtete es sehr verlockend an –, aber kaum hatte Käthe einen Bissen eingenommen, so sagte ich, es schmecke ihr wohl nicht, oder ich sagte: So, nun wirst du satt sein, und nahm ihr die Schüsseln wieder weg. – In ihrer Verzweiflung begann sie schon, die Diener anzubetteln!

An diesem Punkt stellte einer der hinzugekommenen Reisenden eine Zwischenfrage: Sie sagten, Ihr Gut liege bei Verona. Wir sind von dort – wo liegt es denn genau?

An der Straße nach Sirmione, sagte Petrucchio, und steckte sich einen Brocken Käse in den Mund: Man übersieht es leicht.

Nach Sirmione hinaus, sagte die ältere Dame, kenne ich fast alle Anwesen. Hat Ihres einen Namen?

Ich glaube, er hat es inzwischen verkauft, sagte Hortensio. So wars doch, Petrucchio, nicht?

Wir haben uns näher an Padua angesiedelt, sagte Petrucchio hinter seinem Käse und wackelte auf seinem Sitz.

Erzähl doch weiter, rief Tranio ungeduldig.

Ich ließ sie nicht essen, ich zog ihr die Schüsseln weg, sagte Petrucchio. In ihrer Not fing sie schon an zu betteln!

Da waren wir schon, sagte Gremio. Du mußt jetzt anfangen, daß ihr nach Padua wolltet, und daß eine Reiseausstattung bestellt wurde.

Richtig, sagte Petrucchio, und tippte sich leicht an den Kopf. Ich erklärte ihr eines Tages – sie war schon recht hohläugig und sanft – wir wollten ihrem Vater unsere Aufwartung machen. Ich sagte also, voller Liebe: Nun, bist du also satt? – Es wartet schon der Schneider! Ich redete mit ihr, als ob sie im Überfluß watete.

Der Schneider trat auch wirklich ein, ebenso der Haubenmacher, und sie führten Katharina die von mir in

Auftrag gegebenen Prachtwerke vor. Käthe war mit all diesen Sachen sehr zufrieden, aber ich hatte nichts wie Tadel dafür: diese Haube, das sei eine Suppenschüssel, und dieses Kleid, das sei wohl ein Faschingsstück, und ich rollte die Augen zur Decke, und ich verdrehte Käthchens Lobesworte, als habe sie genau das Gegenteil gesagt. So brachte ich es schließlich dahin, daß sie gar nichts kriegte, und wir traten die Rückreise nach Padua in dem gleichen Lumpenzeug an, in dem wir hergereist waren.

Petrucchio füllte seinen Becher und nahm einen Schluck. Währenddessen wandte sich die ältere Veroneser Dame an den Lord mit der Frage, ob in England, wo doch eine Königin auf dem Thron sitze, das Los der verheirateten Frauen auch so erbärmlich sei.

Unter der Regierung unserer jungfräulichen Majestät, antwortete der Lord diplomatisch, geht es den Frauen so gut, wie sie es verdienen.

Petrucchio runzelte die Stirn und zögerte. In der Runde wurde gezischt: Weiter, weiter!

Eine rechte Erziehung geht nie ohne Schmerzen ab, sagte Petrucchio. Auf unserer Reise nach Padua habe ich in meiner Eheschule die Schraube nochmal um eine Drehung angezogen. Bis dahin hatte ich mein Käthchen nur äußerlich gewalkt und gewrungen – jetzt stellte ich ihren Verstand auf den Kopf. Es war Mittag, als wir in Verona die Pferde sattelten, aber ich behauptete, daß es Morgen sei, und ich wollte nicht eher aufbrechen, als bis sie das zugab. Sie hatte große Sehnsucht nach Padua und dem

Haus ihres Vaters, sie tat alles, um hinzukommen. Als wir dann unter der hohen Sonne ritten, behauptete ich, daß es der Mond sei, und wollte nicht weiter, bevor sie das nicht zugab. Darauf sie – in ihrer Bedrängnis:

Natürlich ists der Mond! – und ich:

Ei, wie du lügst, 's ist ja die liebe Sonne! – und sie:

Ja, lieber Gott, es ist die liebe Sonne. Es ist die Sonne, und doch nicht die Sonne, wenn dus anders willst, und wie dus nennen willst, so ist es auch!

Also – ihr habt es schon bemerkt: Sie war auf dem richtigen Weg. Gut so, Käthchen, sagte ich, nur so weiter! Dann sind wir bald in Padua.

Als nächstes redete ich ihr ein, ein alter Mann, den wir auf der Straße eingeholt hatten, sei ein hübsches junges Mädchen – und sogleich war er auch eines, in ihren Worten. Kaum aber hatte sie das zugegeben und den Alten, zu seiner Verwunderung, entsprechend angeredet, da sagte ich:

Ich hoff, du bist nicht toll! – und erklärte ihr, wie einer Blinden, es sei ein alter Mann, ganz runzlig, welk und grau.

So knetete ich mir also das Käthchenhirn. Es sollte genau denken, was mir in den Sinn kam, es sollte ein folgsames Hirn werden, ohne einen Gedanken an Aufsässigkeit.

In der Reisegruppe aus Verona war unterdessen die Unruhe gewachsen. Die ältere Dame hatte mehrmals erregt mit den beiden Herren geflüstert, und Lucentio,

Tranio, Gremio mußten mehrmals Pst machen und mit den Fingern drohen, um dem Erzähler Ruhe zu schaffen. Der Lord hatte diese Vorgänge mit großer Aufmerksamkeit verfolgt und dem Pagen, der Notizen machte, einiges ins Ohr gesagt.

Petrucchio schien sich in seiner Rolle nicht mehr behaglich zu fühlen. Nach einigen hastigen Schlucken erzählte er kunstlos weiter:

Der Zufall wollte es, daß der alte Mann dort auf der Straße Lucentios Vater Vincentio war. Auch er war auf dem Weg nach Padua zu seinem Sohn. Als er aber dort, vor Lucentios Quartier, anlangte, öffnete ihm ein anderer Alter, der sich selbst Vincentio nannte, und bald erschien ein fremder Bursche und sagte, er sei Lucentio. Vincentio war äußerst erbittert über diese Betrügerei, aber an den

Ereignissen, die unter seinem Namen geschehen waren, konnte er nichts mehr ändern. Der falsche Lucentio war natürlich unser Tranio, der inzwischen, mit Hilfe eines alten Magisters, der sich als Vater Vincentio ausgab, die Heiratsverhandlungen mit Baptista durch allerlei Versprechungen zum Erfolg gebracht hatte. Zur gleichen Zeit hatte der wahre Lucentio insgeheim seine Bianca geheiratet, so daß dieser Bund doppelt genäht war. Derart ausgestochen, mußte sich Hortensio mit einer Witwe zufriedengeben, die ebenfalls einen Mann brauchte, und Gremio war ja eigentlich sowieso zu alt zum Heiraten. So löste sich das ganze Knäuel mittels einiger Scherenschnitte unter dem Gelächter und zur Zufriedenheit aller Heiratslustigen auf. Es war eben die Zeit, als auch wir in Padua eintrafen, ich und mein Käthchen – und dieses nun ganz ohne Dornen und spitze Zunge, wie sie es mir sogar durch einen Kuß auf offener Straße bewies. Es war deshalb, als nun Lucentios und Hortensios Doppelhochzeit gefeiert wurde, als sei es eigentlich auch die unsere.

Petrucchio schwieg und blickte in den Becher. Curzio und die Gesellschaft des Lords, die glaubten, die Erzählung sei zu Ende, spendeten reichlich Beifall und ließen noch einmal die leeren Krüge füllen, während einer der Veroneser Herren vergeblich versuchte, den Lärm der Männerrunde zu übertönen, um eine Mitteilung zu machen.

Aber Gremio klopfte einige Male kräftig mit dem Weinkrug auf den Tisch und machte darauf aufmerksam, daß Petrucchio noch den Schluß seiner Geschichte zu berichten habe, der zugleich ihr Höhepunkt sei.

Du hast recht, Gremio, sagte Petrucchio, wir haben heute ungeduldige Zuhörer. Daher mache ich es kurz und will euch nur noch schildern, wie nach der Hochzeit Lucentio und Hortensio, und auch ich selbst, die frischen Ehemänner, in diesem Lokal zusammensaßen und nun ein jeder das Schmuckstück rühmte, das er sein eigen nannte: Lucentio die reizende Bianca, Hortensio seine rundliche Witwe, und ich selbst mein Käthchen, deren Wert wohl nicht allen eingeleuchtet hatte.

An jenem Nachmittag schlossen wir Wetten ab auf unsere Stuten: Welche von ihnen käme wohl am schnellsten hergelaufen, zu ihrem Herrn und Reiter, wenn man sie rufen ließ? – Ich muß heute noch lachen, wenn ich an eure Gesichter denke: Es war fast ein Wunder – so schien es euch. Zögernd und schnippisch waren eure Schönen, die nicht durch meine harte Reitschule angespornt worden waren – und eilfertig kam nur mein Käthchen angelaufen, mit Worten der Demut, in allen Dingen eine gehorsame Ehefrau. Mit ihr gewann ich meine Wette mühelos.

Petrucchio lehnte sich zurück und glättete sein Haar. Aber statt des gewohnten Beifalls erhob sich schnell der junge Herr aus Verona und forderte, mit energischer Unterstützung seiner Begleiter, nun angehört zu werden.

Nachdem wir nun mit allzu großer Langmut, rief er mit rot entflammtem Gesicht, diese schändliche Geschichte vernommen haben, darf ich Ihnen nicht verheimlichen, daß Sie alle einem Betrüger aufgesessen sind! Dieser Herr, der sich Petrucchio nennt, heißt eigentlich Benno. Er war ein kleiner Häusler aus dem Oberland, eine Kuh, zwei Morgen Land, auch das inzwischen vertrunken, und mit Manieren, an die man selbst in den Veroneser Spelunken nur ungern zurückdenkt. Kurzum: Ein Rüpel und ein Habenichts. Und daher, meine Herren, ist ihm eines Tages auch seine geschundene Frau davongelaufen und hat im Hause dieser würdigen Dame, der Marquessa di Collino, Schutz gefunden. – Keine Rede davon, meine Herren, daß dieser Mensch seine Wundertaten – wenn Sie sie so nennen wollen – wirklich vollbracht hätte!

Auf diese Rede entstand im *Pedrocchi* ein großer Tumult. Es wurde: Verleumder! gerufen, und: Weiberknecht! Lucentio, Tranio und Gremio stürzten sich auf den Gast und auf den anderen Veroneser Herrn, der ihm beistand, und drängten beide schimpfend und stoßend zur Tür hinaus. Der Lord, der es nun, mit seiner Begleitung, auch für ratsam hielt, das Lokal zu verlassen, führte die Dame durch ein Spalier finster blickender Gäste ins Freie. Als sie auf der Straße standen, dankte sie ihm.

Euer Lordschaft dürfen mir glauben, sagte sie zu ihm, es ist alles so, wie mein Neffe geschildert hat. Übrigens bin ich erstaunt, daß Sie, als Bürger eines gesitteten Landes, an solchen barbarischen Prahlereien Vergnügen finden können!

Der Engländer, der einen Kopf größer war, betrachtete sie mit amüsierter Miene: Ich glaube Ihnen, Madame, sagte er. Aber haben Sie bemerkt, daß die Herren Zuhörer viel mehr erbost waren als der Erzähler?

Er half ihr in die Kutsche, die wenige Schritte vom Café an einer Straßenecke wartete. Er verabschiedete sich von ihr und ihren Begleitern. Beruhigen Sie sich, meine Herrschaften, sagte der Lord: Ist es nicht ein Glück, daß die meisten Heldenstücke im Mund stattfinden?

ENDE GUT, ALLES GUT

Obgleich ihr Name schon zu Kreuzfahrerszeiten berühmt gewesen war, hatte die Gräfin Roussillon für Vornehmtuerei nichts übrig. Seit einigen Jahren verwitwet, lebte sie mit ihrem Sohn Bertram in ihrem wuchtigen Rhoneschloß. Angetan in immer den gleichen schwarzroten Bauernrock, eine speckige Lederweste und ein blaues Kopftuch dirigierte sie lachend und fluchend einen Hausstand von vielen Rindern, Pferden, Ziegen, von wirbelndem Federvieh und einer scheckigen Rotte von Mitbewohnern. Ganz genau wußte sie selbst nicht, wer alles dazugehörte. In den Seitenflügeln des Schlosses, den Anbauten, Dachböden, Schuppen und Scheunen waren verarmte Adelige untergekrochen, die sich vielleicht in der Landwirtschaft nützlich machen wollten, ein paar durch die langen Friedenszeiten frustrierte Haudegen, eine alternde Marketenderin, zwei ausgerissene Nonnen, ein Hofnarr und was weiß ich wer noch alles. Außerdem wohnte dort Helena de Narbonne, die Tochter des berühmten Arztes Gerhard de Narbonne. Anders als die Kurpfuscher und Quacksalber, die vor allem den eigenen Beutel heilen, hatte Gerhard kaum etwas verdient und war in tiefster Armut gestorben. Helena war von der Gräfin als Pflegetochter angenommen worden; sie war zusammen mit Bertram aufgewachsen; sie hatten dieselben Mönche als Erzieher gehabt, waren zusammen auf die Jahrmärkte von St. Valier oder Tournon geritten, hatten im Winter Schneemänner gebaut und hatten im Sommer zusammen in der Rhone gebadet. Helena zeigte ihm beim Doktorspiel, wie genau ihr Vater sich mit seinen Kranken befaßte, und Bertram drehte gern den Spieß um.

Als sie dann in das liebesfähige Alter kamen, wäre es jedoch Bertram nie eingefallen, sich näher mit ihr einzulassen. Vielleicht hatte er zu viele Ritterromane oder Chroniken geschmökert, in denen sein Familienname vorkam, oder war es, um sich von der bäurischen Art seiner Mutter abzusetzen, jedenfalls hatte er sich einen ziemlichen Hochmut angewöhnt. Helena war für ihn ein ganz nettes Mädchen, aber tief unter seinem Stand. – Bei ihr sah es anders aus. Sie hatte Bertram, wie sie heranwuchs, immer mehr lieben gelernt. Und sie hatte sich schließlich so in diese Liebe hineingesteigert, daß nichts mehr, weder die Aussichtslosigkeit, noch Bertrams Gleichgültigkeit, sie davon abbringen konnte.

In dem Jahr, als sie achtzehn und er zweiundzwanzig Jahre alt wurden, gab es viel Unruhe und Veränderungen in Roussillon. Bertram wurde an den Hof des Königs von Frankreich beordert, um dort beim Hofhalten, bei der Jagd und bei kleineren diplomatischen Geschäften behilflich zu sein. Um diese Zeit wurde auch bekannt, daß der König an einer auszehrenden, tödlichen Krankheit litt, gegen die alle seine Ärzte vergebens ankämpften.

Als nun Bertram sich von den Verwandten und Freunden in Roussillon verabschiedet und, von dem königlichen Gesandten Lafeu begleitet, nach Paris aufgebrochen war, las die Gräfin aus Helenas blassem und bekümmertem Gesicht, was sie schon lange geahnt hatte. Komm mal her, Kind, sagte sie, zog sie an ihren breiten Busen und nahm ihr Gesicht zwischen die fleischigen Hände, so daß sie nicht ausweichen konnte: Sprich, liebst du Bertram? Helena wußte nicht, wo sie mit ihren Blicken hin sollte, sie druckste herum, redete vom niedern und vom höchsten Blut, aber dann kamen die Tränen und das schluchzende Geständnis. Der Gräfin wäre nun aber diese Verbindung ganz recht gewesen; sie tupfte mit ihrem großen Sacktuch Helenas Tränen ab und sagte: Komm, setzen wir uns, trinken wir erst mal einen Anislikör, und dann beraten wir, wie wir ihn zur Vernunft bringen, den hochnäsigen jungen Herrn.

Helena hatte sich schon einen Plan ausgedacht. Aus der Erbschaft ihres Vaters hatte sie eine Anzahl Geheimrezepte, darunter auch ein Gegenmittel jener Todeskrankheit, an der der König hinwelkte. Mit dem Rezept wollte sie nach Paris reisen, dort, wo man die vielen Ingredienzien wohl noch am besten beschaffen konnte, die Arznei zusammenmischen und den König damit kurieren, der ihr dann zur Dankbarkeit verpflichtet wäre. Und dann... und dann... – ich habs schon verstanden, sagte die Gräfin; also warte nicht länger und versuch dein Glück – und sie drückte ihr einen schmatzenden Kuß auf den Mund. Helena durfte sich einen Beutel Reisegeld aus dem Kasten nehmen und bekam zwei Reitknechte zur Begleitung, wie es sich für eine Dame gehörte. Sie waren eine Woche unterwegs.

In Paris war Helena natürlich erstmal wie betäubt von dem Großstadttumult auf den Straßen: Menschentrauben, Buden, Geschrei, Eselskarren, Duft und Gestank, Sänften, Handelsgefuchtel, fortwährendes Spucken und die rücksichtslos durchpreschenden Hofleute und Offiziere.

Als Helena auf ihrem Pferd sich langsam, wie im Traum, einen Weg durch das Gewimmel bahnte, pfiffen die Gassenjungen hinter ihr her: Hehe, junge Hexe, ein neuer Stiel gefällig? Bei mir kannst du auch schön reiten usw.

Helena logierte sich neben der Kapelle St-Jaques im Hotel zum Hirschen ein, wo es ihr einigermaßen sittsam zuzugehen schien. Am nächsten Tag begann sie, die Essenzen und Kräuter zu besorgen, die in dem Rezept des Vaters angegeben waren. Das meiste bekam sie in der Apotheke, Fingerhut, frische Brennesseln und Schierling pflückte sie sich auf der Seine-Insel, Milz, Leber und einige andere, recht unappetitliche Innereien ließ sie sich vom Schlachter holen, je ein Lot Myrrhen und Mango kaufte sie einem schlitzäugigen Straßenhändler ab. Der Absud, den sie daraus in der Wirtshausküche herstellte, war eine dicke schwarze Flüssigkeit mit schillernder Oberfläche. Das ganze Haus stank davon wie eine Abdeckerei, und Helena mußte ziemlich viel von dem Geld der Gräfin aufwenden, um den Wirt zu besänftigen. Der fluchte über die geschäftsschädigende Stänkerei und klagte über sein Zipperlein, schimpfte sie als eine lockere Dirne und Hexe, und klagte über sein Podagra, und so immer abwechselnd. Am Ende kredenzte ihm Helena zur Versöhnung einen Becher Burgunder, dem sie einen Fingerhut voll von ihrer Arznei beigemengt hatte. Der Wirt leerte den Becher, kniff dann die Augen zusammen, blies die Backen auf, legte den Kopf schief, schien irgendwie in sich hineinzuhorchen, krümmte sich wie von einem Magenkrampf zusammen und tat plötzlich einen Luftsprung. Juchu! brüllte er, Jungfer, ich spürs nicht mehr! Kreuz und Bein und Arm: Es ist überall weg! Jungfer, schrie er, und wollte sie an der Hüfte greifen: Ich bin so kregel wie ein Hengst! Helena schlug ihm fest auf die Hand: Lassen Sie das! – Morgen früh werden Sie mir eine Kutsche beschaffen; ich fahre ins Schloß.

Der König hatte wieder mal sehr schlecht geschlafen und hatte gar keine Lust, eine ihm völlig unbekannte Person zu empfangen. Das Empfehlungsschreiben der Gräfin Roussillon stimmte ihn etwas freundlicher. Roussillon – gute Zeiten hatte er dort verlebt. Ach, die Erinnerungen, zwanzig Jahre zurück, Jagd am Mont Pilat, im graurosa Dunst im Boot auf dem Fluß, die Kurve des Angelwurfs, und abends im Schloßhof, im Fackellicht, die bäurische Musik, die festen Hüften und das Herzgesicht – er spürte Heilkraft, wenn er bloß daran dachte. Holt sie rein! rief er, sofort! Da erschien Helena und machte einen ungeschickten Knicks.

Was für ein Jammerbild von einem König mußte sie vor sich sehen – die Haut ganz gelb und knittrig, schütteres Haar, die Hände knöchern, den roten Mantel zweimal um die hagere Gestalt gewunden, so stand er vor ihr – mühsam von seinem Ohrensessel erhoben. Aber schlimmer war noch sein dauerndes Greinen: Was für ein Leben, wenns meiner Flamm an Öl gebricht, alle Glieder steif, nur eines nicht – dann, dazwischen auch mal, was willst du schönes Kind? – aber gleich weitere Klagen, wie kraftlos er sei, wie ihm die Haare ausgingen, wie er gar keinen Appetit mehr habe, auf gar nichts mehr, für ihn sei alles wüst und leer, habe gar keine Freude mehr. Als sie schließlich doch mal zu Wort kam und ihm ihr Vorhaben erklärte, wurde er beinahe zornig. Was! rief er mit dünner Stimme, heilen willst du mich! Sie mache sich wohl lustig über ihn, wo doch die größten Koryphäen ihn schon aufgegeben hätten, alles hoffnungslos, Lebenskraft schwindend, alles sinnlos, danke für die Absicht, fahr heim nach Roussillon, schöne Grüße usw. Der König sank in seinen Sessel zurück, aber Helena blieb hartnäckig. Koryphäen und Kapazitäten – gut. Ihr Vater sei auch eine Kapazität gewesen, seine Rezepte hätten nie versagt, Hunderte geheilt, auch den Wirt von der Hostellerie du Cerf… – Was, einen Wirt? fragte der König, aber ein wenig abwesend, und Helena mit juckenden Perlchen auf der Stirn redete und redete, Wunderdinge von der Arznei, was für Gefühle sie ihm machen würde, schöner als Champagner, süßer als die Liebe, bestimmt, er werde schon sehen – bis er allmählich doch neugierig wurde. Wie lange wirds denn dauern, bis ich es spüre? Und wenn kein Erfolg, welche Strafe? Und wenns gut geht, welcher Lohn? – Höchstens zwei Tage, sagte Helena, als Strafe: Alles, auch Folter und Tod, und zur Belohnung verlange sie, daß sie sich in seinem Schloß einen Mann aussuchen dürfe. Der König war einverstanden. Darauf holte sie eine Phiole aus dem Handtäschchen und reichte sie ihm. Der König leerte sie mit einem Zug; dann warf er sie mit

Heftigkeit von sich, machte Brrr, schüttelte sich, rollte die Augen, zog die Backen ein, juchzte, machte ein paar hohe Sprünge, warf sich auf den Boden, strampelte mit den Beinen in der Luft, kreischte und krähte, machte eine Brücke, zerfloß in Tränen, wickelte sich in einen Teppich und lag kurz darauf in tiefem Schlaf.

Die anwesenden Lakaien und Hofschranzen waren äußerst befremdet über dieses Verhalten des Königs, sie musterten Helena zuerst mißtrauisch, dann immer drohender und führten sie, als der König still geworden war, mit finsteren Mienen hinaus. Im Vorzimmer begegnete ihnen ein Höfling in einer bunten und glitzernden Hoftracht: Bertram Roussillon. Was seh ich, Helena! rief er – wie kommst du denn hierher? Und was bedeutet diese düstere Eskorte? Als die Lakaien es ihm berichteten, fuhr er sie an: Laßt sie los, ihr Wichte! Sie versteht mehr von Medizin als ihr alle zusammen! Die Lakaien zogen sich darauf ein wenig zurück. Bertram erkundigte sich dann, wo sie denn ihr Quartier habe, geleitete sie kavaliersmäßig in ihr Wirtshaus und verabschiedete sich dort, als sei sie im Begriff abzureisen: Also dann – hat mich gefreut – bis irgendwann in Roussillon! – und ließ sie allein. Oben, in ihrem Zimmer, warf sie sich aufs Bett und trommelte mit den Fäusten aufs Kopfkissen: Du dummer, gefühlloser, hochmütiger Klotz! – Aber warte nur, ich kriege dich doch!

Man hatte den König vorsichtig in sein Bett bugsiert, er erwachte erst am nächsten Mittag. Er fühlte sich so gut wie lange nicht mehr. Erstmal machte er einen Spaziergang durch den Park: Ah, die Luft, das Grün, die Vögel, das sprühende Wasser! Er ließ sein Krankenbett in den Hinterhof tragen und mit viel Reisig verbrennen. Danach erledigte er mit leichter Hand ein paar Staatsgeschäfte, die lange liegengeblieben waren. Die Lakaien, die fortwährend mit Eisbeuteln, Wärmeflaschen, Riechsalzen, Schröpfköpfen usw. hinter ihm herliefen, verscheuchte er wie lästige Fliegen; mit den höheren Hofbeamten flachste er herum. Abends lud er alle zu einem Festessen ein. Er hatte einen Riesenappetit, aß ganz allein zwei Spanferkel und trank sich mit einer schönen Portion 1558er Châteauneuf du Pape in Schlaf.

Erst am Morgen darauf fiel ihm wieder ein, wem er die neue Gesundheit verdankte; er schlug sich mit der flachen Hand an die Stirn: Mein Gott, das Mädchen! Er ließ Helena aus dem Wirtshaus herbeiholen, das sie vor Kummer und Angst den ganzen Tag nicht verlassen hatte. Während des ganzen Wegs zum Schloß waren die Begleiter dauernd am Dienern und am Wispern, Gnädige Frau links und Halten zu Gnaden rechts, da konnte sie sich schon denken, daß es alles gut gegangen war. Der König kam ihr auf den Stufen zum Portal entgegen und umarmte sie und küßte sie ab: Meine Retterin! rief er immer wieder. Er hielt sie etwas von sich weg, schaute sich ihre Aufmachung an, und befahl: Sofort fünf Kleider, Seide, Taft, Samt und Brokat, mit Smaragden, Rubinen und was sonst alles dazu gehört! Dann führte er sie an der Hand in den Thronsaal, ließ sie neben sich Platz nehmen und sagte, sie solle sich gut umschauen. Da in diesem Saal viele hübsche Offiziere und Höflinge herumstanden, parlierten und kicherten, meinte der König, sie hätte da eine gute Auswahl: Also wähle dir, welchen du magst, sagte der König. Sie brauchte sich jedoch gar nicht lange umzuschauen, es paßte ihr keiner, nicht der schlanke Marquis de Beaune, nicht der Duc de Berry mit kraftschwellender Brust, sie wollte nicht anbeißen, bis schließlich Bertram in den Saal trat und sie, zur allgemeinen Verblüffung, vom Thronsessel, und der Empore, auf der so ein Thronsessel steht, herablief, Bertram an der Hand faßte, ihn hinter sich her vor den König zerrte und verkündete: Den will ich, sonst keinen!

Durch das Hofleben war Bertram womöglich noch hochmütiger geworden. Als er merkte, worauf es hinauslief, sagte er zu Helena: Was fällt dir ein, und zum König, daß er sich seine Braut lieber selbst aussuchen wolle. Der König war verärgert und fragte Bertram, ob er denn wisse, was Helena für ihn, den König, getan habe. Darauf Bertram: Warum soll ich darunter leiden? – und: Des armen Arztes Kind mein Weib – kommt nicht in Frage! – Helena war schon so niedergeschlagen, daß sie auf den Anspruch verzichten wollte, aber für den König war das jetzt ein Autoritätspunkt; er haute mit der Faust auf die Armlehne seines Thronsessels: Du heiratest das Mädchen, schrie er, und damit basta!

Es wurde eine zähneknirschende Hochzeit; eine Hochzeitsnacht folgte nicht; Bertram schob wichtige Geschäfte vor, er müsse daher sogleich nach der Zeremonie fortreisen. Sie sagte: Jaja, alles recht, was Ihr tut, Hoher Herr, und: Ich kann nichts sagen, Herr, als daß ich Eure treuergebene Magd bin. Sie war von solcher Unterwürfigkeit – er hätte sie schlagen mögen vor Wut. Wenigstens einen Kuß zum Abschied, bettelte sie, aber er drehte sich einfach um und ritt davon.

Helena kehrte traurig nach Roussillon zurück. Bald traf dort von Bertram ein Brief ein, worin er schrieb, daß er nicht zurückkehren, sondern so lange und so weit wie möglich entfernt bleiben wollte. Helenas Ehemann werde er nur, wenn sie ihm seinen geerbten Roussillon-Ring vom Finger zöge und wenn sie von ihm ein Kind bekäme – also nie. Die alte Gräfin war wutentbrannt und sagte, es sei jetzt aus, von diesem Sohn wollte sie nichts mehr wissen, und Helena sei nun ihr einziges Kind. Helena gab jedoch auch jetzt nicht auf. Kurzentschlossen nahm sie Abschied, um ihrem Ehemann nachzureisen.

Zu dieser Zeit führte der Herzog von Florenz einen blutigen und kostspieligen Krieg gegen eine seiner Nachbarstädte. Als er ihn anfing, hatte er sich darauf verlassen, daß er aufgrund guter Beziehungen und Versprechungen vom französischen König unterstützt werden würde. Dieser wollte es aber mit den Gonzaga nicht verderben, und die Gonzaga hatten eine alte Rechnung mit den Venezianern offen, die Venezianer wiederum wollten die Habsburger durch scheinbares Nichtstun in Sicherheit wiegen, und die Habsburger konnten durch einen zu großen florentinischen Machtzuwachs gereizt werden – so

konnte also von einer offenen Hilfeleistung leider nicht die Rede sein. Wenn sich jedoch Freiwillige melden sollten – bitte –, dagegen konnte Frankreich nichts einwenden. Das war Privatsache, auch hatte es schon lange keinen rechten Krieg mehr gegeben, und die jungen Leute wurden schon ganz kribbelig. Viele suchten nach Abenteuern, und dann hieß es: Auf nach Florenz. Auch Bertram von Roussillon, auf seiner Flucht vor der Ehe, ritt dorthin und wurde vom Herzog freudig in Empfang genommen. Willkommen! rief der Herzog, und betastete prüfend seine Armmuskeln: Hier wird jeder Mann gebraucht. Es würden auch gute Karrierechancen geboten, sagte er: Wenn Höhre fallen, ists für euch ein Gewinn. Er meinte das ganz ernst.

Der junge Roussillon schlug sich so, wie man es bei seinem Namen erwarten konnte. Er gewann eine Schlacht, tötete einen feindlichen General und nahm einen anderen gefangen. Dabei standen ihm zwei Edelleute zur Seite, die von seiner Mutter zu ihm geschickt worden waren, um ihn vor allzu schlimmen Streichen zu bewahren – sie liebte ihn ja doch, ihren bösen Buben. Außerdem gehörte zu Bertrams Umgang ein gewisser Parolles, ein alter Kumpan von Jugend auf. Der war ein rechter Windhund, ein Sprücheklopfer und ein Aufschneider, und hatte auf Bertram einen unguten Einfluß. In Florenz betätigte er sich vor allem als Kuppler, denn Bertram hatte ein Auge auf ein Mädchen namens Diana geworfen; mit der hätte er zu gerne angebändelt.

Die beiden Edelleute hatten bald die windige Art des Parolles durchschaut, und sie schmiedeten ein Komplott, um auch Bertram die Augen zu öffnen. Sie überredeten den Parolles dazu, seine Trommel, die er während eines Gefechts verloren hatte, in der Umgegend des Schlachtfeldes zu suchen. Dabei wurde er plötzlich von einem

Haufen Bewaffneter überfallen, deren barbarische Redeweise einen wirklich erschrecken konnte: Throcamovousus, cargo! cargo! gurgelten sie zum Beispiel, und: Boscos vouvado! und: Kerelybonto! Ein Dolmetscher erklärte dem Parolles, das bedeute, daß siebzehn Dolche mit ihm abrechnen würden – es sei denn, er plaudere schnell den ganzen florentinischen Kriegsplan aus! Parolles schlotterte an Armen und Beinen. Als man ihm noch die Augen verband, sagte er, er wolle erzählen, was sie wollten, und er fing auch gleich an auszupacken, während Bertram im Hintergrund mit wachsender Empörung zuhörte. Dieser Parolles hatte bei ihm ausgespielt. Aber das Rendezvous mit Diana, bei dem Parolles behilflich gewesen war, fand dennoch statt.

Diana war die Tochter der verwitweten Frau Capulet, aus einer verarmten Nebenlinie einer Familie, die für komplizierte Liebesgeschichten bekannt ist. Die Witwe Capulet betrieb in Florenz eine Herberge für Pilger, die auf dem Weg zu dem Wallfahrtsort St-Jaques le Grand waren; sie hatte eine frühere Getreidescheune in viele kleine Zellen mit einfachen Matratzen unterteilt; trotz niedriger Gebühren war es ein gutes Geschäft. Da nun auch Helena sich als eine solche Pilgerin ausgab, landete auch sie in dieser Unterkunft. Die Bekanntschaft mit Mutter und Tochter wurde bald sehr eng, und bald erfuhr jede von der anderen, welche Art von Beziehungen der junge Roussillon mit ihnen hatte. Diana hatte seine Anträge sowieso mit Vorsicht aufgenommen, und als sie jetzt die Geschichte der Eheverweigerung erfuhr, stimmte sie gerne zu, Helena bei einer Überlistung behilflich zu sein. In seiner verliebten Blindheit tappte Bertram arglos in die offene Falle. Es wurde eine schöne Liebesnacht.

Eine schlimme Nachricht erwartete ihn, als er danach in sein Feldlager zurückkehrte. Die beiden Edelleute hatten sich Zeit damit gelassen, aber nun überreichten sie ihm einen Brief der alten Gräfin, in dem sie schrieb, daß Helena tot sei. Bertram war bestürzt: So hatte er es nicht gewollt. Die florentinischen Siegesfeiern und seine eigenen Freuden waren ihm vergällt, er machte sich auf den Weg zurück nach Roussillon.

Dort war inzwischen der König von Frankreich, der Sehnsucht nach den Orten seiner Jugendfreuden spürte, zu Besuch gekommen. Noch immer war er gesund und kräftig und voller Dankbarkeit für Helena. Aber anstatt sie in Roussillon anzutreffen, mußte er von ihrem Tod erfahren. Als nun Bertram nach Hause kam, bekam er von allen Seiten, vor allem aber vom König, Vorwürfe zu hören: Wie lieblos, eine solche Perle zu mißachten, wie schnöde, hochmütig und so weiter – aber es waren eigentlich schwache Vorwürfe, mehr so der Form halber, und sie mündeten bald in einen neuen Heiratsvorschlag ein: Nun sollte Bertram die Tochter des Herrn Lafeu heiraten.

So ein alter Adel scheint sich auch abzunutzen; dieser Bertram hatte wirklich kein feines Gehör. Kein Ohr für Töne: Er hätte doch wirklich bemerken müssen, daß hier das Verhältnis Untat zum Unmut nicht stimmte – so leicht konnte einer doch nicht davonkommen. Aber Bertram merkte gar nichts, er war durchaus erfreut über die neue Braut, und auch Lafeu war zufrieden und wünschte sich von dem Schwiegersohn, etwa als Quittung, den schönen Ring, den der am Finger trug. Der sähe nämlich, wie Lafeu sich wunderte, einem Ring sehr ähnlich, den er früher an Helena bemerkt habe. Nun wurde auch der König aufmerksam, nahm Bertrams Hand und betrachtete ebenfalls den Ring: Ähnlich, rief er: er sei nicht nur ähnlich, nein – das sei der Ring! Er müsse das schließlich wissen, denn er habe ihn Helena geschenkt! Es entstand jetzt ein beträchtliches Durcheinander, denn nun fing Bertram an, sich aus der Not herauszulügen, mit solchen Ausreden wie: Der Ring – in Florenz ward er mir aus einem Fenster geworfen, oder er habe ihn plötzlich in seinem Schuh gefunden, oder in seinem Bier – da platzte dem König der Kragen. Jetzt reichts aber! rief der König, und ließ Bertram erstmal gefangen setzen.

Die Verwirrung wuchs, als nun plötzlich eine Diana Capulet aus Florenz auftrat; sie erzählte der Versammlung mal etwas von Bertrams lustigem Leben in Florenz und sagte, nach Helenas Tod habe sie nun das nächste Anrecht auf ihn. Die Gesellschaft sah sich verdutzt an. Tsetse, sagte Lafeu, dann werde ich mir nächstens einen Schwiegersohn auf dem Jahrmarkt kaufen. Nunmehr wurde Bertram mit gefesselten Händen wieder hereingeholt, aufs neue zur Rede gestellt, und er gab es auch zu, es stimme schon, jawohl, er sei bei dieser Dame im Bett gewesen, aber sie sei ja bloß eine billige Hure. Aber so billig, sagte darauf Diana, könne sie wohl auch nicht sein, immerhin habe er sie ja fürstlich bezahlt, und dabei zeigte sie ihre Hand mit einem Ring, der seine fünftausend wert war, ja noch mehr, denn es war der alte Ring der Familie Roussillon, den Bertram seinerzeit mit Helenas Eherechten verknüpft hatte. Der König griff sich an die Stirn. Die alte Gräfin war nahe dran, ihrem Bengel die Ohren lang zu ziehen, und die Stimmung war durchaus auf Dianas Seite. Als nun aber wieder der andere Ring, den jetzt Bertram am Finger trug, ins Auge gefaßt wurde, und immer abwechselnd die beiden Hände mit den beiden Ringen, sagte Diana, nun ja, sie habe Bertrams Ring, wie sie eben erklärt habe, und Bertram habe den ihren, worauf der König wieder vor Zorn schäumte; was wollte sie ihm da wieder erzählen, da er diesen Ring doch nun wirklich kannte, wollte sie ihn auch zum Narren halten. Lügen, schrie er, nichts als Lügen, alles verkehrt, nichts stimmt mehr, und ließ auch Diana ins Gefängnis führen.

Aber während sie hinausgezerrt wurde, rief Diana laut nach ihrer Mutter, rief: Schnell, Mutter, hol sie rein, und nun erschien die Mutter Capulet, die ihre Tochter natürlich begleitet hatte, und führte an der Hand eine junge Frau herein, die draußen gewartet hatte. Ein allgemeines Aah! war zu hören. Helena! rief der König – Helena! Es kann nicht sein! Und doch ist es so, sagte die alte Gräfin, die die Todesnachricht aus gutem Grund verbreitet hatte, und drückte das Mädchen an ihre Brust. Da konnte Bertram nur noch wie ein Zurückgebliebener dastehen, konnte nur Mund und Augen aufsperren, als Helena, unter leichter Rötung ihrer Wangen und unter vielem Lächeln und Kichern im Umkreis, berichtete, wie sie Diana angestiftet hatte, dem Bertram den ererbten Ring abzuschwatzen, wie sie selbst, anstelle von Diana, im Bett gelegen habe, und wie sich der junge Herr von Roussillon dort äußerst galant erwiesen habe. Dann drehte sie sich um, gab ihrem Bertram ein berückendes Lächeln und sagte: Weißt du noch, wie du geschrieben hast: Wenn Ihr den Ring gewinnt von meinem Finger und tragt ein Kind von mir – dann würdest du mich als deine Frau anerkennen? Ja? – und sie wedelte mit dem Brief vor seinen Augen herum: Weißt du es noch? Nun, sagte sie dann, die Bedingungen sind erfüllt.

Was blieb dem hohen Herrn, dem Grafen Roussillon da übrig? Versprochen ist versprochen, wer sich überlisten läßt, hat den Spott und die Folgen, und eigentlich, wenn er mal genauer hinsah, war das Mädchen so übel nicht. Also trat er zu ihr hin, schlang seine Arme um sie und küßte sie lange mit anschwellender Zuneigung, während die Umstehenden Bravo! riefen und ausgiebig klatschten.

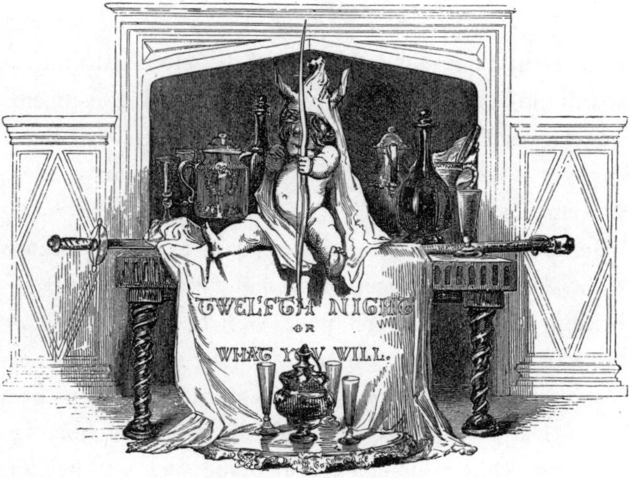

WAS IHR WOLLT

Orsino, der Herzog von Illyrien, war ein hartnäckiger Freier und ließ sich auch durch die unhöflichste Zurückweisung nicht abhalten, die Gräfin Olivia, die er anbetete, unter Stöhnen und Tränenfluten immer von neuem mit seiner Werbung zu bedrängen:

Sie wird mich lieben! –
Ich lieb ihn nicht –
Oh dann entfalt ich meiner Liebe Macht! –
Will nichts mehr von euch wissen! –
Die Gräfin kommt, der Himmel geht auf Erden! –
Ich will überhaupt keinen Mann mehr sehen! –

so ging das seit Monaten hin und her – seit Jahren. Olivia

kannte am Ende jeden Bedienten des Herzogs, und es wurde einfach keiner mehr vorgelassen; und als dann ein sehr großer Kummer dazukam, als ihr der geliebte Bruder weggestorben war, schloß sie sich ganz wie ins Kloster ein.

In dieser hoffnungslosen Zeit kam es dem Herzog recht, daß sich ein junger Mann namens Cesario als Page bei ihm einstellen ließ, ein neues Gesicht, das er zur Gräfin schicken konnte, ein neues Gestenspiel, ein neues Wesen, ein sanftäugiges, anschmiegsames, um sie zu betören. Das gelang ihm auch. Er war unwiderstehlich in seiner Weichheit, dieser Page, er drang auch wirklich zu der verhüllten Gräfin vor und erreichte mit seinen auswendiggelernten, künstlichen Worten mehr als alle anderen bei ihr. Sie nahm ihren Schleier vor ihm ab, er durfte ihre Schönheit bewundern. Schade, sagte er, wenn Ihr zu Grabe diese Reize tragt, und laßt der Welt kein Abbild! – Es endete so, daß sie ihn zwar mit den üblichen Worten: Ich liebe ihn nicht! zu Orsino nach Hause schickte, dennoch aber nichts gegen einen weiteren Besuch von ihm einwandte: Er solle ihr berichten, wie Orsino die Abweisung aufgenommen habe! Das als Grund! – Dazu diese Blicke und diese Seufzer, die langsamen Windungen ihres schlanken Körpers! Als sie ihm dann noch ihren Hofmeister mit einem Ring von ihr, und mit der Behauptung nachschickte, den habe er bei ihr liegen lassen, war es für Cesario überdeutlich, was los war mit der Dame. Sie war in ihn verliebt.

Ein Onkel der Gräfin hatte sich damals in Olivias Haus eingenistet, ein Tobias Rülp, ein Junker mit festen Gewohnheiten. Er füllte sich mit Wein, wenn er nicht einen Rausch ausschlief, und er schlief einen Rausch aus, wenn er sich nicht den Bauch vollschlug. So ein Leben ist nicht billig, daher hatte sich Tobias den Junker Christof Bleichenwang ins Haus seiner Tante geladen, einen alten Freund, der auch gerne den Humpen hob, aber zudem vermögend war. Junker Christof! lallte Tobias, lllaßt euch mehr Geld schicken und dddie Kanne wieder füllen, so werde ich euch, so wahr meine Nase rot ist, zu meinem Neffen machen! – Sie bildeten sich wirklich ein, die schöne Olivia werde sich mit dem weinessigsauren Bleichenwang verkuppeln lassen, und daher beobachteten sie mit Erbitterung, wie jetzt der Springinsfeld, der pfirsichhäutige Page des Herzogs Orsino, öfter als schicklich zur Gräfin vorgelassen wurde. Es war eine Verkennung der Lage.

Nacht für Nacht das Saufen und Grölen, und überhaupt die ganze liederliche Wirtschaft in ihrem Haus mißfiel Olivia sehr, und sie gab ihrem Onkel erst durch die Blume, durch ihre Zofe Maria, dann nicht mehr durch die Blume, durch den Hofmeister Malvolio, zu verstehen, daß es so nicht weitergehen könne: Herr Junker von Rülp, begann Malvolio schneidend und streng – Tobias sang Drei lustige Kerle wohnen allhier – das gnädige Fräulein trug mir auf – Tobias sang Am zwölften Tag im Wintermond –, wenn Ihr Euch nicht von Euren Unordnungen losmachen könnt – Tobias sang In Babylon da wohnt ein Mann –, so wird sie Euch sehr gern Lebewohl sagen – und Tobias grölte Leb wohl mein Schatz, ich muß von hinnen gehen – zwecklos, das Ganze. Die beiden Weinjunker ließen den würdigen Herrn Malvolio glatt abfahren. Sie drehten ihm zwei Nasen und schickten darauf die Jungfer Maria gleich noch einmal um eine Kanne Wein. Und während sie sie leerten, berieten sie sich, wie sie dem alten Sauertopf mal richtig eins auswischen konnten. Den besten Einfall hatte Maria, die eben mehr für zwei lustige Herren übrig hatte als für einen grämlichen.

Die fortgesetzten, dringlichen Liebesanträge der Gräfin Olivia waren Cesario unbehaglich, sie ließ ihn kalt, denn er hatte ein Geheimnis: Unter den Männerkleidern war er ein Mädchen, das Viola hieß. Viola war in das Land Illyrien durch ein Unglück verschlagen worden. Sie war auf einer Seereise gewesen, das Schiff war in einem Sturm vor der Küste zerschellt, der Kapitän hatte sie gerettet und sie, wegen der Sicherheit, mit Männerkleidern versehen. Mit ihr auf dem Schiff war ihr Zwillingsbruder Sebastian gereist, ihr zum Verwechseln ähnlich; ob er sich, wie sie, aus dem Unglück hatte retten können, war ungewiß. Für die Zeit, in der diese Ungewißheit bestand, hatte sie sich beim Herzog Orsino in Dienst begeben, unter dem Namen Cesario; von da an wissen wir weiter. Nur wissen wir noch nicht, da es tief versteckt war, daß Viola sich bald in den Herzog verliebte. Sie litt daran, daß er davon nichts ahnte, ganz ähnlich, wie der Herzog an der Kälte seiner Gräfin litt. Und da mußte sie, heiß unter Cesarios Kleidern, zu der Kalten der Liebesbote sein! Denn der Herzog ließ nicht locker.

Versuchs noch einmal, sagte er. Geh zu der schönen Grausamkeit! –

Herr, wenn sie Euch aber nicht lieben kann!

Das kann nicht sein! –

Denkt Euch, sagte Cesario, ein Mädchen fühl solche Herzenspein um Euch!

Unmöglich! – Von solchen Vergleichen wollte Orsino nichts wissen. Ach, Weiberherzen, sagte er abschätzig, Weiberherzen – klein, klein. Kein Platz drin für große Gefühle.

Es war schon ein seltsamer Herr, dieser Herzog, zuzeiten von Liebeslaunen fast entzweigerissen, sterbensmatt, Tränenfluß, wenn ihm sein Narr vorsang: Laß mich frei, laß mich frei, Not, mich erschlägt ein holdselig Weib – und zugleich so verächtlich gegen das andere Geschlecht. War er glücklich im Unglück? Oder wars was anderes?

Inzwischen hatten Junker Toby und seine Kumpanei ihren Spaß mit Malvolio, nachdem Maria, täuschend in der Hand ihrer Herrin, einen Liebesbrief geschrieben und ihn dem eitlen Hofmeister, während die Halunken aus einem Versteck zusahen, als Köder hingeworfen hatte. Bald kam er, sah den Brief liegen, hob ihn auf, bebte schon, als er ihn aufriß, und las: M.O.A.I. ist meine Wahl, las er, M.O.A.I., mysteriös, und doch, wer anders als er konnte damit gemeint sein, dessen Namen mit M anfing! – Dein Schicksal, las er, tut dir die Hand auf, und las weitere Dunkelheiten und Anweisungen, wie er zeigen sollte, wie ihm zumute sei, nämlich gelbe Strümpfe müsse er tragen, kreuzweise gebundene Knieriemen, und vor allem, las er: Immer lächeln.

Das genügte. Malvolio, der die Gräfin insgeheim schon lange anhimmelte, hatte verstanden. Er sollte erhöht werden, stand da geschrieben, ein *Graf* Malvolio werden! – Sofort eilte er, sich in der geforderten Weise zu verschönern.

Bald juchzte das ganze Haus. Auch Olivia hatte schon davon gehört, als er nun vor ihr auftrat mit gelben Waden, qualvoll eingeschnürt, und sich wiegte und lächelte: Schönes Fräulein, he he!, machte Malvolio, lächelte stark und machte ein paar Balzschritte. – Aus dem Hintergrund kam Schnauben und Prusten. – Er hat einen Sonnenstich, dachte Olivia. Sie versuchte, aus ihm herauszukriegen, was es mit seinem seltsamen Aufzug, den sie – das hatte Maria einkalkuliert – besonders abscheulich fand, auf sich habe. Malvolio lächelte. Er rezitierte: Einige werden hoch geboren – er machte eine Pause – einige erwerben Hoheit – er schaute Olivia bedeutungsvoll an – Und einigen wird sie *zugeworfen!*

Na und? fragte Olivia, was soll das?

Malvolio lächelte noch stärker und zwinkerte ihr überdeutlich zu. – Olivia schüttelte den Kopf: Was war in diesen Menschen gefahren! Er brauchte einen Wärter, da konnte sich Herr Tobias mal nützlich machen. In ihrer Ratlosigkeit überließ sie den entgleisten Hofmeister, dessen Lächeln versteinerte, der Obhut des Onkels und ihrer Zofe, und die nahmen ihn in die Mitte und führten ihn fort. Und sie neckten und verulkten ihn so, daß ihm Nase und Kinn immer länger herabhingen, und sperrten ihn tief verwirrt in eine dunkle Rumpelkammer, zur Ausnüchterung.

Eines Tages, nachdem Cesario wieder eine der zwecklosen Liebesbotschaften des Herzogs bei Olivia abgeliefert und sich ihren Seufzern und schlangenhaften Annäherungen mit Mühe entwunden hatte, sah er sich vor dem Haus dem Junker Tobias und einer Duellforderung gegenüber. So ging es nicht weiter, erklärte der Junker, mit der Belästigung der Dame, er spräche für einen Freier, den Junker Bleichenwang, der verlange Genugtuung. Tobias war wie ein Kampfhahn aufgemacht, mit Barett und mit geschlitzten, rotweiß gestreiften Pluderhosen und dem üblichen fleckigen Lederkoller: Dein Nachsteller erwartet dich an der Gartenhecke, sagte er mit finsterer Stimme.

Cesario, oder sagen wir: Viola, war auf so einen Raufhandel nicht eingestellt, sie war in ihrer Angst schon nahe dran, ihr Geheimnis aufzudecken, da lief plötzlich ein fremder Mensch herbei, teilte die bedrohliche Versammlung und rief: Halt Halt! Den Degen weg! Und er sagte, wenn da ein Ehrenhandel auszufechten sei, dann würde er ihn für den jungen Mann übernehmen. Und er hätte sich mit dem Junker Christof, der schon Angst vor seinem eigenen Mut bekommen hatte und, die feuchte Hand am Degengriff, hinter Tobias in Deckung gegangen war, auch eingelassen, wenn nicht ebenso plötzlich zwei Gerichtsdiener erschienen wären, im Namen des Herzogs, mit einem Haftbefehl gegen den Unbekannten, den sie Antonio nannten. Dieser schien wenig überrascht davon. Er ergab sich unter Seufzern, wandte sich aber an Cesario und bat ihn um etwas von dem Geld, weil er das jetzt nötig bräuchte.

Vom Geld? – Cesario hatte keine Ahnung, worauf der Fremde sich bezog. Von welchem Geld, Herr?

Cesario hatte selbst nicht viel, aber er wollte ihm, schon aus Dankbarkeit für die angebotene Hilfe, davon gern etwas abtreten, und verstand deshalb noch weniger, warum dieser Herr Antonio ihn mit ausgestrecktem Finger anklagte.

Undank? Weswegen Undank? Er stand wie betäubt, während man jenen abführte, aber eines blieb in ihm hängen, ein Widerhall, der den Lärm übertönte: Der Fremde hatte ihn Sebastian genannt. Sebastian, den Namen des Bruders, von Violas Bruder, ihr zum Verwechseln ähnlich – also mußte er leben und war vielleicht ganz nah!

Damals, im Orkan, hatte sich Sebastian, im Chaos der Brecher, Strudel, des brechenden Holzes, an einen Schiffsmast geschnürt und sich, als der knickte und über Bord ging, mit ihm treiben lassen, lange bewußtlos, bis er schließlich von einem Kutter gerettet worden war. Der

Kutterkapitän hieß Antonio, er stammte aus Illyrien, war dort aber wegen Seeräuberei gesucht. Doch freundete er sich mit seinem Schützling Sebastian so sehr an, daß er ihn, trotz der Gefahr, entdeckt und eingesperrt zu werden, ins Land hinein begleitete, und ihn, während er nach seiner Schwester Viola suchte, mit Geld und Rat versorgte – und das sehr großzügig. So überließ er ihm, als sie in die Hauptstadt kamen, einen vollen Beutel Geld für den Fall, daß ihn vielleicht irgendeine Kauflust anwandele, während er selbst, Antonio, in einem versteckten Quartier auf ihn warten wollte. Als er aber dort die Leute von einer drohenden Keilerei, in die sein Liebling, jedenfalls nach den Beschreibungen, geraten war, reden hörte, ließ er alle Vorsicht beiseite und rannte zu Hilfe, hinaus auf die Straße, wo doch noch immer viele sein Gesicht kannten und der Steckbrief in allen Polizistentaschen steckte.

Aus dem Zwischenfall mit Antonio hatten die Weinjunker Rülp und Bleichenwang den Schluß gezogen, dieser Cesario sei ein Schlappschwanz und Lumpenkerl, da er seine nächsten Freunde nicht mehr kenne, wenn sie in Not waren. Und sie dachten, der wäre also gefahrlos durchzuprügeln, so daß auch der bleiche Junker Christof wieder Mut und Farbe kriegte, als er den Pagen gehen sah und ihm mit der Corona folgte. Vor dem Haus der Olivia stellten sie ihn, den Cesario, wie sie meinten, und der Bleichenwang trat ihm kühn in den Weg und wischte ihm eine. – Er war recht verblüfft, als ihm postwendend mit gleicher Hand heimgezahlt wurde, und auch den Kumpanen, als sie sich einmischten. War das derselbe Cesario? Verblüfft standen sie, duckten sich vergebens vor seinen Stübern und Hieben und konnten von Glück reden, daß nun Olivia aus dem Haus lief und den Tobias und ihre lästigen Hausgäste zur Rede stellte: Schluß! Aufhören! Wirds niemals anders sein? Immer nur Lärm und Tumult, Saufen, Hauen und Stechen? – Und dann nahm sie, wie sie glaubte, ihren Cesario an der Hand und führte ihn von den Streithammeln fort.

Noch einmal: War das derselbe Cesario? Cesario der Spröde, der für Olivia immer nur taube Ohren hatte?

Auf einmal war der junge Mann wie ausgetauscht, freundlich, offenbar gar nicht abgeneigt – wenn auch ein wenig benommen. Er ist in günstiger Stimmung, dachte sie, jetzt aber schnell! Und sie sagte: Warte auf mich, Liebster, mit ihrer süßesten Stimme, bin gleich wieder da!, und rannte fort, wogend und aufgelöst, während er noch im Portikus stand und sich die Stirn rieb, und schon war sie zurück, in kürzester Zeit, schwer atmend, gefolgt von einer flatternden Soutane. Darauf sah sich der junge Mann, der zu träumen meinte, ins Innere und in die Hauskapelle geführt, und Willst du, Cesario – willst du, Olivia – im dürftigen Licht zweier Kerzen, Siegelringe tauschend, die Bibel verkehrt herum, so wurden sie ein Paar. Es war die schnellste Hochzeit der Welt.

Natürlich war es nicht Cesario gewesen – schon gar nicht Viola –, die den Junkern Saures gegeben hatten, und es war keiner von beiden, der die Gräfin Olivia geheiratet hatte, sondern es war Sebastian, auf der Suche nach Antonio, seinem Wohltäter, der nicht im vereinbarten Wirtshaus gewesen war.

Währenddessen kehrte der wirkliche Cesario – wenn es ihn gab – mit wirren Gedanken und mit Olivias immer gleicher Antwort zum Herzog zurück und erzählte ihm auch, was er unterwegs erlebt hatte, von dem fremden Herrn, der die Raufbolde abgehalten hatte und dann verhaftet worden war.

Orsino wollte seine Liebesangelegenheit jetzt zu Ende bringen, so oder so, er sagte: Komm Cesario, wir gehen selbst zu ihr, und nahm ihn am Arm. Es kam nicht oft vor, daß der Fürst sich in der Stadt sehen ließ, noch dazu zu Fuß, also hingen überall die Leute aus den Fenstern und standen auf der Straße, maulaffenfeil, sagten zueinander: So sieht der aus, und begrüßten ihn mit Rufen, weil sie meinten, er wollte sich jetzt mehr um sie kümmern.

In der Nähe von Olivias Haus begegnete ihnen der gefesselte Antonio mit seinen beiden Wächtern, und Cesario zeigte auf ihn: Dies sei der hilfreiche Herr von vorhin, der Herzog aber erkannte ihn als lange gesuchten Piraten. Daß der sich so unverfroren hier blicken ließ, machte den Herzog wütend, und er ließ sich nicht besänftigen, weder durch Cesarios Bitten noch durch Antonios Beteuerungen, die Anklage sei ungerecht. Bei diesem Stand, in dieser unheilschwangeren Stimmung, wobei, zur stärkeren Verwirrung, Antonio noch einmal seinen Vorwurfsfinger gegen Cesario ausstreckte, erschien nun die Gräfin Olivia, um dem Herzog, der eine endgültige Lösung wollte, mit ihrer frisch beringten Hand die endgültige Abfuhr zu erteilen. Diese Demütigung brachte Orsinos Wut zum Überschäumen. Gut, sagte er zu Olivia, wenn Ihr mich nicht wollt, so sollt Ihr auch keinen anderen haben. Komm, Junge, sprach er zu Cesario, mein Entschluß ist reif zum Unheil. Ich will mein zartgeliebtes Lamm entseelen, um einer Taube Rabenherz zu quälen.

Von Cesario kam kein Widerstand. Unter seinen Kleidern verbarg sich jemand, der für den ahnungslosen Herzog auch noch das letzte erdulden wollte. Ihm folg ich nach, dem ich mich ganz ergeben. – Olivia verstand überhaupt nichts mehr.

Hast du's denn schon vergessen? – Cesario wußte nicht, was sie meinte.

Warte, rief Olivia, ich lasse den Priester holen. Mein Mann wird nicht umgebracht!

Mein Mann? sagte der Herzog, und zu dem Pagen: Bist du denn mit ihr verheiratet?

Aber nein, nein! Cesario schwor und beteuerte, das sei alles ein Irrtum, aber es half ihm nichts, nun war auch der Priester herbeigelaufen und zeigte auf ihn, er sei es, den habe er vor dem Altar gehabt.

Der Herzog war zerschmettert. Heuchler! Lügner! schrie er, daß sein Vertrauter, sein Liebesbote ihn so hintergangen habe! Fort, er solle ihm aus den Augen gehen: Leb wohl und nimm sie! – Da konnte Cesario, oder Viola, beteuern und schwören, so viel sie wollten – der Herzog glaubte nun nichts mehr.

Unterdessen war Sebastian noch immer auf der Suche nach Antonio in der Stadt umhergeirrt. Dabei war er von neuem auf die Herren Weinjunker gestoßen und mit ihnen in Streit geraten. Da diesmal nun niemand dazwischentrat, bekamen der Bleichenwang und seine Genossen Sebastians Fechtkunst richtig zu spüren. So wird erklärlich, daß Sebastians Erscheinen am Ort der Mißverständnisse durch ein paar stark beschädigte Vorboten angekündigt wurde. Der Herr Christof hatte eine Riesenschmarre auf der Backe, er sah besudelt, verstört und nicht heiratsfähig aus. Nicht weniger jämmerlich war der Zustand der Kumpane. Als sie nun den Cesario bei den Herrschaften stehen sahen, glaubten sie, der sei der Mann mit dem schnellen Degen, und wollten sich über ihn, auf ihre Wunden deutend, beklagen. Sie ernteten aber kein Mitleid, sondern nur Gleichgültigkeit und mußten sich wie getretene Köter davonmachen. Kaum waren sie fort, folgte ihr Verfolger mit blutroter Waffe.

Zuerst waren alle wortlos vor Verblüffung über die Ähnlichkeit. Die Augen Olivias, Orsinos, des Gefolges und der Städter, die die Szene gespannt verfolgten, wanderten hin und her zwischen Sebastian und Cesario, hin und her. Gesicht, Ton, Kleidung eines, doch zwei Personen, sagte der Herzog, und Olivia schloß die Augen. Aber Sebastian wußte auch nicht, was er denken sollte: Steh ich auch dort, murmelte er, oder wer ist das?

Es war nun Zeit für Cesario, die verkleidete Viola, das Rätsel aufzulösen, und für die beiden Geschwister, mit Viola! und Sebastian! einander um den Hals zu fallen. Sie sagten einander, mit vielen gegenseitigen Unterbrechungen, wie sie in diese Lage geraten waren, und man sah abwechselndes Lächeln und Rotwerden auf den Gesichtern. Es kam nun heraus, daß die Gräfin Olivia, obgleich sie sich auf das heftigste um ein Mädchen bemüht hatte, doch einen Mann bekommen hatte, und daß Cesario – oder, unter der Verkleidung, Viola – gegen den Anschein zum Herzog gehalten hatte und ihm, wohin Andeutungen und Ahnungen zeigten, näher gekommen war, als Pagen sonst sind. Laß mich dich in Mädchenkleidern sehen, sagte der Herzog. Plötzlich hatte er begriffen, daß er diesen Jungen liebte, der keiner war. Aber es war schierer Zufall, daß hier jedem Liebenden ein Gefährte mit dem schicklichen Geschlecht in den Schoß fiel. Oder nicht? Welches es wirklich war, blieb das Geheimnis des Ehebetts.

DAS WINTERMÄRCHEN

Man kennt das, diese Gastgeber, die dem Gast, wenn er aufbricht, immer von neuem in den Ohren liegen: Bleib doch, geh nicht, noch eine Stunde – darauf der Gast, anfangs geschmeichelt, später belästigt, mit Beteuerungen, daß er Pflichten habe, so leid es ihm tue, nun müsse er fort – und wieder der Gastgeber, was denn so dringlich sei, nur auf ein Glas noch, oder gefällt es dir nicht bei uns? – und so weiter, bis zur Abruptheit.

So etwas spielte sich auch zwischen Leontes, dem König von Sizilien, und dem böhmischen König Polyxenes ab; sie waren Jugendfreunde, danach lange getrennt, und hatten erst durch Polyxenes' Besuch in Sizilien die alte Freundschaft erneuert. Es war ein ausgedehnter Besuch. Neun Monate, mit allen Verlängerungen, war Polyxenes in Palermo geblieben. Nun zog es ihn mächtig nach Hause.

Als Leontes mit aller Beredsamkeit keinen weiteren Aufschub mehr erreichen konnte, bat er seine Frau Hermione, es ein letztes Mal zu versuchen. Sie versuchte es also, bat und bettelte, drohte sogar, scherzhaft, den Gast gefangenzunehmen, und erreichte auch wirklich, daß der Gast noch blieb.

Leontes war erfreut. Aber zugleich kam er auf andere Gedanken: Warum hatte die Frau erreicht, was ihm mißlungen war? Daß Böhmen bleibt – *weshalb?* Die Bitten Eurer Fürstin zu *befriedigen?* Er war von hitzigem Gemüt. Ein Verdacht wuchs in ihm. Quälende Bilder drängten sich vor sein inneres Auge: Wie sie nach ihm den Schnabel reckt, und Wang an Wang, und Nas an Nas...

Schnell fand er überall Beweise.

Als er seinem Kind beim Spielen zusah:

Mamilius, mein Söhnchen – bist du mein Kalb?

Ja, Vater, wie du willst.

Die Sanftheit störte ihn: Dir fehlt ein rauher Kopf und meine Sprossen, um ganz mir gleich zu sein!

Leontes war krank vor Eifersucht und glaubte alles, was ihm weh tat.

Sofort schmiedete er Rachepläne. Er befahl seinem Hofmann Camillo, den böhmischen König zu vergiften. Aber der brachte es nicht über sich, sondern warnte Polyxenes und floh mit ihm nach Böhmen. Leontes sah darin ein Schuldgeständnis – um so größer war seine Wut. Mit Antigonus, einem anderen Höfling, raste er durch die Gänge seines Schlosses; er brüllte: Weiber, Ungeziefer!, er trat eine Hündin tot, er zog eine Zofe an den Haaren, er stürmte in Hermiones Frauenzimmer, gerade als der kleine Mamilius anfing, seiner Mutter eines der grausamen Märchen zu erzählen, die er so gerne erfand. Sie erstarrten, schauten auf den König, der keuchend, mit wirrem Haar vor ihnen stand. Er murmelte etwas. Nicht wahr, die Frau ist lieblich? – Wie schade, daß sie keusch nicht ist und ehrbar. Sie verstand nicht, was er meinte. Aus seinen Augen stürzten Tränen – dann schrie er: Fort mit ihr, in den Kerker! – Er duldete keinen Widerspruch.

An einem Wintertag, der lau war, nach unseren Maßen, aber fröstelig für dortige, mit rüttelnden Winden, weißer Schaumsee, zerrten zwei Knechte in Lederkollern die Königin im zerfetzten Spitzenkleid, das Gesicht mit Haaren verhüllt, durch die leeren Straßen in den Kerker, wo sie bald, verfrüht infolge des Kummers und Elends, ein kleines Mädchen zur Welt brachte, während oben im Schloß Prinz Mamilius sich nach der Mutter verzehrte.

Eine Freundin blieb Hermione treu, Paulina, die Frau des Antigonus, die nun, als letztes Mittel, was Hermione widerstrebend zuließ, mit dem Säugling zum König ging, sich ihm zu Füßen warf, ihm das Kümmerkind hochhielt, das für seine Mutter um Gnade schrie. Leontes wurde dadurch noch wilder, er sah in diesem Kind den Bastard,

das lebende Zeugnis des Ehebruchs. Er war wie ein Berserker, der blindlings um sich haut, wie ein Amokläufer, das Messer in der Hand, im glasigen Mittag. Dieses Kind sollte sterben. Es sollte verbrannt sein, erschlagen sein, nein, das war sein letztes Wort: Ausgesetzt, an einen Ort, der wüst und menschenleer.

Das sollte Antigonus erledigen, und er erledigte das – wenn auch voll Mitleid. Er segelte mit dem Kind – in dieser kreuz und quer geschnittenen Welt – an die wilde böhmische Küste und ließ es dort, mit wertvollen Beigaben und Zeichen der hohen Abkunft. Komm, du armes Kind, sagte Antigonus: Ein mächtger Geist mag Krähn und Geier lehren, daß sie dir Ammen sind. –Wenig später lief Antigonus einem hungrigen Bären in die Arme, der ihn zerdrückte und auffraß.

In Palermo wurde Hermione vor Gericht gestellt. Leontes war so von ihrer Schuld überzeugt, daß ihm die Anrufung des Orakels von Delphi vor der Verhandlung als Formsache erschien. Die Verhandlung war fast beendet, als die Gesandten von Delphi zurückkehrten. Sie lasen nun vor, was der Gott verkündet hatte. Sie lasen, daß alle Vorwürfe unbegründet seien, Hermione sei keusch und Polyxenes tadellos. Aber Leontes wollte in seiner Verbohrtheit nicht mal den Göttern glauben und erklärte das Orakel als Fälschung und Lüge. Er hielt weiter Gericht, er drängte auf die Verurteilung. Da traten neue Ereignisse ein und erschütterten ihn so heftig, daß er sich in einem Augenblick von Grund auf verwandelte.

Ein Bote erschien und meldete, daß Prinz Mamilius gestorben sei – vor Kummer, Furcht und Ahnung. Sofort erblickte Leontes darin die Strafe Apollos. Auf die

Todesnachricht hin sank Hermione, die sich bis dahin entschlossen gegen alle Beschuldigungen verteidigt hatte, blutleer zu Boden. Man trug sie hinaus. Im Saal eine entsetzliche Stille. Leontes stand in lautloser Zerknirschung. Wenig später kehrte Paulina zurück und rief, mit Flüchen und Anklagen, Hermione sei tot.

Danach führte Leontes, der Mann der kältesten Hitze und der süßesten Bitterkeit, sechzehn Jahre ein Büßerleben.

Währenddessen wuchs in einer böhmischen Schäferhütte das Mädchen Perdita auf, das ihr Ziehvater als Säugling am Meeresstrand gefunden hatte. Sie wurde sehr schön und brachte ihren Findeleltern Glück – ein plötzlicher Reichtum war mit ihr bei den Schäfern eingezogen.

Das fanden auch die Spione des Königs Polyxenes heraus, die nachforschen sollten, wo sein Sohn Florizel immer öfter hinschlich, anstatt zu würfeln, zu bechern, Bären und Hofdamen zu jagen, wie es sich für Prinzen gehört. Sie beschrieben den Ort und die Hütte, die er im Schäferkostüm besuchte. Nun wollte Polyxenes selber sehen, was dahintersteckte. Mit Camillo, seinem sizilianischen Freund, wanderte der König, entsprechend verkleidet, aus der Stadt. Sie erreichten die Schäfergegend, als die Schäfer das Fest der Schafschur feierten. Dabei kamen immer viele Gäste, geladene und ungeladene, auch Schausteller und Händler, wie Autolycus, die dort Geschäfte verschiedener Art machten: Heisa, beim lieblichen Vogelsang, das wetzt mir alsbald den Diebeszahn. Es ging locker und leichtsinnig zu.

Dem Polyxenes in seinem Schäferpelz machte das lustige Gewimmel Spaß, vor allem gefiel ihm Perdita, die Königin von Milch und Rahm, die nach mehr als nach Schäferei aussah. Sogar in klassischem Versmaß konnte sie antworten, wenn der verliebte Florizel sie anschwärmte:

O Proserpina, hätt ich die Blumen jetzt, die du erschreckt verlorst von Plutos Wagen, Anemonen, die, eh die Schwalb es wagt, erscheinen – so, in dieser Art. Es war, zwischen den Wollhaufen und dem saftigen Junigras, zwischen Autolycus' Planwagen und Basar, Tanzplatz und Scheune und der großen Essenstafel, ein blumiges Dichten im Gang, um die Wette, im richtigen Arkadien: ein Arkadien der Worte, mit Phöbus und Juno, Waldnymphen, Zicklein, den bibbernden Schafen, mit Singen und Flüstern, Lautenzupfen, mit buntscheckigem Liebeln und Schäkern, daß man den grauen Königsalltag darüber fast vergessen konnte.

Aber es war augenblicklich mit der Heiterkeit vorbei, als Florizel, unter der Schäfermaske, aus seiner Verliebtheit Ernst machte und den alten Schäfer, der dagegen nichts hatte, um die Verlobung mit Perdita bat. Der Schäfer sprach schon von Mitgift, er erbot sich schon, mit einer großartigen Geste, den Besitz des Bräutigams zu verdoppeln, da griff Polyxenes ein. Halt! rief er in das Getümmel, und gab sich der erschrockenen Schäfergesellschaft als König und Vater zu erkennen. Er stellte den Sohn zur Rede, daß er ihn nicht einmal fragte, vor so einem wichtigen Vorhaben. Sofort nach Hause, befahl er, verbot alle Heiratspläne und drohte, wie in einem Echo einer lange zurückliegenden, ebenso grundlosen und plötzlichen Wut eines anderen großen Herrn, allen Helfern der beiden Verliebten mit Foltern und grausamen Todesarten, wenn sie gegen das Verbot verstießen.

Auch hier, nach so vielen Jahren, war Camillo der Vereitler der Willkür. Er besprach sich heimlich mit Florizel und seiner Schäferin, daß sie mit ihm nach Sizilien flüchten sollten – er hatte auch Heimweh nach der langen Zeit –, was durch einen Kleidertausch mit dem nützlichen Gauner Autolycus, der sie unkenntlich machte, auch alles gut gelang.

In Sizilien wurden die Flüchtlinge von dem in vielen Büßerjahren milde gewordenen Leontes freundlich aufgenommen. Vor allem das Mädchen, das der böhmische Prinz als seine Frau vorstellte, entzückte ihn. Aber er hatte sich kaum an ihrem Anblick, der ihn sonderbar stark berührte, halbwegs gesättigt, da wurden sie von einem neuen Wirbel von Ereignissen überfallen.

Unmittelbar hinter dem Boten, der ihn ankündigte, traf überraschend Polyxenes aus Böhmen ein, den seine Spione auf die Spur der Flüchtigen gebracht hatten. Ein kurzes Wiedersehen, die beiden Könige mit widerstreitenden Gefühlen, dann kam Polyxenes mit harter Miene, wie es schien, zu seinem Anlaß: Er wollte den Sohn verhaftet sehen, auch das Mädchen, weil sie straffällig und flüchtig seien – und dies mit Worten der Rachsucht. Wo führte das hin? Zu neuer Raserei?

Nein, es war nur Schaum, ein weißfletschender Überrest alter Zeiten, Einjagen von heilsamem Schrecken. Denn inzwischen hatte der alte Schäfer, den sein Gewissen plagte, dem Polyxenes den Rest der wertvollen Beigaben ausgehändigt, die damals bei Perdita gefunden worden waren; daraus hatte der König ersehen, daß Florizel in der Schäferhütte eine gute Wahl getroffen hatte. Prinzessinnenhaar, Prinzessinnenhaut, Prinzessinnenhände – es war doch was dran. Wenn auch vom Pöbel oft bezweifelt: Königsrasse. Irgendwie drang das durch.

Wenn es nicht ernst war, so spielten sie doch gern Theater: eine Minute Tyrannenzorn, eine Minute Zittern und Beben, eine Überraschung wird vorgespielt: darauf folgen Versöhnung, Küsse, Umarmungen, das gegenseitige Erklären der Rätsel, eine erneuerte Fürstenfreundschaft und ein böhmisch-sizilianisches Brautpaar. Bis dahin: ein beinahe glücklicher Ausgang.

Aber es blieb die Last eines großen Kummers auf Leontes, der Tod der Hermione und seine Schuld daran. Er war deshalb sehr bewegt, als er hörte, daß der berühmte Bildhauer Romano eine Statue seiner Königin fertiggestellt habe, ein Wunder an Ähnlichkeit, und jetzt im Haus der Paulina zu besichtigen. Sofort machte Leontes sich mit seiner neugefundenen Tochter und Gästen und Freunden auf den Weg, um es anzuschauen. Als dort

Paulina vor der Nische, in der es stand, den Vorhang wegzog, versteinerte Leontes in freudigem Schrecken: Die Ähnlichkeit war vollkommen, Haltung, Kleidung, die Farbe der Haut – wo hatte man je so rosigen Marmor gesehen? Noch verblüffender: Es war kein Abbild der Erinnerung, das der Künstler hervorgebracht hatte, er hatte vielmehr, in Paulinas Worten: Sechzehn Jahre überhüpft, sie schaffend, als lebte sie noch jetzt! – Leontes war wie im Traum. Er näherte sich, er sah an den Gliedern, im Gesicht die feinen Einzelheiten, die er lange vergessen hatte, das Leberfleckchen auf der Schulter, den Flaum über der Lippe, einen feuchten Augenglanz, der ihn zu Tränen rührte. Wie zu ihr gestoßen von der täuschenden Ähnlichkeit, wie von dem Vorwurf, den sie enthielt, zugleich in unsinniger Gier, wollte er die Lippen an sie drücken.

Die Freunde waren starr vor Entsetzen: Tus nicht, sagten sie, und wollten ihn fortziehen, Paulina mit der Hand am Vorhang. Sie fürchteten, die Erregung könnte Leontes töten, aber er ließ sich nicht halten, er hob die Hand an das Marmorgesicht, er küßte es, fühlte feucht und warm und weich, hörte nichts mehr, verlor sich in diesem Kuß, bis eine Atemnot ihn zwang, davon abzulassen.

Als er, weiß wie Stein, einen Augenblick zurücktrat, sagte Paulina, daß die Statue ein noch größeres Wunder sei, als man ihr ansähe. Man könne sie, durch eine Musik, in Bewegung bringen – und tatsächlich kam, auf die Musik hin, Bewegung in die Falten des Kleides, die Figur regte sich und stieg als unerhörtes mechanisches Kunstwerk langsam vom Podest herab.

Was nun noch fehlte, war wenig. Als Perdita, wie ein lebender Abguß, vor ihm kniete, kamen Worte aus dem Bildnis. Die Stimme. Ihre Hand auf dem Haar. Der Duft der Marmorhaut. Zwischen Blaß und Rot wechselnde Farbe. Was unterscheidet ein Abbild vom Leben, wenn das Abbild vollkommen ist? – Nichts. Es war sie selbst, Hermione, die, nach langer Zeit im Versteck, für Leontes die lange Zeit der Reue beendete, wie das böse Wintermärchen, das der kleine Mamilius erzählte, an dem Tag, an dem ihre Leidenszeit begann.

TRAGÖDIEN

ROMEO UND JULIA

Obgleich es mich drückte, hab ichs doch nie jemand erzählt, ja ich habe gewiß eine Todsünde begangen, indem ich viele Male vorher beichten ging und es ausließ. Nun bin ich hier. Das also ist der Ort, Verona, wo das Pulver seinen Dienst getan hat. Ich bin kein Betrüger, Pater, wenn ich Gift verkaufe, dann ist es Gift, und unverdünnt. Das war mein Stolz, trotz allem Elend.

Damals hatte ich kaum was zu beißen, ich kaute Kräuter, um den Hunger zu vertreiben. Der junge Herr, der an die Tür klopfte, am blassen Vormittag, hat mir vielleicht das Leben gerettet. Vierzig Dukaten, denkt mal, ich hatte in zwei Jahren nicht so viel verdient. Ich gab ihm eine tüchtige Dosis, zwanzigfach tödlich, sogar der Rest auf seinen Lippen reichte noch, wie man hörte, für das Mädchen, für ihren Todeskuß. Er nannte ihren Namen damals – der einzige Name, den ich nennen hörte. Aber er hielt sie für tot und sprach von Juliens Grab. Daher weiß ich sicher, daß es um ihre Geschichte ging.

Ansonsten – das meiste weiß ich nur vom Hörensagen. Ihr werdet mehr wissen. Romeo war sicher kein Tugendmann, er hatte Mädchen davor, so hübsch wie er war, und mit Einfällen. Ich hörte den Namen Rosalind, der letzte Schwarm, sie aber sei kalt mit ihm umgesprungen, ganz ungewohnt für das Herrensöhnchen. Es scheint, daß sich dann, urplötzlich, bei ihm etwas verändert hat. Ich bestreite nicht, daß es das gibt. Von einem Windbeutel, Tändler, der schnell mal eine beschwätzt, mit ihm in den Wald zu gehen, zu so einer Ausschließlichkeit. Alles sehr rasch, wie es schien, die ganze Geschichte eine Geschichte von Tagen.

In Mantua sprach es sich auch bald herum, schon einen

Monat später war da ein Bänkelsänger auf dem Markt. Anfangs war noch manches unsicher, sogar die Namen, Mariotto und Gianozza, hießen sie erst, aber ein paar Wochen später kam ein anderer, direkt aus Verona, wie er sagte, der wußte auch schon, daß sie eine Capulet war, und ihren Namen. Er hatte großen Erfolg. Ein paar Burschen kicherten anfangs, machten ihre groben Witze, aber die waren bald weg. Viele Mütter nannten ihre Söhne Romeo. Denkt Euch, Pater, wie mir zumute war, wenn ich dort vorbeikam, und hörte von seinem Ende erzählen! Werde ich jemals Ruhe finden? Selbst wenn Ihr das *Te absolvo* sprecht, wohl kaum.

Wie leicht hätte es sein können und andere Hände wären mir zuvorgekommen, zum Beispiel Tybalts. Das wußte man auch hier, schon lange, Montague und Capulet, das waren Erbfeinde, aus lange vergessenen Gründen. Tybalt, er hätte gleich *Raufbold* heißen können, so wurde jedenfalls erzählt, suchte immer Gelegenheiten und hätte schon fast eine gehabt, ganz zu Anfang, als Romeo sich aufs Capulet-Fest geschlichen hatte, maskiert, und, von Julias erstem Anblick getroffen, aufglühte und in solchen Tönen von ihr sprach, daß es auffiel. Die Stimme eines Montague! Tybalt hätte fast losgeschlagen, hätte Julias Vater es ihm nicht ausgeredet. Aber nicht lang danach, da trafen sie sich auf der Straße, bei Romeo war sein Freund Mercutio. Tybalt stichelte erst, dann stach er im Ernst, Mercutio ging daran zugrunde, und Romeo, der sich doch äußerste Friedfertigkeit auferlegt hatte, konnte nicht mehr anders. Es war eine Ehrensache. Dann streckte er Tybalt nieder, entgegen der ausdrücklichen Friedenspflicht, die der Veroneser Fürst verordnet hatte. Außerdem, Tybalt war nun sein Schwager, wenn es auch niemand wußte. Hätte er nicht siegen können? Und daß ich mein Gift einem Mörder gab, einem Verbannten, ist das keine Entlastung? – Ihr sprecht nichts, Pater, Ihr laßt mich allein.

Es war inzwischen viel vorgegangen, in Verona. Ein Mönch namens Lorenzo spielte dabei eine Rolle: Kennt Ihr ihn nicht? Romeo und Julia waren ein Paar. Es ist immer das Glanzstück der Erzähler, und der Sänger, es erregt die Phantasie – kaum eine Szene, die doch keine Zeugen hatte, mit so genauer Beschreibung! Gleich nach dem Fest, noch in der selben Nacht, sei Romeo unter Julias Balkon gewesen. Über die hohe Mauer in Capulets Garten gesprungen, tollkühn im Mondlicht über knirschende Wege, wie ein Schlafwandler, als sie hervortrat, auf ihren Balkon, wie der Engel der Verkündigung dem weiß verdrehten Auge staunender Menschen, die rückwärts fallen, um ihr nachzustarren. Ist das blasphemisch, Vater? – Es braucht keinen Erzähler mehr, das kennen wir alle. Narkotische Worte, feuchtes Grünschwarz, ein gluckerndes Wasser, Kiwitt eines Vogels, und: Ssst! Romeo, ssst! – die Angst erhöht die Lust, alles wird versprochen: Nicht mehr Montague, nur noch Geliebter, die Erzähler flüstern, fiebern, Julia kniete, das heiße Gesicht zwischen den Gitterstangen: Lebt wohl, Manieren – hast mich lieb?, zitterte in ihrem Hemd, was hieß da Scham, was hieß da Üblichkeit – sie wußte ja auch, wie wir alle, daß es zu schnell ging, zu sehr dem Blitz gleich, der schon aufhört, eh man noch sagen kann: Es blitzt; aber sehn nicht alle Säuglinge wie Greise aus? – Ich kenne Drogen, die auch solche Welten auftun. Die waren mein Trost.

Die Erzähler auf den Märkten jedenfalls leben gut davon, sie finden kein Ende; einmal Julias Angst: Ich hör im Haus Geräusch, sie huschte fort und wieder hinaus, es war nur die Amme, und: Gleich, Amme, gleich – die war die Mitwisserin – und wieder hinaus, und das Überbieten in unnatürlichen Wünschen: Ich wollt, ich wär ein Vogel – Ich brächt dich um vor lauter Zärtlichkeit, und schlüpfte hinein, eine weiße Katze, nein, kann nicht, wieder hin zum Geländer, und unten, Romeo, zum Wegrand auf Zehenspitzen, die Orte des kleinsten Abstands, ich gehe nicht, ich komme, unersättlich die ausgedehnte Qual: Gut Nacht, Gut Nacht! So süß tut Scheiden weh, daß ich gut Nacht sag, bis den Tag ich seh. – Glaubt mir, Vater, nicht nur ich weinte, wenn ich das hörte. Man hätte die Erzeuger dieser Rührseligkeit erschlagen mögen.

Die Geschichte, wie ich sie kenne, ist kompliziert. Ich habe den Verdacht, sie ist so verwickelt, damit die, die ihr Garn spinnen, besser dabei wegkommen. Denn sie werden nach Zeit bezahlt. Julia, heißt es, soll einem anderen Herrn versprochen gewesen sein, einem Herrn Paris, einem Grafen, vermögend und edel und alles was man will. Julia hatte sich lange gewunden, schließlich konnte sie sich ihren Eltern nicht mehr widersetzen, der Tag der Hochzeit kam, und nun, was nun? Bruder Lorenzo mußte helfen. Habt Ihr was gesagt? – Bruder Lorenzo, der einzige Mitwisser, wie es heißt, der die beiden zusammengegeben hatte, so daß Julia dann einen zweiten Mann hätte heiraten müssen, am zweiten Tag nach der Hochzeitsnacht.

Hier spielt noch ein zweiter Apotheker eine Rolle, auch er hat seinen Anteil – für andere bleibt es sich gleich, ob man tot *aussieht* oder *ist*. Denn dieser Apotheker, so habe ich es gehört, mischte das Tränklein, in dem der Bruder Lorenzo den Ausweg sah: Es sollte Julia in einen Schlaf senken, so starr, daß sie wie tot aussah. Sie sollte dann trauernd in die Gruft gebracht werden, dort nach zwei Tagen aufwachen, wenn Romeo zur Stelle wäre, und sie mitnähme, mit sich fort, aus Verona, aus dem er verbannt war. Das alles wollte Lorenzo so einrichten, und es lag nur an einer Kleinigkeit, daß nämlich in Verona noch vereinzelt die Pest herrschte und der Bote mit dieser Begründung festgehalten wurde, so daß die Nachricht nicht zu Romeo kam. Statt dessen bekam er die andere, daß Julia tot sei, und in der Gruft, als Tote.

Eine so kurze Geschichte, ehrwürdiger Vater, und so lange nachwirkend. Tod war von Anfang an im Spiel. Es heißt, sie hätten immer von ihm gesprochen, auch in der Hoffnung. Ich glaube den Erzählern, ich weiß, daß sie recht haben: Liebste, wie tot siehst du aus – auch du, wie tot, Romeo, und Komm Tod, Willkommen, Julia will es so. Es gab eine Hochzeitsnacht – sonst die längste, die kürzeste, die Nacht aller Nächte – aber da auch: der Tod. Tybalt war erschlagen, das war Romeos Brautgeschenk an die Base des Tybalt. Und Romeo verbannt, das war ihr einziger Kummer. Daß der Mann in ihrer Kammer war, war doppelt todeswürdig. Als es grau wurde, brach er auf; beide waren voller Ahnungen.

Dies also war der dritte Tag. Am folgenden sollte die Hochzeit mit Paris sein – wie das klingt, Pater, nicht wahr. Nun abends, Julia, ich stelle es mir vor, allein mit dem Trank, ich kenne solche Tränke. Sie roch daran, kostete ein wenig, ängstigte sich, erneut diese Angst: Ein Schlaf wie der Tod. Nicht mehr erwachen? Erwachen in der Gruft, zwischen Skeletten und faulem Fleisch, vor Grauen in Wahnsinn sich flüchtend? Und doch trank sies aus, mit dem Mut der Verzweiflung: Ich komme, Romeo!

Auch ich trank, vielleicht zur selben Zeit, Schlaf und Vergessen. Ich lebte elend, mein Vater hatte Gönner gehabt – ich nicht. Stellt Euch dies Leben vor, in einem feuchten Gewölbe, Phiolen, Gläser mit Kristallen, Kräuterbündel vereinzelt auf den Brettern, ich hatte ja nicht viel. Rhabarber, eine Schüssel voll Blutegel, ein paar Kostbarkeiten wie Alraune, Aurum potabile einen Fingerhut voll, das Salz vom Hirschhorn. Im Fenster ein halb zerfallenes Krokodil. In einem Nebengelaß mein Lager, faules Stroh. Ich lauerte, lauerte Tag und Nacht: Wird denn niemand krank in dieser Stadt, fluchte ich.

Alle sterben sie gleich! Oft floh ich in den Mohnsafttraum. Dann hörte ich Pferdehufe, ich hörte Pochen, Holla holla! Ihr müßt Euch denken: Seit Wochen hatte niemand mehr angeklopft! Der junge Herr stand da, mit verstörtem und verklärtem Gesicht. Ich sage Euch, Pater: Der Mann war nicht traurig. Er sagte: Ich hab noch geträumt, ich selbst sei tot, sie habe mich mit Küssen geweckt! Ich sagte: Herr, ich versteh Euch nicht, und er wischte es weg und wollte Gift. Nein, er war nicht traurig, der Tod seiner Braut war auch sein Tod, der Ort, wo er sie wieder traf, und das beseligte ihn! Sollte ich ihm diese Seligkeit verweigern? – Ach ja, ich weiß. So wird man Advokat. Oft habe ich seitdem gedacht, mein Kopf wird schwach, und viele andere dachten es wohl auch, die mich murmeln sahen. Doch ich hungerte nicht mehr. Seltsam. Ich hatte mehr Kundschaft. Ein Geld zieht anderes an.

Gestern, als ich nach Verona hereinkam, ritt ich am Friedhof vorbei. Von ferne schon, über die Mauer, sah man ein Grabdenkmal ragen, und ein Strauchdieb, der mich das letzte Stück begleitet hatte, sagte mir, wem es gehörte und was dort geschehen war. Vielleicht war er ein Hanswurst. Was ich da hörte, das klang anders als bei uns, eine blutige Posse, eine Posse mit Gestank. Dort seien sie alle zusammengetroffen. Erst Romeo, mit seinem Knecht, und zugleich der andere Freier, Paris, beide mit Spaten, jeder mit leichenschänderischen Absichten über Julias Grab, und die blakende Fackel, das Gefecht. Paris zog den kürzeren, so viel ist sicher. Wieder ein Toter. Und dennoch, so kicherte der Strauchdieb, wars noch nicht zu spät.

Und über das, ehrwürdiger Vater, komme ich nicht hinweg. Alle die Zufälle. So leicht hätte es anders gehen können, und ich, ohne Anteil an Schuld. Wäre! Hätte! Hätte Mercutio überlebt, wäre Tybalt nicht gestorben. Hätte man Julia nicht bedrängt, hätte sie nicht zu dem Trank gegriffen. Hätte Lorenzos Bote, der Wandermönch, Mantua erreicht, hätte Romeo von dem vorgetäuschten Tod gehört! Und nun, auf dem Friedhof, als der Pater, der Bruder Lorenzo – kennt Ihr ihn wirklich nicht? – schon breitbeinig, mit geraffter Soutane, über die weichen Grabhügel stolperte, als er wußte, daß seine Botschaft Romeo nicht erreichte: Hätte er nur gerufen: Romeo, halt, hätte er einen schnelleren Läufer vorgeschickt, hätte er sich nur früher auf den Weg gemacht, um rechtzeitig an Julias Grab zu sein, das ja kein Grab war – trotz allen Unheils –, neben der lebenden Julia wäre Romeo nicht gestorben, mein Gift, lieber Vater, wäre unbenutzt geblieben! Doch alle diese wahrscheinlichen Dinge traten nicht ein – nur die schlechten Zufälle. Rede mir einer vom Schicksal. Oder – Ihr verzeiht, ehrwürdiger Vater –, rede mir einer von der Güte Gottes!

Aber was sage ich. Auch war ich nicht dabei, denke mir nur, und habe die Erzähler, einen ganzen Chor eindringlicher Stimmen im Ohr. Romeo hatte sich zu ihr hinunter gegraben, legte sich neben sie, die schöne, stille

Julia: Wie schön sie ist, sagte er, der Tod hat nichts vermocht – so wird er gesprochen haben. Und dann, das Fläschchen, das Pulver, der durchdringende Bittermandelgeruch des Pulvers. Mandelaugen, dachte Romeo, Mandellippen, und: Waren da nicht Rufe, weit weg, wandernde Lichter? Aber nein, ein Irrtum, oder schon Geister: Komm, flüsterte Romeo, komm bittrer Führer, widriger Gesell, und nahm und schluckte, während die Stimmen und Lichter näher kamen. Und noch immer war nicht alles zu Ende, Pater, eine lebenslang trauernde Julia war möglich – auch das eine würdige Lösung. Die Geräusche hatten sie wach gemacht, nachdem die Zeit der Droge abgelaufen war. Sie sah ihn neben sich, den Geliebten – alles Zufälle, nicht wahr, Pater: Ein Nagel spießt die Hose – der Flüchtige wird gefaßt, ein Ertrinkender wird nicht gerettet, ein Kind nicht gezeugt, ein Land geht zugrunde; lächerlich. – Julia sah sein verzerrtes Gesicht, ein wenig Erbrochenes, vom Mundwinkel den Hals abwärts rinnend, und gleich wußte sie alles; und sie küßte seine giftigen Lippen und zog noch den Dolch von der Seite, gebrauchte sich selbst – als Scheide. Es war Freitag, die zweite Liebesnacht, und diesmal tödlich; danach keine Trennung mehr. – Was für ein Geräusch kommt da von Euch, liebster Vater? Durchs Gitter – Kichern oder Schluchzen? Ich seh Euer Gesicht nicht, nur Glänzendes – Eure Augen. Welche Buße, sagt Ihr, soll ich tragen?

Nein, diese Friedhofsszene, großartig nicht, ein scheußlicher Gestank, der Leichnam Tybalts, das blakende

Licht, herbeilaufende Männer, Hunde jachternd, Tritte auf knackenden Knochen. Kein schönes Ende, nein. Nichts auf der Welt ist schön, auf Dauer, schön nur die ewige Minute. Sie wäre leicht verdorben. Bewahr mich davor, Pater, an die spätere Ehe zu denken, Romeo, in späteren Jahren, in Hausrock und Pantoffeln, furzend, und eine schwangere Julia, die unter strähnigem Haar ihm mürrisch eine Platte wackelndes Schweinefleisch hinschlenzt. Bewahr uns alle davor, Pater; fast sage ich, ich habe recht getan, und wenn ich ewig verdammt sein werde.

TIMON VON ATHEN

Apemanthus saß auf der obersten Stufe des Theseions im Säulenschatten und schaute dem Treiben der Soldateska des Alkibiades zu. Das Haus des Ventidius brannte. Auf dem Dachgarten des Lukullus, einst Ort gepflegter Geselligkeit, lärmte eine Kapelle auf Pfannen, Töpfen, Tonrohren und Flaschen, und es war ein wildes Tanzen im Gange. Eine andere Rotte war in den Stadtpalast des Lucius eingedrungen. Einige von den Kerlen erschienen in den Fensteröffnungen und tranken den

Kumpanen auf der Straße mit Silberkannen zu, aus anderen Fenstern flog das leichtere Inventar, aufgeschlitzte Sitzpolster, Öllampen, Tontafeln, Papyrusrollen. Einige traten schnell wieder hervor, gekrümmt unter Kisten und Säcken, schwankend, unter starkem Gejohle, einer trug einen Turm buntgestickter Seidenkissen, zwei andere ein Liegebett, das sie draußen sogleich zerhackten, um das Perlmutt und Silberzierrat abzukriegen. Natürlich gab es gleich Balgereien. Vor der Akademie brannte ein Feuerchen, da flogen Möbel rein, Teile von Möbeln, fremde Holzgötzen, Masken, barbarische Souvenirs; einer schmolz in seinem Helm die Goldbeute ein, ein Ochse briet am Spieß. Vor dem Haus des Flaccus steckten zwei Köpfe auf Zaunspitzen. Zwei grimmige Kerle zogen an einem Seil den halbnackten, blutenden Lucius vorbei, den sie irgendwo in seinem Haus in einem Schlupfwinkel entdeckt hatten. Lucius weinte und schrie: Timon, o Timon! Jaja, Timon, dachte Apemanthus, der hätte seine Freude gehabt. Schade, daß er es nicht mehr genießen konnte, nach so vielen Wartejahren. Jahrelang, dort in seiner Höhle – er hatte sich die Haare nicht geschnitten, Fingernägel wie Krallen, er hatte sich nicht gewaschen, er war bei lebendigem Leib verfault.

Gegenüber schleppte ein Soldat ein Mädchen ins Haus, es hatte seine Haare abgeschoren, und trug einen spartanischen Lederkoller, aber die Verkleidung hatte nichts genützt. Das Mädchen strampelte und kreischte. Warum? Sie waren sowieso alle Huren und kriegten nur, worauf sie sowieso aus waren! Timon hatte sie verflucht und hatte sie zugleich gepriesen, weil sie alles verpesteten. Hatte Timon damals Weiber gehabt? – Man hatte nie davon gehört, nur von Fressern und Säufern; ein Ballett allenfalls für eine Stunde. Sie waren wohl alle schon zu fett, die Kapaune. Apemanthus kicherte vor sich hin und kratzte sich am Schenkel; Schmutzkrusten bröckelten von seiner Haut. Diese athenischen Pfeffersäcke, noch nicht mal fähig zur Hurerei, also auch nicht zur Liebe. Timons Dummheit war sträflich. Halbbruder Timon, dachte er, erst reich und liebevoll, dann arm und ein Menschenfresser wie ich.

Wer von ihnen hatte es besser gehabt, er oder Timon? Wenn man die Länge des Elends rechnet, dann hatte Apemanthus mehr gehabt. Wenn man die Tiefe des Falls liebt, war Timon tiefer gefallen. Es schien ja ausgeschlossen, daß er je von irgend etwas zu wenig hätte. Er hatte unablässig aus dem vollen geschöpft, hatte mit Geld und Wohltaten um sich geworfen wie ein Irrer. Dabei immer vollmundig, schöntönend wie eine Baßflöte, immer mit eu und oi, Froinde und Troie, toierste Froindschaft und Froide – Apemanthus hätte ihm manchmal mit dem Arsch voran ins Gesicht springen mögen!

Er war damals öfter in Timons Haus gegangen, um sich den Zirkus anzusehen, alle diese Affengesichter, diese Maden und Mastschweine, die sich da täglich an seinem Tisch sättigten. Nein, mehr als das: Er sah welche aus dem Haus laufen, zur nächsten Ecke, Finger in den Hals, und sich auskotzen, sich mit dem Ärmel abwischen und wieder rein, um weiterzufressen. Und vor dem Bankettsaal drängten sich Händler, Trödler, Dilettanten, um Timon ihre Waren anzudrehen, lauter wertlosen, nutzlosen Plunder – Timon kaufte alles. Bloß aus Gefälligkeit. Von einem Maler eine elende Allegorie mit Fortuna und Rad und Füllhorn, von einem Dichter eine lächerliche Lobeshymne, trübe Brillanten und falsche Smaragde von einem Juwelier. Sein Haus muß voller Gerümpel gewesen sein, später wollte es niemand auch nur geschenkt nehmen! Aber nicht genug damit, daß er selber sein Geld verschwendete, er kaufte auch noch andere Verschwender frei, die zu Recht im Schuldturm saßen, zum Beispiel den Windbeutel Ventidius, der nicht mal ein Zehntel des Lösegelds von fünf Talenten wert war.

Apemanthus saß ganz still und lauschte. Hinter ihm war ein Geräusch. Dann sah er eine Gestalt in einer verschlissenen Lakaientracht, die sich vorsichtig springend hinter der Säulenreihe bewegte. Apemanthus erkannte ihn sofort: He, Flavius! Warum so ängstlich! Dir wird nichts geschehen – wo nichts ist, bleibt Alkibiades ein höflicher Mann. – Komm, setz dich ein wenig zu mir! – Auch so ein Wunder, brummte Apemanthus: Timons Haushofmeister, und am Ende nicht reicher als sein Herr, was man von Haushofmeistern bankrotter Herren noch nie gehört hat: Freu dich lieber! rief er, daß die Blutsauger deines Herrn jetzt ihren Lohn bekommen! – Aber Apemanthus bekam keine Antwort. Dann lauf, du Idiot!

Such dir einen neuen Esel zum Herrn und schütze ihn vor sich selbst! – Apemanthus beobachtete einen trägen, schillernden Käfer bei seinen vergeblichen Versuchen, eine Treppenstufe zu erklimmen, und bedachte ihn mit einem Speichelstrahl. Dieser Flavius – auch so ein Seelchen! Was hatte er sich für eine Mühe gegeben, Timon zur Vernunft zu bringen, und immer wieder, trotz dessen Unwillen, die unsinnigen Geldausgaben zu verhindern: Ich bitte Euch, Herr, wir brauchen keine Achatschüsseln mehr, und die Perser liegen auch schon drei Lagen dick! – Statt daß er ihm sagte: Herr Timon, ich habe alle Schmarotzer fortgejagt und es wird jetzt nichts mehr ausgegeben! – Timon glaubte, an Geld könnte es ihm nie mangeln, da ihm Land von Athen bis nach Sparta gehörte – dabei war es alles schon verkauft oder verpfändet. Alle wußten es, nur er nicht. Und da wollte er mich auch noch großspurig zum Bankett einladen, dachte Apemanthus. Nein danke, Timon, sagte ich zu ihm. Ich esse keine großen Herrn.

Nun sieh einer an – da drüben! Die Herren Soldaten waren jetzt bei Lucius' Reitstall angelangt. Einer belud einen zierlichen Araber mit schweren Beutesäcken. Andere schwangen sich – zu dritt, zu viert – auf seine berühmten Schimmel: Heda, ihr Tölpel, wißt ihr denn nicht, daß ihr ein Vermögen zu Tode peitscht? Die Schimmel kamen auch aus Timons Stall – und das war wirklich die verrückteste Methode, diesen Dummbeutel auszuplündern, indem man ihn bei seiner Verschwenderehre packte! Er konnte sich nichts schenken lassen, ohne es doppelt und vierfach zu vergelten. Was also macht ein Lucius, wenn es ihn nach einem neuen Gespann gelüstet? – Nun, er macht Herrn Timon ein Pferd zum Geschenk, das dieser mal lobenswert fand, bloß aus Höflichkeit vielleicht! Darauf muß dieser sogleich, mit Tränen der Rührung, oh toirer Froind, das Geschenk mit Zins und Zinseszins erwidern, und vier der allerfeinsten Schimmel hinüberschicken lassen! – Da! Was sage ich: Eines blutet schon aus dem Bauch! – Sie machen es eigentlich wie Timon. – Verschwendung ist eine Art Lieblosigkeit. – Es war eine Scherzfrage unter Händlern und Wucherern: Wie mach ich an einem Tag aus zehn Talenten fünfzig? – Und die Antwort: Indem ich sie Timon schenke, und er schenkt sie fünffach zurück. – Je näher das Ende kam, desto toller trieben sie es mit ihm, und er mit ihnen. Am liebsten hätte er wohl alles in einer Nacht, in einem einzigen Feuerwerk verpulvert.

Eines Tages wars dann so weit. Apemanthus hatte, wie üblich, vor Timons Haus herumgelungert – der Mensch zog ihn an, wie ein kommendes Unglück ihn stets anzog. Es war ein Frühlingsmorgen. Die Saison mit ihren Festen war vorbei. Nun sah er Timons Diener einen nach dem anderen aus dem Haus treten, jeder in eine andere Richtung, und jeder mit einem schlaffen Lederbeutel. Apemanthus hatte lautlos in die Hände geklatscht: Bravo, jetzt ging es also zu den Freunden, denen Timon so oft den Bauch und den Beutel gefüllt hatte! Dieser Simpel glaubte tatsächlich, sie würden ihm jetzt, wo seine Kasse leer war, aushelfen! Man hörte es schon! Es erübrigte sich, etwa an Türen zu lauschen oder Domestiken auszufragen – Apemanthus wußte bereits, was die Diener zu hören bekamen: O bitte, recht gern, würde Lucius sagen, den Beutel ziehen, seine Hand reinstecken, drin wühlen, kurzsichtig hineinlugen – aber leider, leider, eben habe ich selbst alles verliehen. Dagegen der Lukullus: Seht Ihr, so kommt es: hab ich ihn nicht mittags und abends zur Sparsamkeit gemahnt (– und mich dabei regelmäßig vollgefressen –)? Der Sempronius schließlich würde sagen: Aha, soso, jetzt kommst du also daher, zu mir als letztem! Wärest du gleich bei mir gewesen, so hätte ich dir was gegeben – aber so bin ich beleidigt! – Apemanthus sah es alles im Kopf wie in einem Theater. Er drehte die Augen hoch, machte ein Schmollmündchen und allerhand bedauernde Gesten, gehobene Achseln, Handflächen nach außen gekehrt usw. Man brauchte nicht viel Phantasie.

Danach allerdings: Eine Periode der Ungewißheit. Wann ihm das Licht aufging, oder das höllische Feuer, war nicht zu bemerken. Natürlich sah man die Gläubiger Timons Haus berennen – die Diener derselben Leute, die sich noch eine Woche davor an seinen Tellern gedrängt hatten! Timon konnte nicht ausgehen, weil das Gesindel ihn an Armen und Beinen festhielt; sie fuhren ihm sogar in die Taschen – er schlug mit einer Fliegenklatsche um sich.

Aber einige Tage danach machte Apemanthus eine

verblüffende Beobachtung. Eines Morgens hatten sich Timons Diener durch den Belagerungsring gekämpft, jeder mit einem Briefchen in der Hand, und schon nach einer Stunde sah man die Gläubiger und ihre Abgesandten einen nach dem anderen fortgehen. Alle Fenster und Türen des Hauses wurden weit geöffnet, der Treppenaufgang und die Vorhalle wurden von unappetitlichen Spuren, Essensresten und Exkrementen gereinigt, und das ganze Haus mit Zweigen und Bändern geschmückt. Apemanthus rieb sich die Augen.

Es wurde Mittag, und nun kamen von allen Seiten Besucher; zu Pferde oder in Sänften alle die alten Dauergäste, die Senatoren und Kaufleute, als sei nichts geschehen; lebhaft und freudig betraten sie das Haus. Apemanthus hatte es auf seinem Beobachtungsposten auf der anderen Straßenseite nicht mehr ausgehalten und hatte sich unauffällig unter die Gäste in der Vorhalle gemengt. Da stand Timon vor seinem Bankettsaal, in prächtiger Aufmachung, mit heiterer Miene, begrüßte jeden auf das freundlichste, machte wegwerfende Handbewegungen, wenn sie ihr miserables Verhalten entschuldigen wollten: Ach was, vergeßt es, es kam euch ungelegen.

Wie war das alles möglich? Woher diese Wendung? Hatte Timon einen Schatz in Großmutters Truhe entdeckt? Er schien von äußerst guter Laune: Also los, jeder an seinen Platz! rief er, an eure Teller – mit einer Gier, wie er zu den Lippen einer Geliebten eilen würde. – Wie? –

Apemanthus spitzte die Ohren: Was für ein sonderbarer Ton! – Aber dann, als die Gäste erwartungsvoll vor ihren zugedeckten Tellern und Schüsseln saßen, gellte Timons Stimme: Deckt auf! Nun leckt, ihr Hunde!

Apemanthus, der von der offenen Saaltüre zuschaute, hätte am liebsten laut bravo! gerufen. In den Schüsseln war nur Dampf und heißes Spülwasser, mit dem Timon, hin und her laufend, seine Gäste überschüttete, und mit Flüchen: Ihr *Maulfreund Rotte,* Dampf und lauwarm Wasser ist eure Tugend! Darauf pfefferte er ihnen, während sie aufsprangen oder sich duckten, die leeren Teller, Schüsseln und Becher an die Schädel. Lebt lang und greuelvoll, abscheuliche Schmarutzer, und tobte derart, daß sie angstvoll ihre Wampen in Bewegung setzten, stolpernd, übereinanderfallend, vor Timons Stockschlägen kreuz und quer wie Hühner und Ferkel vor einem hungrigen Luchs, wobei sie ihre köstlichen Hüte liegen ließen, Zierdegen, kostbare Stöcke und goldene Sporen, eine Spur von Halsketten und Edelsteinen hinter sich, bei ihrer kopflosen Flucht, vorbei an Apemanthus, der sich vor Vergnügen nicht lassen konnte, daß diesem ganzen Gesochs endlich eine Lehre erteilt worden war. Daß Timon dann auch ihn mit einem Fußtritt hinausbefördert hatte, war ihm durchaus passend erschienen.

Diesen Tag behielt er genau in Erinnerung. Es war feuchtwarm gewesen, die Läuse hatten sich zu regen begonnen. Apemanthus hatte danach wieder seinen Stammplatz bezogen, einen großen Haufen Alabasterbruch, den ein korinthischer Händler dem Timon mal als Marmor verkauft hatte. Den Nachmittag über war es völlig still vor Timons Haus; es wurde gemieden, als hätte sich das närrische Bankett sofort in der ganzen Stadt herumgesprochen. Auch aus dem Inneren vernahm man kein Geräusch. Was mochte sich dort abspielen? Timon, nach dieser Racheorgie kraftlos zusammengesunken? In Tränen aufgelöst? Vielleicht Selbstmord?

Apemanthus rührte sich nicht vom Fleck, er hatte Übung in stundenlangem Sitzen. Am frühen Abend öffnete sich das Portal, und jemand trat heraus, zwischen die grellgelben Säulen. Er erkannte ihn nicht gleich, er trug eine Pferdedecke mit Löchern für Kopf und Arme, krummgetretene Militärstiefel und einen lappigen Hut; von der Schulter hing eine Art Mantelsack. Nein so was! Apemanthus schlug sich auf die Schenkel: He Timon! schrie er über die Straße, du alter Komödiant! Wieviel hast du denn in dem Bündel? Und wieviel in den Saum genäht! – Timon schenkte ihm keine Beachtung, er wandte sich nach Westen und schlug eine rüstige Gangart an. Aber vor der nächsten Straßenbiegung blieb er noch mal stehen, drehte sich um, schüttelte seine Faust und rief irgend etwas, mit hoher Stimme kreischend; dann verschwand er hinter der Biegung. Etwas später traten Timons Diener aus dem Haus, und sie schienen nur wenig besser ausgerüstet als ihr Herr. Anstelle des außenständigen Lohns hatte jeder sich noch irgendeinen glänzenden Gegenstand mitgenommen, Krug, Becher, metallverzierten Stock; die letzte Enttäuschung, daß es alles Talmi war, wartete noch auf sie.

Auf der Straße rückte ein Trupp von zwanzig mazedonischen Söldnern und zwei glitzernden Offizieren zu

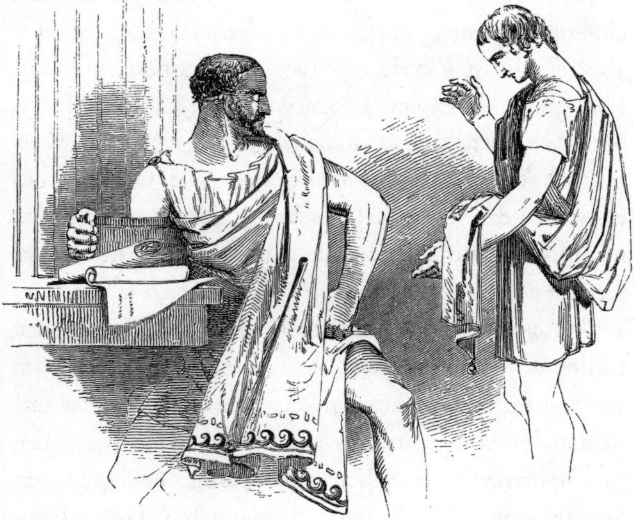

Pferde an und störte Apemanthus aus seinen Erinnerungen auf. Der Trupp hielt vor Lucius' Haus und machte eine zackige Rechtsumwendung. Ein Offizier und zwei Mann gingen in das Haus, während die anderen Mazedonier die draußen tätigen Plünderer zusammentrieben. Aus dem Inneren hörte man einiges Grölen, das schnell verstummte; dann taumelte eine Handvoll Kerle heraus, unter tatkräftiger Nachhilfe des Räumkommandos. Offenbar hatte Alkibiades befohlen, daß die Gewalttätigkeit einzustellen sei. Ein wenig Plündern war gut für die Moral, zu viel Plündern verdarb sie. Die Offiziere ließen die Soldateska in Formation antreten – ein Anblick für die Götter. Die meisten konnten in ihrer Besoffenheit kaum aufrecht stehen. Das Beutegut hatten sie vor sich abgestellt, manche hatten sich in den Häusern mit den abenteuerlichsten Kleidungsstücken ausstaffiert: persische Pluderhosen, indische Brokatwesten, ägyptische Lackhüte, Schärpen aus Schlangenhaut; einer trug einen Weiberrock und silberne Busenschalen. Die Offiziere betrachteten das Schauspiel mit Kopfschütteln, dann ließen sie abrücken. Vor der Kaserne warteten schon die Hehler, um die Beute gegen ein paar Münzen einzutauschen.

Timon hatte damals die Stadt verlassen und ein Leben in der Wildnis begonnen. Seine Eremitenhöhle war in einem kahlen Berghang unweit von Megara. Er wollte niemanden sehen, anfangs vertrieb er jeden Menschen mit Steinwürfen. In Athen wurde immer noch von ihm geredet, obwohl die Zeiten unruhig waren: Die sizilianische Katastrophe, siebentausend Athener im Straflager verreckt, die Verwüstung Attikas durch die Spartaner, unter Alkibiades' Anleitung, in der Stadt die Diktatur der Fettwänste – nichts wie schlechte Nachrichten. Aber Timon wurde nicht vergessen; der lag ihnen auf dem Magen.

Einmal hatte Apemanthus ihn noch gesehen; es wurde fast eine Mode, da hinaus zu fahren, sich der Höhle so weit wie möglich zu nähern – und dann der Anblick des knochendürren, mit Fetzen behangenen Mannes, die gereckte Faust, Haar und Bart wie im Sturm zerrupft, im Sturm seiner Flüche: ein grausiges Vergnügen.

Apemanthus war fast erfreut, ihn zu sehen, der nun wie ein Bruder war, beinahe lobte er ihn; aber dann wünschten sie sich gegenseitig zum Teufel und die Pest an den Hals – sie konnten ja nicht aus ihrer Haut heraus. Bitterkeit ist der Reichtum der Ärmsten. Man sieht immer mehr Leute so vom Haß zerfressen, dachte Apemanthus; sie machen aus der Not eine Tugend.

In Athen kam damals das Gerücht auf, in Timons Höhle sei eine Goldader; daraufhin hatten es einige der alten Schmarotzer doch tatsächlich gewagt, zu Timon vorzudringen und ihn in der früheren Weise zu umschmeicheln: Das Schlimmste an diesem Gesindel ist nicht seine Verderbtheit, sondern die Frechheit. Sogar zwei Senatoren sollen damals bei ihm gewesen sein; sie sollen ihn, da die Staatskasse leer war, um Geld gebeten haben, um Waffen zu kaufen, gegen den anrückenden Alkibiades; es hieß, sie hätten ihm jedes Amt, das Blaue vom Himmel versprochen! Natürlich hatte Timon sie mit Hohn und Fluch davongejagt – aber vielleicht, dachte Apemanthus, vielleicht ist er dabei auf die Idee gekommen – die Idee mit Alkibiades. Dieser Abenteurer, dieser schillernde Windhund, der sollte ihm in Athen ein paar Rechnungen begleichen!

Auch Alkibiades hatte von Timon gehört, auch das Gerücht, daß er in seiner elenden Einsiedelei auf dem

Reichtum sitze. Und da er mit seinem buntscheckigen Söldnerhaufen wieder einmal auf dem trockenen war – die ganze Umgegend war leergeplündert –, wollte er sich das Gerücht mal aus der Nähe betrachten.

Apemanthus ließ seine Blicke über die menschenleere Straße schweifen; er registrierte die verstreuten Beutetrümmer und grinste vor sich hin. Alkibiades bei Timon, das muß eine Komödie gewesen sein. Apemanthus schloß seine Augen. Gewiß ist er, wie üblich, in der geckenhaftesten Aufmachung erschienen, Goldpanzer und rote Kniehosen, in Begleitung lockerer Kurtisanen, ohne die er nicht auskam, und ihm gegenüber der räudige Timon. Und Timon, während er verächtlich ausspuckt, vor dieser Verluderung, denkt sich schon triumphierend aus, wie die Soldateska des Alkibiades über Athen herfallen würde, morden, brennen und plündern, und es zu einem großen Bordell machen würde. Und er schleppt drei, vier schwere Beutel aus der Höhle herbei, zerrt sie keuchend vor Alkibiades hin: Geh, hier ist Gold!, und nochmal in die Höhle, noch einen Sack, und noch einen: Da, jetzt geh, und sei ein Wütrich, und hau und stech, leg alles um – und ihr auch, schreit er, hier habt ihr auch was, Nutten, und schmeißt Goldstücke nach ihnen: Geht los und vergiftet die Männer, während sie sich verwirrt und kichernd zurückziehen, mit ihrer Beute, die vor ihnen den Abhang hinunterkullert. – So etwa, dachte Apemanthus, wirds gewesen sein, und er sah auch den Alkibiades die Achseln zucken, sah ihn mit den Lippen rechnen, dann, stolz, einen Beutel dem Zahlmeister hinwerfen, um überfälligen Sold zu zahlen, einen zweiten Beutel dem Ausrüster, um das Neueste an Wurfmaschinen, Rammböcken, bengalischen Feuertöpfen einzukaufen. Die restlichen Beutel verstaut er vor dem Sattelkopf, springt sportlich aufs Pferd, und nun, mit großer Theatergeste: Schlagt Trommeln! Los, nach Athen!

Timon war bald darauf gestorben. Spätere Besucher fanden vor seiner Höhle einen Grabstein mit Inschrift: Forscht meinen Namen nicht: Fluch allem, was da lebt. Hier lieg ich, Timon, da ich lebt, haßt ich, was Leben hegt. – Da habt ihr euren Timon, dachte Apemanthus: Viel Geifer, wenig Konsequenz. – Er beobachtete, wie aus Lucius' und Lukullus' Haus allmählich die Frauen und Knaben auftauchten, die die Soldaten zu ihrem Vergnügen gezwungen hatten. Auf der Straße zupften sie ihre Kleider zurecht, wischten sich gegenseitig ab; besonders unglücklich schienen sie nicht zu sein; einige lachten wohl über einen Witz, ein Mädchen stemmte die Hände in die Hüften, machte Tanzbewegungen. Seht ihr! krächzte Apemanthus, ich sagte euch doch – alles halb so wild! Er winkte ihnen zu. Timon war ein Narr, dachte er; sich seine Rache beim Erzbetrüger Alkibiades zu kaufen!

Alkibiades war vor der Stadt erschienen, seine Truppen schienen glänzend ausgerüstet (jedenfalls die ersten Reihen), im Hintergrund ragten neue Kriegsmaschinen; da machten ihm die Stadtväter gleich selbst die Tore auf.

So leicht kommt ihr nicht davon, erklärte Alkibiades. Ein Exempel müsse er statuieren, im Gedenken an Timon – an einigen. Im übrigen jedoch – und er zwinkerte – wolle er Gnade vor Recht ergehen lassen. Gewiß werde man das würdigen. – Dieser Obergauner, dachte Apemanthus, er kassierte zweimal. Timon hatte die schlimmsten noch nicht erlebt, die verfluchte Menschheit wurde nicht besser, sondern schlauer.

Die Sonne sank hinter das ausgebrannte Haus. Apemanthus fröstelte und erhob sich steifbeinig. Diese Nacht gab es Schlafplätze genug; niemand würde ihn abweisen.

MACBETH

Im Winter, der dort lange dauert, begann Shakespeare, kann das Hochland von Lothian unheimlich sein. Nichts wie braunes Heidekraut, Moorlöcher, in denen es blasig gluckert, Irrlichter, fahl, das Quittquitt der Sumpfvögel, trockene Bäume, die im Nebel gehässig mit den

Ästen fuchteln... – Halt ein! rief König Jakob. Mir brauchst du das nicht zu sagen, komm zur Sache. –

Sehr wohl Majestät, sagte Shakespeare, die Sache ist die, daß Macbeth und Banquo zu Beginn meiner Geschichte über das Hochland ritten. Sie waren auf dem Heimweg von einer Schlacht, in der sie als Führer des königlichen Heeres einen Aufstand gegen die Krone niedergeschlagen hatten. Da sahen sie plötzlich drei Hexen vor sich.

Endlich wirds interessant, sagte der König.

Die Hexen, sagte Shakespeare, hatten sich gerade zusammengehockt, um sich gegenseitig ihre letzten Übeltaten mitzuteilen. Als nun aber diese Herren vor ihnen auftauchten, mit berühmten Wappen auf den zerbeulten Rüstungen, da erhoben sie sich und taten sehr freundlich. Sie verbeugten sich tief und begrüßten zunächst Macbeth mit einer Reihe von immer prächtigeren Titeln. Die erste Hexe sprach ihn als Than von Glamis an, die zweite nannte ihn Than von Cawdor und die dritte kreischte sogar: Heil dir, Macbeth, dir, künftgem König!

Heil dir! krächzte der König, dir künftgem König! War er ein Prinz?

Nein, sagte Shakespeare. Glamis, das war in Ordnung, aber die letzten beiden Titel standen ihm nicht zu, schon gar nicht der des Königs. Noch immer war Duncan der Milde König von Schottland. – Duncan, Duncan, murmelte der König, noch nie von ihm gehört.

Nun hatte Macbeth, fuhr Shakespeare fort, zwar ein

Grauen vor den bärtigen Vetteln, aber ihre schmeichelhaften Reden gingen ihm wie Honig ein. Hexen sollen die Zukunft sehen – sollte das seine Zukunft sein?

Natürlich sehen sie die Zukunft, sagte der König.

Aber Macbeth, sagte Shakespeare, hätte gern mehr darüber gehört. Statt ihm aber weitere Auskünfte zu geben, wandten sie sich mit ähnlich nebligen Worten dem Banquo zu.

Endlich kommt Banquo, sagte der König, was sagten sie zu ihm?

Sie sagten zum Beispiel, antwortete Shakespeare, er sei kleiner als Macbeth und doch größer, er sei nicht so beglückt und doch glücklicher, und die dritte Hexe sagte sogar: Könige erzeugst du, bist du auch selber keiner. Sodann lösten sie sich einfach in Dunst auf.

Könige erzeugst du, einfach in Dunst auf, murmelte der König. Sag mir mal, Shakespeare, sind die Hexen nur in der Seele des Teufels oder sind sie Fleisch von Fleisch des Teufels? – Majestät, ich weiß das nicht, sagte Shakespeare. – Siehst du, sagte Jakob sehr befriedigt, du weißt das nicht; mach weiter. –

Nicht lang danach, fuhr Shakespeare fort, hörten Macbeth und Banquo hinter sich Pferdegetrappel; zwei Boten des Königs holten sie ein. Der eine legte zwei Finger an die Kappe und meldete, daß Macbeth für seine Verdienste den Titel Than von Cawdor erhalten habe. Der frühere Than von Cawdor, als ein Mitbeteiligter des Aufstandes, habe mit seinem Leben auch seinen Titel verscherzt. – Verscherzt, kicherte der König, verscherzt; nun gut, mach weiter.

Macbeth und Banquo, sagte Shakespeare, sahen sich mit Verwunderung an; einmal hatten sie schon recht gehabt, die Hexen. Sollte auch die zweite Voraussage wahr werden? Banquo runzelte die Stirn, er warnte Macbeth vor den Machenschaften der Hexen, welche die Menschen verführten, sich den tiefsten Abgrund zu verraten. – Banquo hatte Ahnungen, murmelte der König. Wer viel ahnt, muß sich vorsehen. Du bist heiser, Shakespeare, trink von der Limonade. –

Shakespeare trank und schüttelte sich. Brrr! Dann fuhr er fort. Die beiden Herren, sagte er, hatten die Richtung geändert, sie ritten zurück zum Lager des Königs, wo Macbeth seinen neuen Titel empfangen sollte, samt Wappen, Pergament, Steuerrechten, Lehensland. Vorbei an ärmlichen Lehmkaten, durch Schafherden hindurch, Ochsenkarren überholend, die turmhoch mit Gerstensäcken beladen waren. Einmal begegnete ihnen ein Trupp königlicher Soldaten, die auf dem Heimweg waren. Sie hatten ihre Waffen verkauft, waren meist besoffen und grölten: Hoho, Macbeth, unser Führer, hoho Macbeth, der Sieger! Macbeth erwiderte kaum ihren Gruß. Er grübelte und grübelte, malte sich seine Zukunft aus. Was mußte noch geschehen, damit er König wurde? Schlimme Gedanken schlichen in seinem Kopf herum. Wie wäre es, wenn er seiner Karriere etwas nachhelfen würde?

Was soll das heißen, Shakespeare?

Er murmelte bei sich, sagte Shakespeare: Verbirg dich, Sternenlicht, schau meine schwarzen Wünsche nicht!

Ich höre das nicht gern, Shakespeare, sagte der König. Wie lange ist das her?

Lange, Majestät, sagte Shakespeare. Lange. Auch hatte der Mann seine Schwächen.

Entschlüsse zu fassen, sagte Shakespeare, war nie Macbeths Stärke gewesen, daher hatte er die Gewohnheit, wichtige Vorhaben mit seiner Frau zu beraten. Noch aus dem Königslager schrieb er ihr in einem Eilbrief, was ihm Seltsames zugestoßen war, und Andeutungen über weitere Pläne. Die Lady Macbeth hatte gar nichts dagegen, Königin von Schottland zu werden; im Gegenteil, sie fand, daß ihr Mann die Sache viel zu zaghaft anfaßte: Groß möchtest du sein, bist ohne Ehrgeiz nicht. Doch fehlt die Bosheit, die ihn begleiten muß! – Ihr selbst, der Lady, fehlte es daran nicht. Sie war eine Frau wie ein Eiszapfen, mager und weiß, gewöhnlich in ein steifes, silbrig glänzendes Brokatkleid gezwängt, so daß sie sich gar nicht locker bewegen konnte. Kinder hatte sie keine. – Wie Lizzy, kicherte der König. Zugleich zog er fröstelnd die Schultern hoch. –

König Duncan, sagte Shakespeare, hatte die Gewohnheit, seine adeligen Vasallen regelmäßig zu besuchen, immer in der Reihe herum. Diesen April hatte er sich, bevor noch der Hausherr selbst zurück war, bei Macbeth angesagt. Als dieser dann eintraf, hatte seine Lady schon den Plan fertig, wie er den König gefahrlos umbringen und somit das Haupthindernis seines Aufstiegs beseitigen könnte. – Der König zischelte etwas und beäugte Shakespeare mißtrauisch – aber der fuhr unbeirrt fort:

Die Macbeths lebten auf Schloß Dunsinan, unweit von Dundee oben auf einem Berg, mit schöner Aussicht auf den Wald von Birnam. Duncan kam immer gern zu ihnen herauf, aus der dumpfen Luft des tieferen Umlandes, aus diesem dauernden Gestank nach Whisky-Maische, Torffeuern und Schafmist. Im Schloßhof kletterte er vom Pferd und hob die Arme hoch: Diese Frühlingsluft! rief er, dieses Licht! Diese Schwalben! Er legte seine schwere Rüstung ab, selbst das Kettenhemd, das er sonst auch nachts trug, und zog seinen bequemen Hausrock und Fellhausschuhe an. Beim Abendbrot war er bester Laune, machte der Gastgeberin Komplimente und ließ ihr, nachdem er sich in sein Gastzimmer zurückgezogen hatte, sogar noch ein wertvolles Schmuckstück als Geschenk überbringen. Er war völlig ahnungslos.

Ich kenne ihn nicht, murmelte der König. Er war wohl ein Dummkopf.

Vielleicht nur kein Frauenkenner, meinte Shakespeare.

Als die Nacht kam und die Zeit zur Tat hatte Macbeth starke Bedenken. Schließlich wars nicht irgend jemand, sondern der König, der erstochen werden sollte. Eigentlich konnte er sich auch nicht über ihn beklagen, Duncan hatte ihn immer bevorzugt. Überdies war er ein Gast, und Gäste sind ganz besonders zu schützen. Doch andererseits: Es war schon was, ein König zu werden! So schwankte er hin und her: Wärs abgetan, so wies getan ist, dann wärs gut. Man tät es eilig. – Dann tus doch endlich! zischte die Lady; los! raff dich auf! Sie selber würde,

wenn es um so etwas ginge, vor nichts zurückschrecken, aber auch vor gar nichts! Selbst ihrem eigenen Kind hätte sie, wenn sie eins hätte, die Brust gerissen aus den weichen Kiefern und ihm den Kopf geschmettert an die Wand!

Ein Wahnsinnsweib, sagte der König.

Sie meinte ja auch, sagte Shakespeare, es könnte gar nichts schiefgehen. Keiner würde es merken, die Wächter in der Königskammer seien mit Wein betäubt. In Dreiteufelsnamen, brüllte Macbeth, dann tu ichs eben. Er war fast wahnsinnig vor Angst und schlechtem Gewissen, hörte sogar die Luft stöhnen und sah, als er die Treppe zur Königskammer hinaufstieg, einen blutigen Dolch vor sich herschweben.

Einen blutigen Dolch, flüsterte der König und ruckelte unruhig auf dem Thron hin und her.

Fünf Minuten vergingen, zehn, eine Viertelstunde; was machte er nur so lange da oben?

Ja, sagte der König mit heiserer Stimme, was machte er nur so lange da oben! Mach schneller, Shakespeare!

Endlich, sagte Shakespeare, endlich erschien er wieder, tief verstört und mit blutigen Händen: Ich hab die Tat getan, hörst du nicht was?

Du sagst, das sei lange her? fragte der König.

Lange her, Majestät. Macbeth hatte gleich Einbildungen, er glaubte Stimmen zu hören, die ihn des Mordes beschuldigten. Aber die Lady sagte: Unsinn! und: Wo hast du denn deinen Dolch? Macbeth zog den blutverklebten Dolch aus dem Hemd.

Ein Stümper, sagte der König laut.

Sofort zurück und den Dolch neben die Leiche gelegt! zischte die Lady, sagte Shakespeare, und die betrunkenen Diener müsse man mit Blut beschmieren! – Man solle glauben machen, sie seien die Täter. Macbeth war jedoch um nichts mehr dazu zu bringen. Die Lady mußte für ihn hinauf, das erledigen. Schlafende und Tote sind Bilder nur, sagte sie verächtlich. Der Kindheit Aug allein scheut den gemalten Teufel. Sie hatte eiserne Nerven. Shakespeare trank einen Schluck Limonade. Diese geizigen Stuarts, dachte er. Ein Königreich für ein Bier. Der König brütete vor sich hin.

In diesem Augenblick, fing Shakespeare wieder an, klopfte es draußen ans Hoftor, ein Klopfen wie mit Eisenhämmern, und immer lauter und drohender.

Unheimlich, sagte der König. Wer war denn das?

Das kommt gleich, sagte Shakespeare. Der Schloßpförtner, sagte er, war wie üblich im Suff und ließ sich Zeit mit dem Öffnen: Jaja, ich komm ja schon! Schwankend hielt er die Laterne hoch: Vor ihm standen Lennox und Macduff.

Ach so, die, sagte der König.

Immer herein in die Wirtsstube, lallte der Pförtner, und während er ihnen durch den Hof leuchtete, damit sie nicht in Löcher und Pferdeäpfel traten, gab er ihnen ein Rätsel auf: Vieles Trinken sei ein Zweideutler gegen die Buhlerei, ob sie auch wüßten, warum.

Ein Zweideutler? fragte der König. Nun sags schon,

sagte Lennox, sagte Shakespeare. Er schafft sie und vernichtet sie, verkündete der Pförtner mit erhobenem Finger, er treibt sie an und hält sie zurück, er deutelt sie zunächst in den Schlaf und geht davon. – Ach so, sagte der König, jetzt versteh ich.

Macduff sagte: Albernes Zeug, sagte Shakespeare, und: Ist der König wohlauf? Die beiden waren gekommen, um Duncan am Morgen zeitig zu wecken, weil ihm eine lange Tagesreise bevorstand. Ob man hier oben auch diese unheimlichen Geräusche gehört habe, ein Wimmern in der Luft, ein Prophezein in fürchterlichem Laut, von wildem Brand und gräßlichen Geschichten. Der Pförtner hatte nichts gehört. Vielleicht habe man ihnen einen schlechten Fusel vorgesetzt, meinte er und zeigte ihnen den Saal, wo sie sich ein paar Stunden vor der Kaminglut hinlegen konnten.

Aber beim Hineingehen waren Macduff Blutstropfen vor einer Tür aufgefallen. – Tsetse, machte der König. – Nachdem der Pförtner endlich gegangen war, immer noch salbadernd von seinem Zweideutler, kehrte Macduff noch einmal zu der Tür zurück. Auch die Klinke war blutig.

Das gibts doch nicht, sagte der König.

Doch, sagte Shakespeare; als er öffnete, führte die Spur die Treppe hinauf. Er kam in die Königskammer und sah, was geschehen war, riß die Fenster auf und schrie in den dunklen Hof hinunter: Mord! Mord! Alarm! Überall rappelten sich die Schläfer auf, wie betäubt, barfuß, mit zerlegenen Kitteln, mit zerrauftem Haar, Talglichter oder flackernde Scheite in der Hand. Eine starke Erregung verbreitete sich im Schloß und wilde Gerüchte. Duncans Pferde, hieß es, seien wie Dämonen aus den Ställen ausgebrochen, ja, sie hätten sich kannibalisch ihre Zähne gegenseitig in die Flanken geschlagen.

Jaja, natürlich, murmelte der König, der Teufel saß drin; darauf mit lauter Stimme: Sage mir, Shakespeare, in welchem Organ setzt sich der Teufel am liebsten fest?

Majestät wissen es besser als ich, sagte Shakespeare.

Ganz recht, sagte König Jakob und rieb sich die Hände. Am liebsten sitzt er in der Milz. Was machte eigentlich Macbeth in dem ganzen Tumult?

Macbeth, sagte Shakespeare, und seine Lady traten in den Hof, rieben sich die Augen und taten entsetzt und ahnungslos. Die Diener blutbeschmiert! rief die Lady, so ein Gesindel! Am nächsten Tag blieb es finster.

Zusammen mit Duncan waren auch seine beiden Söhne Malcolm und Donalbain auf Schloß Dunsinan eingekehrt. Als sie das Nähere über den Mord erfuhren, dachten sie, so einfältig könne man nur vorgehen, wenn mehr dahinter sei. Sie vermuteten, daß sie selbst als nächste auf Macbeths Liste standen. Sie benutzten also die anhaltende Finsternis, um aus dem Tor zu schlüpfen, und ließen sich von einem Bauern in einem Planwagen über die Grenze nach England schmuggeln. Macbeth hatte sich das weitere noch gar nicht überlegt. Aber durch die Flucht von Duncans Söhnen war er, ohne Zutun, Anwärter auf den schottischen Thron. Ehe er sichs versah, hatte man ihn schon in Scone zum König gewählt. So war auch die zweite Hexenprophezeiung eingetroffen.

Siehst du, sagte der König, hab ichs dir nicht gesagt? Was machen sie eigentlich, die Hexen? Treten sie noch einmal auf?

Shakespeare nahm ein Schlückchen Limonade. Ein wenig Geduld noch, Majestät, bat er.

Im Mai und Juni wurde auf allen schottischen Märkten über die letzten Vorgänge geredet, wobei sie sich laufend anders anhörten. Erst waren es die Diener im Rausch, dann waren es die Diener, von Macbeth angestiftet, dann war es Macduff, der als erster Mordio! geschrien hatte, dann waren es die Königssöhne – warum waren sie denn sonst geflohen! – Na hör mal, sagte der König stirnrunzelnd.

Oder wars ein englischer Söldling, denen war schließlich alles zuzutrauen! – Sags nicht so laut, sagte der König und zwinkerte.

Jedenfalls, fuhr Shakespeare fort, mußten die Bänkelsänger dauernd neue Tafeln malen. Aber dann kam der Sommer, die Märkte leerten sich und die Leute hatten anderes zu tun. Eigentlich wars auch unwichtig. Sie hatten ja einen neuen König, und meistens ist der Unterschied nicht groß. Majestät natürlich ausgenommen.

Du nimmst dir viel heraus, Mister Shakespeare, knurrte der König und wackelte mit seinem dicken Finger gegen ihn. – Shakespeare redete schnell weiter.

Macbeth hätte sich nun mit seiner Lady auf dem Thron zur Ruhe setzen können, aber ein Mißtrauen blieb, allerlei Vorstellungen in seinen schlaflosen Nächten. Zum Beispiel, wenn ihm Banquo einfiel, sein alter Spießgeselle: Er hatte die Hexenworte mit angehört und hatte Macbeths raschen Aufstieg aus der Nähe gesehen, den Rest konnte er sich denken. Banquo mußte weggeräumt werden. Macbeth bestellte also zwei Mordknechte, die ihn erledigen sollten, und dazu Banquos Sohn Fleance. Denn auch diese Hexenworte rumorten ihm im Kopf herum, daß Banquo ein Geschlecht von Königen zeugen sollte.

Jaaa! jaa! sagte der König und sah Shakespeare vielsagend an.

Der Plan glückte nur zur Hälfte, sagte Shakespeare. Zwar wurde Banquo getötet, aber Fleance entkam lebendig. – Jaaa! machte der König. Merkst du was?

Shakespeare sah ihn ratlos an, und der König grinste. Dann gab er ihm einen Wink, weiterzureden.

Die neue Mordtat geschah, sprach Shakespeare weiter, als die beiden sich gerade auf dem Weg zu einem Gastmahl befanden, zu dem Macbeth und seine Lady alle großen schottischen Adeligen eingeladen hatten. Anders als das einfache Volk waren diese Herren, die viel mehr zu verlieren hatten, noch immer mißtrauisch gegen den neuen König, und dieses Mißtrauen wollte er ausräumen. Herzlich Willkommen, rief er, und schüttelte einem nach dem anderen die Hände, Lenox! rief er, freut mich besonders, und Macduff! Und er geleitete sie in den großen

Saal, wo die Lady sie lächelnd empfing und jedem seinen Platz am Bankettisch zeigte. Wo Banquo nur bleibt, fragte Macbeth, immer diese Unpünktlichkeit, sagte er scherzhaft, es wird ihm doch nichts passiert sein?

Aber er war ein schlechter Schauspieler, er stotterte und schwitzte. S-setzt euch!, sagte er, s-seid g-guter Dinge!

Als er sich jedoch selber setzen wollte, sah er plötzlich Banquos Geist, der auf seinem Stuhl Platz genommen hatte. – Der König ließ ein leises Pfeifen hören. – Macbeth, fuhr Shakespeare fort, wurde totenbleich. Ich wars nicht! Ich wars nicht! redete er ihn an: O schüttle nicht deine blutgen Locken gegen mich! Mit wem redet er da, fragte Lenox seinen Nachbarn; für die Gäste wurde nur ein leerer Stuhl angeredet, und sie waren stark befremdet. Lady Macbeth versuchte die Lage zu retten: Das hat er öfter, sagte sie, nervöse Anfälle, von Kind auf – geht gleich vorüber, und dem verstörten König wisperte sie zu: Jetzt nimm dich zusammen!

Aber Macbeth kam so leicht nicht drüber weg; es entstand eine gedrückte Stimmung, die Speisen wurden kalt, unauffällig entfernte sich einer nach dem anderen. Anstatt das Mißtrauen zu zerstreuen, hatte Macbeth es erst richtig geweckt.

Er suchte nun Rat, wie er sich weiterhin verhalten sollte, und holte ihn dort, wo man ihm die Geschichte eingebrockt hatte. – Aha, sagte der König, die Hexen, und war gleich hellwach.

An einem dunstigen Tag im September ritt er hinaus

auf die Heide, wo sie zuerst erschienen waren. Sie waren nicht dort, aber er folgte einem sonderbaren Geruch, zwischen Weihrauch und Aas, und fand die Hexen in einer Höhle bei flackerndem Feuer, über dem ein Siedekessel hing. Sie brauten gerade einen ihrer Zaubertränke zusammen, eine Mischung aus Bilsenkraut, Schierling, Wolfszahn, Drachenkamm. Seine besondere Nuance erhielt das Gebräu durch das Händchen eines von der Mutter getöteten Säuglings, und eine Portion Fett vom Holz eines Galgens.

Der König wiegte den Kopf. Jaa, jaa, krähte er, stimmt beinahe, nur noch ein Händchen voll getrockneter Fliegenpilze, etwas Mutterkuchen, gestampfter Salamander, ansonsten recht gute Arbeit!

Danke, Sir, sagte Shakespeare. Mit Eurer Erlaubnis fahre ich fort.

Die Hexen waren keineswegs überrascht, als Macbeth vor ihnen auftauchte und seine Fragen stellte. Er erhielt Antwort von einigen Geistererscheinungen, die nacheinander aus dem Hexenkessel aufstiegen. Als erstes erhob sich ein behelmtes Haupt aus dem Gebrodel und warnte Macbeth vor Macduff und dem Than von Fife. – Kenne ich nicht, murmelte der König. – Darauf zeigte sich über dem Kesselrand ein blutiges Kind und schien ihn aufmuntern zu wollen: Lach allen Toren, dir schadet keiner, den ein Weib geboren! reimte es, wenn das kein todsicherer Freibrief war! Auf eine weitere besorgte Frage Macbeths erhob sich aus dem Kessel ein Kind mit

einer Krone auf dem Kopf und versicherte ihm, daß er erst besiegt werden könnte, wenn der Wald von Birnam zum Schloß Dunsinan marschierte.

Ein Wald, der marschierte! wunderte sich der König, wie sollte so was denn möglich sein!

Eben, sagte Shakespeare. Als letztes stellte Macbeth die Frage nach den Nachkommen Banquos, über die er sich, seitdem Fleance entkommen war, Sorgen machte. – Hehe, machte der König. – Die Antwort wurde ihm wortlos erteilt. Ein Geisterzug von acht gekrönten Häuptern schritt langsam an Macbeth vorbei, hinter ihnen eine blutbefleckte Gestalt, die auf sie zeigte: Sie sah Banquo ähnlich. Da verließ Macbeth die Höhle, ohne zu grüßen und mit ungutem Gefühl. Die ersten Antworten waren erleichternd, die letzte bedrückte ihn.

Der König murmelte etwas, und zählte etwas an seinen Fingern: Jakob vier, Jakob fünf, Mary... – Majestät? fragte Shakespeare. – Weiter! sagte der König.

Von nun an, sagte Shakespeare, klammerte sich Macbeth immer wieder an jene Hexenworte, durch die sein

Unglück an ganz unmögliche Bedingungen geknüpft war, er prahlte mit seiner Unbesiegbarkeit, wurde immer hochfahrender, unleidlicher. Die Vasallen zogen sich, einer nach dem anderen, von ihm zurück. Viele gingen nach England und schlossen sich dem Heer an, das Duncans Sohn Malcolm dort gegen ihn sammelte. Die Hexenwarnung, den Macduff betreffend, veranlaßte Macbeth zu einem nächtlichen Überfall auf Macduffs Schloß, wo er, als er den Hausherrn nicht vorfand, dessen Frau und Kinder niedermetzeln ließ. Dadurch wurde nun auch Macduff endgültig ins andere Lager getrieben.

Der König war noch immer mit dem Zählen beschäftigt, und Shakespeare nahm angewidert einen kleinen Schluck Limonade und sprach weiter: Es war Januar geworden, und Lady Macbeth wurde von einer schweren Krankheit ergriffen. Gräßliche Visionen quälten sie im Fieber, sie stöhnte in ihrem hohen Bett, sprach von Blutgeruch, von blutigen Händen, von einem Fleck auf dem Laken, den sie unablässig abkratzen wollte. Eines Nachts bäumte sie sich auf, gab einen grellen Schrei von sich und war tot. Macbeth reagierte kaum auf die Nachricht. Die quälenden Skrupel und anschwellenden Schreckbilder seines Gewissens hatten ihn abgestumpft. Auch sein eigenes Leben interessierte ihn kaum mehr. Er sprach viel mit sich selbst: Morgen und morgen und dann wieder morgen, kriecht so dahin mit kleinem Schritt von Tag zu Tag ... er fröstelte. Was ist das Leben! sagte er dumpf: ein wandelnd Schattenbild. Ein Märchen ists, erzählt von einem Dummkopf, voller Schall und Wahn... Er ging auf und ab in der Königskammer, wo einst Duncan gelegen hatte und die Macbeth jetzt kaum noch verließ.

Wieviel Könige waren es, die vor Banquo hergingen? Der König war noch immer am Rechnen.

Es waren acht, Majestät.

Also acht, ja. Der König machte eine Kinnbewegung, er solle nur weiterreden.

Ein Bote trat ein, sagte Shakespeare, und brachte die Nachricht, daß der Wald von Birnam in Bewegung sei und gegen Schloß Dunsinan vorrücke. Macbeth wollte es erst nicht glauben, schlug auf den Boten ein und wollte ihn vor Zorn umbringen...

Was, was? Der König schreckte hoch: Der Wald von Birnam, sagst du? Unsinn!

Macbeth stürzte hinaus, fuhr Shakespeare fort, zur Brüstung des Wehrgangs, und wirklich: der Bote hatte nicht gelogen! Fast wollten ihn seine Knie nicht mehr tragen. Dort unten, noch in ziemlichem Abstand, aber deutlich, sah er wandernde Tannenwipfel im Schnee, hundert, zweihundert, fünfhundert, schwankend, mit rudernden Zweigen! Schließlich überwand Macbeth sein Entsetzen, ordnete seine Besatzung, ließ Teer erhitzen, Steine bereitlegen und stellte einen Trupp bewaffneter Knechte zusammen, die nach der anderen Seite hin einen Ausfall machen sollten. Eines der Hexenworte galt ja noch immer, und er glaubte, das Schlimmste könnte nicht eintreten.

Hehe, sagte der König, langsam, langsam! Erklär mir mal lieber, wieso ein Wald marschieren kann!

Sir, antwortete Shakespeare, es hatte damit zu tun, daß Malcolms Heer etwas kümmerlich war.

Wie? Kümmerlich, und daher der Wald...?

Nun, es war so: Als das Heer sich Schloß Dunsinan näherte, befahl Malcolm, jeder Soldat solle sich im Wald einen großen Zweig oder eine junge Fichte abbrechen, damit das Aufgebot getarnt wurde und damit es etwas zahlreicher aussah! – Was für Ideen, murmelte der König.

Später, in der Hitze der Schlacht, sagte Shakespeare in ziemlicher Eile, da er allmählich einen riesigen Durst hatte, stand Macbeth plötzlich mit rauchendem Schwert dem Macduff gegenüber und rief ihm höhnisch zu: Komm nur her du!, und daß er durch Zauber geschützt sei, weil kein vom Weib geborener und so weiter. Aber auch dieser Zauberschutz löste sich in nichts auf, als Macduff antwortete: Wenn das alles ist, dann sprich dein letztes Gebet! Da kam es heraus, daß Macduff nicht auf die übliche Weise geboren war, sondern mit dem Messer aus dem Leib geschnitten.

Ach so! Ganz einfach.

Jawohl, sagte Shakespeare, es stimmte alles. Die Hexen hatten schon wahr gesprochen. Nicht durch die Hexen, von der haarspalterischen Wirklichkeit war Macbeth betrogen worden.

Nana! Nana, sagte der König ärgerlich. Keine Philosophie bitte! –

Nur so ein Ausrutscher, Majestät, sagte Shakespeare.

Eine Weile versuchte Macbeth der Entscheidung noch auszuweichen. Aber dann, als Macduff ihm auf den Fersen blieb, drehte er sich plötzlich um und warf sich ihm entgegen. Bei diesem Todesmut, wer weiß, ob es nicht noch anders hätte ausgehen können, jedenfalls war es ein wahnsinniges Stechen und Hauen. Schließlich konnte Macduff einen beidhändigen Schwerthieb anbringen und Macbeths Kopf abtrennen. Aus vielen Wunden blutend und schweißnaß, packte er den Kopf bei den Haaren und trat damit zu Duncans Sohn Malcolm, der darauf von den versammelten Adeligen unter dem Getöse der Schwerter und Schilde zum neuen schottischen König ausgerufen wurde.

Shakespeare schwieg. Vor seinem inneren Auge erschien ein großer Zinnkrug mit hoch über den Rand steigendem Bierschaum. Er erhob sich. Jakob Stuart beugte sich auf seinem Thronsitz vor und fixierte ihn. Er hatte einen dicken roten Kopf.

Und? sagte der König, was weiter?

Nichts weiter, sagte Shakespeare, Macbeth hat seine Strafe, Macbeth ist tot, Malcolm ist König.

Doch weiter, schrie der König heftig. Und du willst Theaterstücke schreiben! Nicht mal einen guten Schluß kriegst du zusammen! Also hör zu:

In dieser wilden blutigen Schlacht war neben vielen anderen auch Malcolms Sohn gefallen. Der Name tut nichts zur Sache. Andere Söhne hatte er nicht, und auch sonst gab es keine Enkel des alten Königs... des Königs, wie hieß er noch? – Duncan, sagte Shakespeare tonlos. – Duncan, ja. Daher fiel die spätere Thronfolge Malcolms dem nächsten in der Rangordnung zu. Und dieser nächste war, nun? es war...?

Weiß nicht, Sir, murmelte Shakespeare und leckte sich die Lippen.

Es war Fleance! rief der König, Fleance, von dem die Stuarts abstammen! Kein einziger der Hexensprüche blieb unerfüllt!

Majestät sind doch der bessere Dichter, sagte Shakespeare mit unterwürfiger Stimme. Somit darf ich nun um Urlaub bitten. Er wandte sich um und lief mehr, als er ging.

HAMLET, PRINZ VON DÄNEMARK

Wär ich doch bloß in Wittenberg geblieben! Gründe hätte man schon gefunden – ein krankes Pferd, ein unzuverlässiger Bote! Zu spät kam ich doch, im Sommer müssen sie schnell unter die Erde. Zu spät – allerdings für die Hochzeit nur wenig zu früh. Kannst du es dir vorstellen? Eine Schlange soll meinen Vater gestochen haben – gestochen – ich bitte dich! Und dann meine Mutter, im rosaroten Kleid, tief dekolletiert, geschminkt wie eine Nutte, auf dem Thronsitz, und diesen Claudius angirrend, diesen gedunsenen Säufer! Zwei Monate nach Vaters Tod bei Claudius im Bett, und ich in schwarzer Kleidung auf der Hochzeit! Lieber Sohn, sagte der Kerl, und ich: Sag lieber Sonnenstich! Hörst du auch zu, Franzisco? Ja, damals war ich ziemlich witzig.

In der Stadt und bei Hof gingen Gerüchte um, du weißt es ja. Zum einen über Fortinbras, daß er sich jetzt die Ländereien wiederholen wollte, die sein Vater an meinen verloren hatte. Verträge, Handschlag usw., galt alles nicht mehr. Überall wurde gerüstet. Dann wieder: über heimlichere Verbrechen und über ein Gespenst. Ich glaubte nicht dran – ist das nicht ein Witz?

Aber Horatio überzeugte mich. Du kennst ja Horatio – er war ein Wittenberger Kumpan, wir haben viele Humpen zusammen geleert; er kommt jetzt nie mehr, hat sich gutgestellt mit Fortinbras. Damals sagte er: ich müsse das sehn, da ginge was um: ein Schatte wie eur Vater. Nächste Nacht auf der Bastion – du weißt es ja, es war eisig. Ein Wind wie viele Messer. Du gingst hinein, wir hatten dich abgelöst, vom Schloß herüber hörte man Böllerschießen, Begleitmusik zu Claudius' Saufgelage. Und das Gegröle! So ging das jede Nacht, wo wir doch sowieso schon in aller Welt verschrien waren. Dann erschien es. Horatio sah es zuerst, und bei Gott, oder besser beim Teufel: Es sah wirklich aus wie Hamlet, mein Vater! In voller Rüstung! Marcellus und Horatio, die beiden bibberten vor Angst und hielten mich am Mantel, an den Ärmeln fest, ich sollte ihm nicht nachgehen, aber ich riß mich los. Wie das winkte und winkte! Als wir dann allein waren, fing es an zu sprechen, mit dieser hohlen Stimme: Homlet!! Öch bön doines Voters Goist! – Naja, du weißt es ja. Er sagte, nachts müsse er immer wandern, tagsüber Höllenqualen leiden, also im Fegefeuer – das Blut würde mir erstarren, die Haare sich sträuben, wenn ich es genauer wüßte! – Er übertrieb da ziemlich. Es ist eher langweilig da unten. Aber dann kam es: Wenn du je deinen Vater liebtest, räche seinen schnöden, unerhörten Mord! Nun, eigentlich wußte ich es ja schon. Claudius hatte ihn umgebracht. Keine Schlange; Bilsenkraut wars – der Saft davon ins Ohr – er war immer ein schlechter Lateiner, vielleicht meinte er per os? Das Zeug geht ins Blut, hurtig wie Quecksilber, und schon gerinnt es, wird Blutquark! Ich schüttelte mich. Und Mutter? fragte ich ihn, wußte sie es? Der Geist war da ausweichend. Im Grunde weiß ich heute noch nicht, was sie wußte; gewann den Willen der scheinbar tugendhaften Königin – also Ehebruch? Nur das – der Geist beschwor mich, sie zu verschonen. Nur gegen ihn, Rache nur an Claudius! – Dann schnupperte er so herum, sagte, er wittre Morgenluft, seufzte: ade –

ade – ade, gedenke mein! und verschwand. Danach habe ich Horatio und den Wachsoldaten Marcellus schwören lassen, niemandem was von dem Geist zu sagen. Niemand sonst durfte wissen, was ich wußte, und wissen, daß ich es wußte. Jeder Mitwisser lebt gefährlich.

Es schien mir dann vorteilhaft, nicht nur ahnungslos zu erscheinen, sondern verrückt. Schon damit es nicht auffiel, wenn ich mal unbeherrscht war. Es fiel mir nicht schwer. Ich war ja nie ein resoluter Typ, ich war mehr dafür, alles mal zu probieren, ein bißchen Studium, ein bißchen Sport, mit Ophelia schäkern – du erinnerst dich noch an Ophelia? Sie war die Tochter des Hofmeisters Polonius, so reizend, wie er schwachköpfig war. Meinen Vater ehrte ich aus einem Abstand, Mutter liebte ich – fast mehr, als gut war. Und jetzt auf einmal, ganz unvorbereitet, diese Rachepflichten, womöglich sollte ich Blut vergießen! Und Mutter, nun auf einmal geil wie eine Nutte, ließ sich die Zitzen lutschen, machte die Beine breit unter Claudius – nein, nein – das Leben ekelte mich an. Er lächelte immer, dieser Kerl, wie wars nur möglich. Daß einer lächeln kann, und lächeln, und ein Schuft sein! – Ich schriebs mir auf.

Natürlich waren sie unruhig – Mutter noch mehr als Claudius. Sie wußten nicht, was sie von mir zu halten hatten. Ich tat, als hätte ich total abgeschnallt, sammelte Vogelknöchelchen in einer Schachtel, ritzte überall obszöne Zeichnungen in die Wände, Pimmel und Fut, band mir ein Hirschgeweih auf den Kopf. Sie schickten den

Rosenkrantz und den Güldenstern zu mir, um mich auszuhorchen: Ob irgendwas, uns unbekannt, ihn drückt! Das muß man sich vorstellen, sie hatten die beiden extra kommen lassen, aus Esbjerg oder von Fanö oder wo die jetzt leben, weil ich vor den alten Jugendfreunden vielleicht auspacken würde! Sie waren schlechte Schauspieler, sie wurden ganz rot, als ich sagte, wer sie geschickt hat.

Danach sollte mich Polonius aushorchen – ausgerechnet der, der am liebsten sich selbst reden hört. Ich habe ihn bös zum besten gehabt. Alter Fischhändler und Hurentreiber habe ich ihm gesagt, er solle seine Ophelia nicht an die Sonne lassen; sie könnte sonst schwanger werden. Wieso das? Na ja, weil die Sonne sogar einem toten Hund Maden macht. Er wurde selber schon ganz wirr im Kopf. Ist dies schon Tollheit, hat es doch Methode, sagte er mal, als er dachte, ich hörs nicht. Wenn jemand viel redet, kann auch mal was Wahres dabei sein. Übrigens meinte er, er hätte rausgekriegt, was mit mir war. Ich sei liebestoll, meinte er. Verrückt nach Ophelia.

Wo bist du, Franzisco? Ich seh dich gar nicht mehr. Ach, in das Wachhäuschen hast du dich verkrochen. Kalt? Ich merk das nicht. So nebenbei hatte ich von Rosenkrantz erfahren, daß mal wieder eine Schauspielertruppe in der Nähe sei, und an Schauspielern hatte ich immer schon einen Narren gefressen – wenn sie was können. Sie kamen also in den Schloßhof herein, ziemlich abgerissen alle, den Planwagen mit Kostümen und Kulissen mußten sie selber ziehen, nicht mal ein Pferd hatten sie. Es fing damals an, daß die Theater aus den Städten gejagt wurden, weil sie unchristlich wären! Ich kannte die meisten von ihnen von früher, sie freuten sich, als sie mich sahen, und ich hatte gleich die Laune, den einen von ihnen den großen Äneas-Monolog sprechen zu lassen. Du wirst das nicht kennen, es ist was aus Troja, die Stelle, wo Pyrrhus seinen Vater Achilles rächt und den König Priamus tötet, und danach wird die verzweifelte Witwe geschildert, die schlotterichte Königin Hekuba – ich konnte die Stelle fast ebensogut wie er. Aber nur *fast!* Er brachte das noch besser: Wie barfuß sie umherlief, einen Lappen auf diesem Haupte, wo das Diadem vor kurzem stand – er brachte das so gut, daß er selbst drüber in Tränen ausbrach! Heulte, wie ein Schloßhund, sage ich dir – wegen Hekuba, die zweitausend Jahre tot war! Ich dachte blitzschnell weiter: Wenn der einen Text hätte, der uns was angeht! Der uns betrifft! Was würde er dann erreichen? Die Bühne in Tränen ertränken? – Wenn es zum Beispiel um ein Verbrechen ging: Bis zum Wahnwitz den Schuldigen treiben? Was konnte mir das helfen?

Das würde sich finden. Ich bat also die Truppe, am nächsten Tag ein damals ziemlich bekanntes Schauerstück zu spielen, den Mord des Gonzago, zu dem ich selbst noch ein paar Zeilen beisteuern wollte, um es passender zu machen.

Du wirst fragen, worauf das hinaus sollte. Beweis liefern, daß der Geist die Wahrheit gesagt hatte? Ich

brauchte keinen Beweis mehr. Und für andere, wenn Claudius sich betroffen zeigte, war es für andere ein Anklagepunkt? Bestimmt nicht, einen König klagte niemand an. Hatte ich einen Plan? Du wirst es nicht glauben, Franzisco: Ich hatte keinen. Mal dachte ich: Am liebsten würde ich selber aussteigen. Sterben – schlafen – nichts weiter. Ja, wenns nur ein Schlaf wäre! Aber was kam dort wirklich, wie sah es dort aus, wo man dann hinging? Die Übel von *hier* kannte man, wie es *dort* war, wußte keiner. So wurde ich hin und her gezerrt, redete mit mir selber, wie ein echter Verrückter.

Eine Stelle übrigens, aus dem Äneas-Monolog, ging mir nicht aus dem Sinn. Es ist die Stelle, wo Pyrrhus sein Schwert schon über dem alten Priamus erhoben hat, wo er es mitten in der Luft anhält, nicht zuschlagen kann: *So stand er, ein gemalter Wütrich, da – parteilos zwischen Kraft und Willen, und tat nichts.* Genau wie ich.

Zur selben Zeit wie ich hatte Claudius, zusammen mit seiner Kreatur Polonius, ebenfalls ein Stück Schmierentheater angezettelt, das hieß Hamlet und Ophelia, oder Zitzen sind süßer als Rache. Polonius hatte darin selbst eine Rolle, die damit zusammenhing, daß er nicht nur gern quasselte, sondern auch gern hinter Vorhängen lauschte. Und Ophelia, das ahnungslose Kind, setzten sie mir einfach vor, wie einen knusprigen Schweinebraten. Ich war grade am Grübeln und wollte gar nicht anbeißen. Versteh mich nicht falsch, Franzisco, aber allzuviel habe ich mit den Weibern sowieso nie im Sinn gehabt. Ich redete ihr was Abstraktes vor über Tugend, Schönheit und Schwäche. Aber irgendwie brachte sie mich auf. Sie war so mild, so milchig mild – vielleicht auch nur dumm. Sie reizte mich, am liebsten hätte ich sie richtig durchgewalkt, ich beleidigte sie, beleidigte ihren Vater. Geh in ein Kloster! schrie ich, oder heirate einen Bekloppten, und daß sie genau so eine Hure sei wie alle anderen Weiber. Später tats mir leid, ich strafte sie für Untaten, von denen sie nicht mal was ahnte. Übrigens war es auch sehr unklug von mir, denn jetzt wußten sie es, die Lauscher hinter dem Vorhang: Von Liebestollheit war keine Spur in mir! Also mußte es was anderes sein: Ihm sitzt was im Gemüt, worüber seine Schwermut brütend sitzt. Was das war, konnte Claudius sich denken: Und, wie ich sorge, wird die Ausgeburt gefährlich sein. Er beschloß, mich unter einem Vorwand auf Reisen zu schikken, nach England, um Steuern einzutreiben. Ich mußte mich eilen.

Hast du eigentlich eine Familie, Franzisco? Eine Frau, die dir die Rüstung abschnallt, wenn du von der Wache heimkommst, dir eine gewärmte Decke umlegt, einen dampfenden Grog vorsetzt? Hast du ein Kind, vielleicht eine Tochter, die morgens in dein Bett gesprungen kommt, sich an dich kuschelt und mit der kleinen Hand nach deinen Bartstoppeln tastet? Glaub mir, Franzisco, das Alleinsein ist das Schlimmste, jetzt weiß ich es. Immer Monologe, damals machte ich einen Kult daraus.

Die Einstudierung des Gonzago-Stückes verfolgte ich sehr sorgfältig. Ich bemühte mich, den Schauspielern das Gestikulieren abzugewöhnen: Sägt nicht mit den Händen durch die Luft, um das Pathos auszutreiben, denn, sagte ich, alles, was übertrieben wird, ist dem Vorhaben des Schauspiels entgegen. Wie für alles, was mich ablenkte, war Claudius sehr dafür, daß ich mich so eingehend mit den Schauspielern befaßte. Die Einladung zur Theatervorführung hatte er gerne angenommen. Es wurde ein großes Hofereignis.

Die Bühne war im Schloßhof an der hohen fensterlosen Wand des Frauenzimmerbaus aufgerichtet, die Königsloge genau gegenüber, erhöht, für jeden sichtbar. Der Holzbau der Bühne war täuschend wie eine Schloßmauer bemalt, der Bühnenhintergrund selbst mit Bäumen, Büschen, Leinwand und echtem Gras genau der Stelle im Garten nachgebildet, wo mein Vater umgekommen war. Mindestens der halbe Schloßhof war im Halbkreis mit einfachen Sitzbänken aus Brettern und Baumstümpfen ausgefüllt, aber es reichte nicht, viele mußten dahinter stehen oder hockten auf der Mauer oder in den Ästen des großen Nußbaums am Westende des Hofs.

Es erschienen nicht nur Claudius und die Königin, die oberen Hofbeamten und Polonius, die Offiziere und die Hofdamen mit ihren Familien, nein, es kamen sämtliche kleinen Hofschranzen, Köche, Kutscher, Roßknechte, Hufschmiede und Handwerker – alles schien geradezu ausgehungert nach einem etwas feineren Vergnügen. Warst du nicht auch dabei, Franzisco?

Eigentlich hätte Claudius schon gleich zu Anfang, als der Inhalt des Stückes in Form einer kurzen, wortlosen Pantomime zusammengefaßt wurde, mißtrauisch werden können, aber er ließ sich nichts anmerken. Darauf das eigentliche Stück. Es begann mit einer schwärmerischen Unterhaltung eines fürstlich ausstaffierten Mannes mit seiner Gemahlin – er alt, sie jünger, er mit Ahnungen, daß er bald hinscheide, und was danach mit ihr würde, und sie, glühend und etwas endlos, eine zweite Heirat käme nicht in Frage – schön in Reimen: *Es tötet noch einmal den toten Gatten, dem zweiten die Umarmung zu gestatten* – und so weiter, mit immer neuen Schwüren.

Jetzt war Claudius unangenehm berührt und wollte den Namen des Stückes hören. Ich sagte, es sei was Lustiges und hieße Die Mausefalle. Es gehe dabei um die Vorstellung eines in Wien geschehenen Mordes, der Name des Herzogs sei Gonzaga, der seiner Frau Baptista, und es sei ein spitzbübischer Handel, aber was tuts?

Gleich danach aber folgte, wie der Blitz aus heiterem Himmel, oder wie ein Eisen, das zuschnappt, die Szene mit der Ermordung des Theaterherzogs. Sie verlief genauso, wie mir der Geist seine eigene geschildert hatte, und die Wirkung war besser als vorgestellt: Claudius fuhr hoch, wie in den Hintern gestochen: Licht, Licht!, und totenbleich, den Königsmantel raffend, stürmte er durch die Zuschauermenge, die aufgesprungen war, ihm eine Gasse öffnete – einige Hingelagerte kamen so rasch nicht hoch –, auch waren Bänke, Sitzpolster, Weinkrüge im Weg; Claudius machte große Sprünge und verschwand keuchend ins Innere, die Königin fliegend, mit spitzen Schreckenslauten hinterdrein. Es war ein Geständnis vor dem ganzen Hofstaat! Franzisco, ich sage dir, ich lachte, ich war beinahe glücklich, ich ließ die Musik spielen!

Ich weiß nicht, ob Claudius erst jetzt sein zweites Mordkomplott ausheckte oder schon vorher. Das Komplott galt mir. Nach meiner Ankunft in England sollte ich, auf geheime briefliche Anweisung, beseitigt werden.

Bevor ich jedoch – nichtsahnend mag ich nicht sagen – zu dieser Reise aufbrach, hatte ich noch ein Wörtchen mit Mutter zu reden. Jetzt, wo sie schon etwas locker geschüttelt war, wollte ich ihr in solcher Art zusetzen (bei der Theaterarbeit hatte ich was dazugelernt), daß sie die ganze Trostlosigkeit, Schmutzigkeit, Ungeheuerlichkeit ihrer Affäre mit Claudius einsah. Es gelang mir recht gut. Ich redete mit ihr wie ein Bußprediger, machte recht drastische Vergleiche zwischen ihren beiden Männern, malte ihr Höllenqualen aus – ich bekam Rückenstärkung durch den Geist meines Vaters, der plötzlich – wenn auch nur für meine Augen – im Zimmer stand.

Die geängstigte Frau war schließlich zu jedem Versprechen bereit. Was verlangte ich? Was sollte sie tun? Ich sagte es ihr – geistreich, wie es meine Art war – anders rum: Durchaus nicht das, was ich Euch heiße tun: Laßt den gedunsnen König Euch ins Bett von neuem locken, in die Wangen Euch mutwillig kneifen, Euch sein Mäuschen nennen. Wir wären beinahe in Liebe geschieden, hätte ich nicht dieses Rascheln hinter dem Vorhang gehört – ich dachte, eine Ratte, und stach zu; es war jedoch Polonius, der durch seine üble Gewohnheit zu Tode kam – mein erster Mord! Und so überflüssig, wie das ganze Leben dieses Schwätzers gewesen war. Claudius jedoch hatte noch einen Grund, mich eiligst fortzuschicken.

Auf der Reise fand ich die Gelegenheit, die amtlichen Briefe, die meine Begleiter mit sich führten, heimlich zu lesen. Ich las, was Claudius mir bei meiner Ankunft in England zugedacht hatte, und setzte daher, anstelle meines Namens, die Namen meiner Begleiter in das Dokument. Glaub mir, Franzisco, ich tat es nicht gern. Doch bei der heutigen Politik – wer nicht fälschen kann, ist ein toter Mann. Allerdings wäre es nicht nötig gewesen, denn wir wurden von Seeräubern überfallen, und ich, da sie mich erkannten, gleich wieder an der dänischen Küste freigesetzt. Dort verabredete ich brieflich einen Treffpunkt mit Horatio, um endlich als Rächer auf Schloß Helsingör zurückzukehren.

Es hätte längst vorbei sein können, Franzisco! Stelle dir vor, ich hatte die Kreatur schon einmal unter dem Degen gehabt! Waffenlos, weit und breit kein Zeuge! Es war nach jenem Theaterstück, da bemerkte ich Claudius in einer Ecke, unter einem Kruzifix, von seinem Gewissen aufs Knie geworfen, beim Gebet. Wäre nichts dabei gewesen, ihn aufzuspießen. Besann mich aber anders. Ich sagte mir, so inbrünstig wie er jetzt betete, war er womöglich absolviert, würde sündenlos ins Jenseits gehen. Aber nach *dieser* Sünde? Ich weiß nicht. Ich war wie gelähmt.

Die Folge war, daß die Falschen starben. Nach Polonius wars Ophelia. Der Irrsinn, den ich gespielt hatte – bei ihr war er echt und tödlich. Warum nur, warum? Der tote Vater – so ein Vater – war das ein Grund? Sie haben es mir angekreidet, aber mal im Ernst, Franzisco: Wer brachte sich wohl für mich um, einen mürrischen Tüftler? Im Bett hab ich auch nie viel gebracht.

Ich war ja fort, als es passierte. Sie haben mir erzählt, wie sie herumstromerte wie eine Schlafwandlerin, herzbrechende Liedchen sang, immer mehr zerrissenes Kleid, glibschige Wasserpflanzen im Haar, Schlamm im Gesicht; sie habe schon ausgesehen wie eine Wasserleiche, bevor sies wirklich wurde. Hast du sie gesehen, Franzisco?

Ich traf mich mit Horatio eine Stunde vor Helsingör, und wir wanderten gemeinsam zurück. Ich war recht lustig, und Horatio wollte mir wohl die Laune nicht verderben und sagte mir nicht, was passiert war. Wir kamen über den Kirchhof und trafen ein paar Totengräber bei der Arbeit. Sie machten Witze dabei und gaben sich Rätsel auf – warum auch nicht, es gibt ja auch lustige Schädel. Einer kollerte ihnen beim Graben vor die Füße, der dem Yorick gehört hatte. Yorick, dem Hofnarren meines Vaters. Er hatte so ein Knochenhorn überm Ohr, daran erkannten wir ihn. Er war mein Pferd gewesen, mein Hündchen, Kikerikihahn. Ich hatte an seinem Mund gehangen, der voller Geschichten war, hatte ihn oft geküßt – diesen Knochenmund da. Er hatte viel gelacht, der Mund, und jetzt grinste er. Der Rest war Staub geworden, Staub, Erde, Dreck, wie alle, wie die größten, wie mein Vater, wie ich, wie du sein wirst, Franzisco. Aber lustig wars doch.

Ob dus glaubst oder nicht: Ich hatte noch immer keine Ahnung, daß ich vor Ophelias Grab stand. Als der Trauerzug kam, mit den ganzen Würdenträgern, mit Claudius, meiner Mutter – auch Laertes war dabei, Ophelias Bruder, der eigentlich in Paris hätte sein sollen –, versteckten wir uns hinter einem anderen Grab. Der Sarg wurde rasch hinuntergelassen, der Priester schien es auch eilig zu haben und wollte weder sprechen noch singen. Laertes beschimpfte ihn wegen seiner Lieblosigkeit – da dämmerte es mir endlich, wer gestorben war, und wie! Meine Mutter, indem sie Blumen hineinwarf, mit Tränenstimme: Du solltest Hamlets Gattin sein – was mir eigentlich neu war, mindestens Polonius hatte nicht so gedacht. Dann tat Laertes einen wilden Schrei, verfluchte mich, weil ich an allem schuld sei, und sprang in seiner Verzweiflung in das offene Grab. Ich tat das gleiche. – Wieso, ich war so unglücklich wie er und hing, womöglich, noch weniger am Leben.

Natürlich waren sie alle bestürzt und entsetzt, daß ich plötzlich da war – Claudius am meisten. Laertes war nur voller Haß. Er fiel mich an wie ein Tiger, wir kämpften da unten auf dem Sarg, zogen uns an den Haaren, schlugen mit den Fäusten, wir krümmten uns da unten wie Maden. Schließlich stürzten sich noch ein paar Wachsoldaten hinein – ich wunderte mich, daß der Sarg nicht durchbrach – und zerrten und drückten uns auseinander und hinauf. Meine Mutter sagte: Er ist verrückt, Laertes, und ich sagte zu ihm, daß ich ihn eigentlich liebte, und ihn gut verstehe. Er hatte auch einen Vater zu rächen. Darauf ging ich fort, ich weiß selber nicht wohin, bis Horatio mich fand.

Du wirst dich erinnern, Franzisco, daß einige Zeit vor diesen Ereignissen Fortinbras mit einer Armee von zwanzigtausend, mit Claudius Genehmigung, bei uns durchzog. Angeblich gings nach Polen, wo er irgendeine kleinere

Eroberung vorhatte. Mir hatte das damals einen Eindruck gemacht, alle diese Soldaten, wild entschlossen – ganz egal wozu. Ein Blutgeruch umgab sie. Nun kam die Erinnerung zurück, und mit Horatio schmiedete ich neue Rachepläne. Wenn auch nur in der Vorstellung, Franzisco; nur in der Vorstellung. – Immerhin, ich war darauf gefaßt, wenn sich was bot.

Ich brauchte nicht lange zu warten. Claudius war viel

praktischer als ich. Er hatte Laertes für sich eingespannt, der mich mit Grund haßte. Der sollte mich nun, scheinbar zum Sport, zu einem Fechtkampf herausfordern, und dabei einen Degen mit vergifteter Spitze benutzen. Zur Sicherheit hatte Claudius außerdem einen vergifteten Becher bereit, den er mir reichen wollte, wenn ich erhitzt war. Wenns um Bosheit ging, war er gründlich, und gründlich war auch das Ergebnis.

Wieder mal war der ganze Hofstaat versammelt, um das Fechten zu sehen – auch meine Mutter war da, und sie war ahnungslos. Claudius war ungeheuer leutselig, er hatte auf meinen Sieg gewettet. Ich war auch wirklich nicht schlecht, und Laertes hatte eine gute Handvoll mit mir zu tun. Schließlich konnte er doch mal einen Treffer landen, aber unser Kampf war so schnell und unübersichtlich, daß ich plötzlich seinen Degen in der Hand hatte. Das Gift wirkte langsam. Ich wußte nicht, als ich ihn traf, daß ich ihn tötete. Währenddessen hatte aber meine Mutter, durch eine Verwechslung, den für mich bestimmten Pokal auf meine Gesundheit getrunken. Als sie nun aufschrie und niedersank und nun auch ich selbst das Gift von Laertes' Degen zu spüren begann, begriff ich das ganze Mordkomplott. Nun endlich, schon halb geschwächt, konnte ich mich zur Tat aufraffen. Vielleicht ist Tatkraft ein Zeichen der Schwäche – was meinst du, Franzisco? Ich war rasend vor Wut, stürzte mich auf Claudius, und stach ihn tief, mit dem Rest der Dosis, packte außerdem noch den Becher, preßte ihn an seine

Lippen: Hier! schrie ich, mörderischer, blutschänderischer Däne, trink diesen Trank aus – folg meiner Mutter! Er fiel gleich um.

Ich selbst kämpfte noch eine Weile gegen das Gift an. In der Ferne hörte ich noch die Trommeln des Fortinbras und den Marschtritt. Zehntausend hatte er verloren, zehntausend waren übrig, das genügte, wenn der Zeitpunkt richtig war. Halb aufgerichtet, von Horatio gestützt, sah ich um mich. Was für ein Schlachtfeld, Tote und Sterbende, und der ganze Hofstaat wie gelähmt! Wenigstens hielt ich Horatio davon ab, uns freiwillig Gesellschaft zu leisten. Wenigstens einer, der die Geschichte von Anfang an kannte, sollte übrig bleiben. Natürlich, ich erzähle sie auch, aber das zählt nicht. Wer glaubt einem Geist?

Wo steckst du, Franzisco? Ich seh dich nicht und hör dich nicht. Franzisco! – Er ist fort. Zur anderen Seite des Walles. Sie sind abgebrüht heute, sie langweilen sich nur noch. Ich muß hinunter. Ich wittere Morgenluft.

KÖNIG LEAR

Als Lear achtzig war und spürte, daß er schwächer wurde, ließ er seine Töchter zu sich kommen, um sein Reich unter sie aufzuteilen. Es war ein Staatsereignis, im Thronsaal hatte sich der ganze Hofstaat versammelt. Zwischen den Säulen aus walisischem Granit war knisternde Stille. Ein paar Fackeln blakten und machten ein ungleiches Licht. Hinter dem Thron war eine große Karte von England aufgespannt.

Der König litt unter der Kälte des Alters, fröstelnd verkündete er sein Vorhaben und fragte dann seine Kinder, wie sehr sie ihn liebten. Bei Goneril, seiner Ältesten, fand er viel Liebe, sie sagte: mehr, als Worte je umfassen. Sie erhielt von ihm ein Drittel der Herrschaft. Die zweite Tochter, Regan, liebte ihn so, daß kein andres Gefühl mehr übrig blieb. Sie bekam ein ebenso großes Stück. Zuletzt fragte Lear die jüngste Tochter, Cordelia, seinen Liebling, seinen Augapfel, was sie ihm, für ein Drittel Königreich, sagen wollte.

Sie sagte: Nichts, gnädiger Herr.

Nichts?

Nichts, sagte Cordelia.

Lear zurrte seinen Hermelinmantel fester um die Schultern und fragte sie noch einmal. Cordelia antwortete, wenn sie, wie ihre Schwestern, verheiratet wäre, so wollte sie vor allem ihren Mann lieben, und ihn liebte sie, als Vater, wie es sich gehörte, mehr nicht. Lear wurde rot und blaß, er setzte sich steil auf und wiederholte seine Frage. Sie sagte nichts anderes. Da brach plötzlich sein Zorn los und er verfluchte sie und enterbte sie zugunsten ihrer Schwestern. Auch durch seinen treuen Ratgeber, den Grafen Kent, ließ er sich nicht von seiner Blindwütigkeit abbringen. Und als Kent nicht abließ und den König weiter bedrängte, verbannte er auch ihn bei Todesstrafe.

Zu dieser Zeit hatten sich um Cordelia zwei Fürsten beworben, der Herzog von Burgund und der König von Frankreich. Als sie sich nun Lears Zorn zugezogen und ihr Erbteil verloren hatte, war Burgunds Interesse schnell davongeschwommen. Um so tiefer liebte sie der von Frankreich. Mit ihm reiste Cordelia fort, in tiefer Bekümmerung, daß sie im Zorn von ihrem Vater geschieden war. Die Schwestern, Goneril mit ihrem Mann, dem Herzog von Albany, und Regan mit ihrem Herzog von Cornwall, kehrten jedoch befriedigt mit ihren neuen Besitzrechten auf ihre Schlösser zurück.

Bei der Aufteilung des Reiches hatte Lear sich als einziges Privileg vorbehalten, daß er immer abwechselnd, je einen Monat lang, mit einem Gefolge von hundert Rittern, an den Residenzen seiner Töchter versorgt werden müßte. Darüber kam es schon bald zum Streit. Goneril, die als Gastgeberin zuerst dran war, behauptete, daß Lears Ritter nur Zank und Unfug suchten, daß sie schwelgen und raufen würden, und sie wollte Lear deshalb auf fünfzig Ritter herunterhandeln. Der König mußte auch bemerken, daß Gonerils Bediente ihn wenig achtungsvoll behandelten. Die Lieblosigkeit seiner Tochter, die sich in allem verriet, versetzte Lear in Wut. Er nannte sie mit überschlagender Stimme einen entarteten Bastard, er rief die Natur an: Vertrockne ihr die Organe der Vermehrung – niemals solle sie ein Kind bekommen, allenfalls eine undankbare Mißgeburt. Darauf schwang er sich mit überraschender Behendigkeit aufs Pferd und galoppierte mit seinem Gefolge davon, in der Erwartung, von Regan mit mehr Wärme aufgenommen zu werden.

Als Vorboten hatte Lear seinen treuen Diener Cajus zum Schloß Cornwall geschickt. Kaum angelangt, begegnete Cajus dort dem Hofmeister der Goneril, einem Intriganten, der sich erst kürzlich allerhand Frechheiten gegen den alten König herausgenommen hatte. Wie kam denn dieser Mensch hierher? Cajus hatte böse Ahnungen, schon dieses Gesicht machte ihn wütend. Er nannte ihn einen Halunken, einen Tellerlecker, einen niederträchtigen, hundertpfündigen, schmutzigen, grobstrümpfigen Schurken und beleidigte ihn nach Kräften. Am Ende prügelte er ihn, so daß jener um Hilfe rief und Cajus festgenommen und zur Strafe im Schloßhof in den Pranger geschlossen wurde, so daß Lear, als er dort einritt, als erstes seinen Botschafter in dieser schimpflichen Lage zu sehen bekam.

Gleich danach mußte er feststellen, daß die verhaßte Goneril, über eine Abkürzung, noch vor ihm eingetroffen war, und daß die Schwestern sich verabredet hatten. Schon bei der Begrüßung mäkelten sie wieder an Lears Rittergefolge. Jetzt wollten sie ihm noch nicht einmal die Hälfte, sondern nur noch einen Viertel seiner Begleitung übriglassen, und wie es hin und her ging, immer weniger, abwechselnd die eine und die andere Tochter, noch zehn, dann fünf, dann nicht einmal *einen* Ritter mehr erlauben, denn schließlich hätten sie selbst genug übrige Bediente auf ihren Schlössern.

Lear traf das im Innersten. So wollten sie ihn zum Bettler machen! Sein weißes Haar stand von seinem blutroten Kopf weg, daß es aussah, als ob er brannte. Seine Augenkugeln rollten in den Höhlen. Auf den Lippen blähten sich Speichelblasen, er konnte nur noch bruch-

stückhaft stammeln: Will solche Dinge tun – was, weiß ich selbst noch nicht; doch solln sie werden – das Graun der Welt! – Zu Fuß stürmte der alte Mann durchs Tor hinaus in die wüste, von Rachsucht und Gewittern durchzuckte Nacht.

Ganz allein blieb er nicht dort draußen. Der anhängliche Cajus, vom Pranger freigekommen, eilte ihm nach. Ein anderer Nachtgenosse war der Narr. Narren gehörten damals zum Hofstaat, fast jeder Fürst hatte einen angestellt, um sich in trüben Zeiten aufheitern zu lassen. Zuweilen durfte der Narr unbequeme Wahrheiten aussprechen, wenn auch so verrätselt, daß der Herr nicht zu schnell begriff: Seit wann bist du so reich an Liedern, fragte Lear seinen Narren, als der so munter durch die nächtliche Wildnis trällerte. – Seit du deine Töchter zu deinen Müttern machtest. – Wie machte ich das? – Indem du ihnen die Rute gabst und dir selbst die Hosen runterzogst. – Versteh einer die Narren, brummte Lear.

Er stolperte weiter mit seinen Genossen durch die struppige Landschaft, die gleich hinter dem Schloß Cornwall begann. Steinige Steppe, Kaninchenlöcher, schrundige Fahrspuren, verkrüppelter Weißdorn und Wacholder. Der Regensturm durchweichte ihre Kleider, Dornen zerfetzten sie, Regen und Kälte zwickten die Haut. – Lear wars ganz recht so. Sollte doch alles drunter und drüber gehen! Spei, Feuer, flute, Regen, schlag flach das mächtge Rund der Welt! Weltkugeln, Planeten – der Teufel hole die Wahrheiten, die nur Verwirrung stiften!

Der Irre spiegelt den Weltirrsinn: Die Mächtigen ihre Macht ausübend, belohnend, strafend, wie es in Büchern stand, statt aufzublicken, Menschen, das Innere verschließend, die Gesichter immer der neusten Herrschaft zugekehrt, und hinter allem die fortdauernde Naturgrausamkeit, die Verwüstungen, die das Alter anrichtet. Dieser Narr hatte leicht spotten; es war nicht viel zwischen ihm und dem Erdboden.

Sie fanden Unterschlupf in einer Feldhütte und erschraken, als sie dort noch so einen armen Hund von einem Menschen verkrochen sahen, den armen Thoms; einen jener Irren mit verklebtem Haar und blutigen Augen, die in verfallenen Hütten oder Erdlöchern hausten und den Vorüberkommenden plötzlich ihre krallenhafte Hand hinstreckten; aber manche spielten den Irrsinn auch nur.

Lear konnte sich für jedes Unglück immer nur *einen* Grund vorstellen, und so sah er auch in diesem Menschenwrack wieder das Werk undankbarer Kinder; sie allein könnten einen Menschen soweit bringen, daß er in der Wut seines Herzens Kuhmist für Salat ißt, die alte Ratte verschlingt und den toten Hund. Doch reichten Blitze von Hellsicht über Lears eigenen Jammer hinaus: Ihr armen Nackten, wo ihr immer seid, so rief er plötzlich in sprunghafter Reue: Oh, daran dacht ich zu wenig sonst! Nimm Arzenei, oh, Pomp, gib dich preis, fühl einmal, was Armut fühlt! –

In der Ekstase des Mitleids wollte Lear sich alle Kleider

vom Leib reißen – nur mühsam konnten seine Gefährten ihn davon abbringen. – Diese Nacht wird uns alle zu Narren und Tollen machen, sagte der Narr, und der arme Thoms erblickte schon neue Gespenster: Seht, rief er, da kommt ein wandelndes Feuer! Es ist der böse Geist Flibbertigibbet, kreischte er mit überschnappender Stimme: Flibbertigibbet! – Er kommt mit der Abendglocke und geht mit dem ersten Hahnenschrei.

Es war aber der Graf Gloster, der eine Fackel trug.

Graf Gloster, ein Hofmann, hatte Lears Töchtern und deren Männern, da sie nun die Regenten des Landes waren, fürs erste gedient. Aber er wurde von ihrer Unmenschlichkeit abgestoßen, und als er flüstern hörte, daß man in Frankreich, wo Cordelia Königin war, einen Feldzug gegen die Peiniger des alten Königs vorbereitete, faßte er den Entschluß, offen auf Lears Seite zu treten. Er hatte erfahren, was die Töchter dem Alten zuletzt angetan hatten, und war in der Umgebung des Schlosses auf die Suche gegangen. Er fand also die jämmerliche Gesellschaft in dieser Hütte, und hörte von Cajus, der ihn beiseite nahm, wie schlimm der König im Inneren mitgenommen war; dabei war er, Gloster, kaum besser dran. Du fürchtest, der König wird verrückt, sagte er zu Cajus: Glaub mir, fast bin ichs selber auch! Er hatte einen ähnlichen Grund für seinen Kummer.

Gloster hatte zwei Kinder, einen Sohn namens Edgar, und einen unehelichen, der Edmund hieß. Damals hieß das natürlicher Sohn, aber sie nannten ihn meist einen

Bastard, und so einem traute man viel Schlechtigkeit zu. Das ging dann immer nur Bastard beim Spielen, Bastard bei den Nachbarn, beim Schulmeister, überall Bastard, und das mit Naserümpfen und wegwerfenden Handbewegungen, so daß ihm gar nichts anderes übrig blieb, als ein Bösewicht zu werden. Als Edmund alt genug für solche Pläne war, sorgte er dafür, daß ein Verdacht auf seinen Bruder Edgar fiel. Graf Gloster sollte glauben, daß Edgar es auf sein Leben abgesehen hatte, und er glaubte es auch. Er verstieß den Sohn und machte den Bastard zum Erben seines Titels und Besitzes. Seinen weiteren Aufstieg betrieb Edmund in den Palästen der Goneril und der Regan.

Der verbannte Edgar, jedoch, hatte sich die Lumpen und Art eines herumziehenden Irren zugelegt – er spielte den armen Thoms. Mancher mußte vor der Willkür der Väter und Fürsten in fremde Rollen schlüpfen; auch Cajus – er war niemand anderer als Lears verbannter Freund Kent.

Was hatte Cordelia doch damals gesagt, als die verheirateten Schwestern ihre maßlose Liebe zum Vater beteuerten? – Wozu den Schwestern Männer, wenn sie sagen, sie lieben Euch nur? – Und wirklich, sie gingen mit ihren Ehemännern nicht besser als mit ihrem Vater um. Das Eheleben hatten sie bald satt und suchten sich andere Liebhaber. Es kam so weit, daß sie beide für den selben Mann entbrannten: für Edmund, den Bastard von Gloster, und daß jede die andere um ihn beneidete.

Eine wilde Wirtschaft riß auf den Schlössern ein, Luxus

und Dreck, kostbare Roben und zerbrochene Fenster, Ratten und Hunde um Kübel voll verdorbener Leckereien, nach langen Nächten Schlaf bis mittags, zwielichtige Figuren im Gesinde, Speichelleckerei und Aufsässigkeit. Es gab Schlägereien und immer neue Untaten.

Edmund selbst war es, der dem Hof die Nachricht vom Abfall seines Vaters brachte. Darauf ließ Graf Cornwall den Gloster ergreifen und auf sein Schloß bringen; dort vollzog er ein grausiges Strafgericht: Halte fest den Stuhl, auf deine Augen setz ich meinen Fuß! Auf diese Art blendete er ihn! Das war selbst seinen eigenen Dienern zuviel; einer von ihnen, empört über das monströse Verbrechen, griff seinen Herrn Cornwall an und verwundete ihn mit dem Degen, bevor er selbst erstochen wurde. Cornwall starb bald an dieser Wunde. Kaum war er tot, da gab seine Witwe Regan ihre Verlobung mit Edmund bekannt. Gonerils Eifersucht war grenzenlos; sie süßte der Schwester eine Nachspeise mit langsam tötendem Bleizucker.

Plötzlich überkam Lear die Erkenntnis, daß er seiner Cordelia Unrecht getan hatte. Man hatte ihn, noch auf Glosters Veranlassung, nach Dover gebracht, wo größere Sicherheit war, denn es wurde von Mordplänen gemunkelt. Graf Kent war nach Frankreich gefahren und hatte Cordelia das Elend ihres Vaters so mitleiderregend geschildert, daß sie zu größerer Eile bei den Kriegsvorbereitungen antrieb. Nicht lange danach landeten die Franzosen auch wirklich bei Dover.

Lear war aus seiner Obhut entwichen. Mit einem Kopfschmuck aus Stroh und Kornblumen taumelte er murmelnd über Wiesen und Wege. Eben dort war auch der augenlose Graf Gloster, am Arm des armen Thoms, auf Wanderschaft; nach allem, was er erduldet hatte, und in tiefer Reue über seine einstige Kurzsichtigkeit und die Bestrafung seines besseren Sohnes Edgar hatte er nur noch den Wunsch, zu sterben. Sein Begleiter, der doch in Wirklichkeit eben dieser Sohn war, ihn aber durch diese Enthüllung nicht beschämen wollte, hatte alle Mühe, ihn listig vom Tode abzulenken. Da plötzlich stand Lear vor ihnen.

Es war eine schreckliche Begegnung. Der alte König, zwischen Wahnwitz und Hellsicht, erkannte seinen Vasallen, und er sah, was man ihm angetan hatte: Willst weinen über mich – nimm meine Augen! – Gloster wiederum hörte Lears wirres Reden und wußte, wie es dort in dem Kopf aussah. Alles sei schwankend, sagte Lear – Gerechtigkeit, Sühne, alles käuflich. Er beugte sich vor und grinste: Kein Mensch ist sündig, keiner – verstehe mich, mein Freund, flüsterte er: Wenn er nur des Klägers Mund versiegeln kann! – Und Lear tappte weiter, kichernd, armefuchtelnd, auf und ab über die wellige Landschaft hinter den Felsen von Dover, bis man ihn aufgriff.

Der Tag war gekommen, den Lear ersehnt hatte und den er doch fürchtete: In einem Zimmer des Schlosses von Dover stand Cordelia vor ihm. Sein Schuldgefühl überwand seine Verwirrtheit. Jetzt bat er sie um Vergebung, und gleich war alles vergeben – ihm von ihr, und ihr von ihm. Jetzt folgte ein rasches Nachholen von Liebe, auslaugende Süße, Sich-Wiederhaben, ein Wolkenbruch der Gefühle. Lear, der der schönen Wirklichkeit nicht traute, und die wirkliche Cordelia, die ihn umarmte, und beide voreinander kniend, Lears Gesicht in Tränen zerfließend, und Cordelia, die es trocknen wollte, mit ihren Küssen – Minutenglück. Schon wars vorbei. Es näherte sich Kampflärm, Trompeten, Brüllen, Rasseln; Soldaten stürmten herein.

Auf die Nachricht von der französischen Landung hatten Lears Töchter und der Herzog von Albany ihrerseits ein Heer aufgestellt. Es war unter Edmund Glosters Befehl nach Dover marschiert, wo die Franzosen ihr Lager aufgeschlagen hatten. Nun war aber der französische König wegen dringender Staatsgeschäfte noch einmal nach Frankreich gerufen worden und hatte das Kommando einstweilen dem Marschall Le Fer übertragen, einem alten Schnauzbart, der sich für unbesiegbar hielt und bei Meldungen über die Engländer nur gelangweilt gähnte. So waren die Franzosen auf einen Angriff unvorbereitet, und da Edmund außerdem ein schlauer und wilder Anführer war, brachte er ihnen eine böse Niederlage bei. Das Schloß Dover, wo sie ihr Hauptquartier hatten, wurde erobert und Lear und Cordelia gefangengesetzt.

Dem Herzog von Albany war inzwischen ein Brief zugespielt worden, aus dem nicht nur Gonerils Ehebruch offenbar wurde, sondern auch der Plan, ihn selbst, den hinderlichen Ehemann, aus dem Weg zu räumen. Albany hatte es schon geahnt, nun waren die Ahnungen bestätigt. Er ließ Goneril ins Verlies werfen. Als sie keinen Ausweg mehr sah, zog sie ihren Dolch aus dem Mieder und machte ihrem Leben ein Ende. Am selben Tag erlag auch Regan dem schleichenden Gift ihrer Schwester.

Für Albany blieb noch eine Rechnung zu begleichen, die Rechnung mit dem durchtriebenen Edmund. Handfeste Beweise hatte er nicht für den Verrat, doch war Albany sich sicher. Er wollte, was er zu wissen glaubte, dem Edmund auf den Kopf zusagen, was einer Duellforderung gleichkam.

Die Vorbereitungen zu so einem Ehrenhandel waren umständlich. Ein Herold mußte feierlich blasen und alle Anwesenden dreimal fragen, ob noch jemand etwas gegen den Beschuldigten vorzubringen hatte. Und wirklich, es meldete sich jemand. Edgar, der vertriebene Bruder, hatte die Lumpen des armen Thoms abgeworfen und forderte jetzt Sühne für das erlittene Unrecht. Die Degen wurden gezückt und lang angestauter Haß entlud sich. Ein sinnverwirrendes Hauen und Stechen, dann war der Bastard tödlich getroffen.

Jetzt sah es so aus, als hätte eine höhere Gerechtigkeit die Oberhand gewonnen. Fast hätte man denken können, ein glücklicher Ausgang sei für Lear und Cordelia möglich. Aber im Hintergrund war die Tragödie fortgeschritten, Edmund hatte die Kette seiner Untaten nicht abreißen lassen. Im Angesicht des Todes überfiel ihn eine späte Reue. Nach Atem ringend, enthüllte er ein Mordkomplott, das er gegen Cordelia und Lear angezettelt hatte. Mit letzter Stimme trieb er zur Eile an, man solle zum Kerker laufen und das Unheil aufhalten.

Jedoch zu spät. Eine Gestalt wankte herein, blutig und blutend, eine leblose Last auf den Armen. Lear trug die tote Cordelia. Heult, heult! wimmerte er. Heult, heult! – Der von Edmund bezahlte Mordknecht hatte sein Werk pünktlich ausgeführt und Cordelia erstochen; Lear, in einer letzten Kraftanstrengung, hatte sich gewehrt, und ihn totgeschlagen. Lear nun anzusehen, ihn zu hören – kaum erträglich. Das Greinen! Die hohe Stimme! Das zerstörte Gesicht, in dem sich Blut mit Tränen mischte! Er redete mit Cordelias Leichnam wie mit einem Säugling: Und tot mein armes Närrchen? flüsterte er und rieb seine Nase an ihrer.

Graf Kent, nun in der Kleidung des Hofmanns, trat ihm unter die Augen, und Lear erkannte ihn auch. Aber daß er und Cajus derselbe waren, das konnte er nicht mehr fassen. Das Maß war voll, oder vielmehr: es war leer: Nein! Kein Leben! Ein Hund, ein Pferd, ne Maus soll Leben haben, und du nicht einen Hauch? Er wiegte Cordelia – oder schwankte er vor Schwäche? Jetzt war nichts mehr, was Lear noch am Leben halten konnte, und er starb schnell, sank einfach nieder mit der Toten – kein weiteres Wort.

O du zertrümmert Meisterstück der Schöpfung, sagte der blinde Gloster, so nutzt das große Weltall einst sich ab – zu nichts.

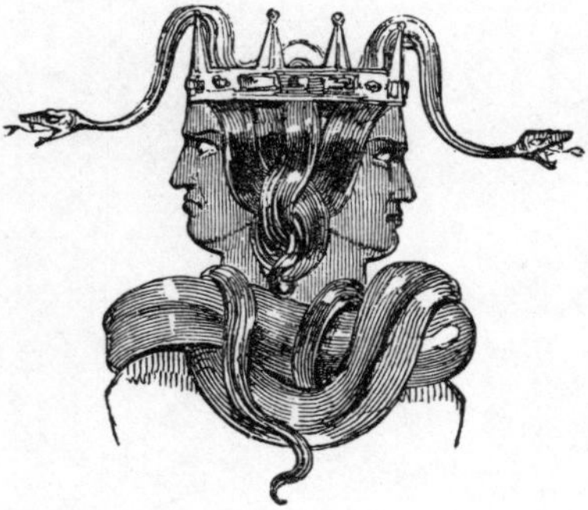

OTHELLO, DER MOHR VON VENEDIG

Die Dolchspitze, durch mein Wams gedrückt, zerschneidet das Brokat, glänzend, grünrot, zerschneidet das Hemd aus feinem ägyptischem Batist, ritzt mir die Haut, während ihre Augen fest auf mir ruhen, unbeweglich, wie zu Liebzeiten, beim Nicht-Sattsehen, von ihrem Lager her, von *dem unseren*, zwischen der Hüfte des Gouverneurs und Emilias Hand, anklagend, jedoch weit weniger, als ich mich selbst anklage, o Runzelmutter mit den Tieraugen, mir dein Erdbeertüchlein ans Herz legend, daß ich es hüte, daß meine Liebste es hüte, die du nicht kanntest.

Ein schöner Kontrast war das: Desdemonas weißer Hals unter meiner schwarzen Hand und das Gelbrot der Früchte dazwischen, die hellgrünen Blättchen – so verräterisch, wie Cassio verräterisch schien, in jenem Augenblick: In Biancas Hand, der Hand dieses Flitterdings, kokett, trippelnd, das Tüchlein schwenkend zu Cassio hin, er solle es wieder nehmen, ein zweites wolle sie nicht sticken – da! Da stürzte alles ein, hier, hier im Kopf, und krampfte die Brust, die Hände schon übungshalber; so hatte ihm Desdemona das Pfand gegeben! Wofür? Und doch war er nur kindlich; Cassio, nichtsahnend, geradezu ein Tropf, so gar nichts zu ahnen ist sträflich – zu arglos, um schuldlos zu sein. Er war einer, der das Schlimmste herbeizog, nur durch Arglosigkeit, schon in der ersten Nacht auf Cypern. So ist es: Sein Liebstes töten ist Selbstmord.

Wir wollten ein Fest feiern in unserer ersten Nacht auf Cypern, Venezianer, rief ich, he, tanzt, trinkt, seid lustig – der Türke kam nicht, Stürme haben ihn fortgetrieben, ersäuft, zerschellt. Kampflos haben wir gesiegt. Sie sollten tanzen und trinken, aber einer sollte wach und nüchtern sein; wir sollten Gäste sein, keine Herren, die Cyprer sind empfindlich – dies also zu bedenken, schärfte ich dem Cassio ein. Wo bist du nun, Cassio, mein Freund: Kein Grund zur Eifersucht, sagst du, beteuerst du – sei still, ich traue ja allen jetzt, wie ich gestern allen *mißtraute* – sogar mir selbst, meiner Haut, in die nun die Dolchspitze eindringt, die nun geteilt wird, noch blutlos.

Rosiger Milchbart Cassio, Honig, blau und wässrig, weiches Haar und hell – immer muß es mein Gegenbild sein, ich weiß es jetzt; *ich wollte mir schaden.* Jago dagegen. Guter Soldat, listig, schneidend, im Haß sich selbst nicht kennend – der Rang stand ihm zu. Wäre Jago der Leutnant, wäre nichts passiert. Emilia, seine Frau, die Zofe bei uns – welche Dummheit, aber ich weiß jetzt, ich wollte mir schaden. Das wußte doch jeder, in allen Pißecken Venedigs eingeritzt, Mann auf Weib, ein schwarzer Schwanz zwischen weißen Beinen, und ein D und ein O und solche Reime. Ihr Vater mußte es längst gesehen haben, wenigstens gehört – ach, Heuchler, *offiziell,* sagen sie, offiziell weiß ich nichts. Desdemonas Vater, wenn ers war. Aber dann, wenn nachts einer hingondelt, ruft, aus der gluckernden Dunkelheit die feuchte Wand hinauf: Sie macht mit ihm das Tier mit zwei Rükken, Jagos Stimme, sein Echo von glatten Wänden, sein Brückenecho: Sie macht mit ihm das Tier mit zwei Rükken! und die Rufzeichen erschreckt ins Wasser platschender Ratten; oben darauf, mit Windlicht, Desdemona vergeblich suchend – er hätte schon zuvor vergeblich suchen können, manches Mal – nun wars was anderes! Brabantio schrie: Meine Tochter, und Feurio, Mordio! und nun Schaum vor dem schwarzen Bug, von allen Seiten wie dunkle Schlangen herbei, über den glänzenden Platz, und

Fackeln, der Doge, alle Ämter, die oberen Zwanzig, der nächtliche Prozeß: Meine Tochter! Der Mohr! Ein Zauberer! Und das Verhör. Desdemona, mit leicht feuchtem Haar, sprach gut für mich vor Venedigs Herren.

Die hatten sowieso andere Sorgen. Es war die Depesche gekommen, der Türke will Cypern, will Cypern wieder, der Hafen, die Lager, Millionen wert. Millionen, dachten die Herren in ihren knisternden Röcken und machten ein Geschäft. General Othello, sagten sie, und schmierten mir Süßes um den Bart, General Othello – sie dachten wohl *General Gorilla* – vielfacher Sieger, sagten sie, rette uns Cypern und nimm dir das Mädchen dafür! Brabantio schluckte, mit stierem Blick. Desdemona, liebes Mädchen, mir zu Fraß. Wir aber zwinkerten, wir berührten uns mit den Fingerspitzen, im Fackellicht, und ihre kurzen weichen streiften meine langen Negerfinger.

Stolz war ich schon, gewiß war ich stolz, ich war doch auf dem Gipfel, nach einem solchen Leben, nach diesem Lebenstumult in drei Erdteilen, betäubenden Schiffbrüchen, stinkenden Schlachtfeldern, randvoll mit Entsetzen, Gefangenschaft, geschnürt wie ein Teppich auf dem Rücken von Kamelen, von Kannibalen verschleppt und weiter fort, zwischen Vulkanen und Urwäldern, zu Völkern, deren Kopf wächst aus den Schultern – ich habs dir oft erzählt, Mädchen, und du hast geweint und wolltest doch weiter hören, von Zeiten des Elends, des augenrollenden Irrsinns, Zeiten von schillerndem Glück. Du hast gelacht, du warst mein, was konnte mir noch geschehen?

Es war Jagos erster Versuch. Nicht *er* war Leutnant geworden, sondern Cassio. Ein Florentiner. *Ein Wicht, zum Weibe fast versündigt.* Er konnte es nicht verwinden – doch war das Grund genug? Ich versteh sie wohl nicht, die Weißen. Ein Kulissenschieber, sehr plump an-

fangs, durchsichtig, als er Brabantio aufhetzte, allmählich aber, die schwachen Stellen abtastend, mit Emilias Hilfe, sich einwühlend, ins Gefühl, wie diese Klinge jetzt, durch die Haut, dicht bei einer Rippe und blutlos, während deine Augen auf mich starren, scheinbar entsetzt – als du das Tüchlein vermißtest, war dies dein Blick – was doch unmöglich ist, da es nur Gallert ist – oder doch? Mutter konnte zaubern, konnte vielleicht Tote aufwecken, am weißen Nil. Sein Liebstes töten ist der wahre Selbstmord.

Wir wollten das Fest feiern, Cassio war Wächter und ließ sich doch verführen: Trink nur, Brüderchen! Ließ sich verführen, von guten Freunden, wie sie sagten, lallte herum, klirrend, rasch entflammt, ein kleiner Streit solls nur gewesen sein, nur daß sie ihn weiterschürten: Am Ende, Jago, die Sturm- und Feuerglocken – jetzt hör ich, seh ich alles, wie es zubereitet war: Du sagtest, besoffen ist er, General, er ist auf den obersten Cyprer losgegangen, General, auf den Statthalter – sagtest du nicht: Ein schöner General, der einen Hitzkopf zum Ruhebewahrer macht? Aber wie vertrug sich das, Jago? Warum bemerkte ich nicht den Widerspruch? Ein knabenhafter Mann, das Leutnantchen mit der Pfirsichwange, ein Damenfreund, und sollte zugleich ein schneller Degen sein? Aufsteigendes Blut, dumpfe Sinne. Desdemona bat für ihn, von der anderen Seite her der flüsternde Jago.

Daß ein Getuschel war, ein Geraschel, Augensprache, Cassio, Desdemona, schattenhaft – Jago säte den Verdacht, er ließ ihn in mir wachsen. *Ihm* glaubte ich, dem die Bosheit im Gesicht stand, nicht *ihr,* die so hell war, durchsichtig wie Glas, jede einzelne ihrer Regungen, ihre Gedanken bis ins Innere sichtbar, ohne Schatten. In ihr war nur *eine* Dunkelheit, daß sie mich liebte – das war der Todeskeim. Das Würgemal am Hals.

Noch kein Schmerz, weder Blut noch Schmerz. Zwei Finger tiefe Klinge und immer noch kein Schmerz. Anderswo schrie ich, anderswo war ich ohnmächtig davon, und bin es, von Jagos Andeutungen, von gedrehten, gewundenen Sätzen:

Man sollte sein das, was man scheint. – Und die's nicht sind, die solltens auch nicht scheinen.

Wer den guten Namen mir entwendet, der raubt mir das, was ihn nicht reicher macht, mich aber bettelarm.

O Himmel, schütze aller meiner Freunde Herz vor Eifersucht!

Da war meine Faust an seinem Kragen, mein Griff an seiner Kehle, und ich, gurgelnd: Sag, was du weißt – sag es! Sag es! – Er sagte es nie ganz. Er ließ es *mich* sagen, auch das Teuflischste – *ich selbst* pflanzte mir den Polyp ins Hirn. – Nein. – Es ist nicht wahr. – Er ist jetzt tot, hat seine Strafe – am Schluß wars nur ein Amoklauf – etwas sagte er doch, was ich selbst nicht zu sagen wagte:

So manchem Heiratsantrag widerstehn, von gleicher Heimat, Wohlgestalt und Rang – darin spürt man Willen, allzu lüstern...

Was hatte er da gesagt? Durfte einer so sprechen, begriff ich das nicht? Da sie, die bedenkenlos mit mir gegangen war, Desdemona, die Weiße, da sie *meine* Liebe gesucht hatte, müßte sie *schamlos* sein? *Einen Neger lieben, und Treulosigkeit sei ein und dasselbe?* Warum schlug ich ihm nicht den Schädel ein?

Weil er recht hatte. Nicht wahr, Gouverneur? Bleibt fort, laßt mich – Ihr werdet doch einen Neger nicht retten wollen! Laßt mir dies Glück. Es ist ein Glück, es ist Lust, in mir die Schneide, wie die Lust einer Frau, eine Daumenlänge, und vorwärts, der Damaszener, vorbei an durchschnittenen Adern. Kein Blut, noch immer keins.

Desdemona durfte nicht bluten. Mein weißes Liebesbild, meine ergebene Marmorfrau, sie durfte nicht bluten, in der Nacht unserer Liebe und unseres Todes, wo doch alles zugleich sein Gegenteil war, mein Zungenkuß wie ein Messer, ihr Atemhauch wie ein Gift, meine Haßworte wie Worte der Wollust, das würgende Halstuch wie eine Umarmung. Warum hast du mir nicht sehende Klugheit in den Kopf gezaubert, Mutter, statt blinde Liebe in dies Taschentuch? Sachen, Indizien, Beweisstücke – und kein Blick ins Innere. Diese Zauberei ist unnütz, Mutter, ein Gespött, ein afrikanischer Firlefanz.

Jagos Grund, sollte man denken, war schon erledigt. Worauf wollte er denn hinaus, als der Nebenbuhler aus dem Weg war – er selbst war mein Vertrauensmann, warum noch weiter? Die Kränkung beseitigen, und dann noch den Kränkenden? Die Lust an böser Technik?

Es ist so einfach. Du mußt lange genug lügen, dann beginnen die Lügen zusammenzupassen. Was ist Wahrheit, wenn nicht das, was zusammenpaßt? Verspreche sodann den letzten Beweis, Jago, laß dann mit eigenen Augen sehn, das Tüchlein, das Emilia stahl, Worte hören, die Blutsausen machen: *Bei ihr gelegen, auf ihr, das Tuch, diese Geständnisse, das Tuch* – Natur würd sich nicht in so verfinsternde Qualen verhüllen, wäre es nicht Vorbedeutung. Sind's Wahnbilder, die mich so erschüttern? – Hu! Nasen, Ohren, Lippen: Ist es möglich? – Und außerdem, Jago, sage immer, du selbst glaubst deine Lügen nicht. Und dann warte, Jago. Warte.

Die Weißen. So erfinden sie Maschinen, so machen sie Geschäfte, so regieren sie. Doch was sage ich, ein wulstlippiger Neger, aus meiner schmutziggrauen Haut: So zerstören sie Häßlichkeit und ein wildes Gemüt. Die Dolchspitze wird mein Herz erreichen. Keine Leidenschaft. Ich sagte zu ihr, der Hellen: Du schwarzes Unkraut, was bist du so schön? Ich sagte: Ich wollte, du wärst nie geboren! Ich sagte: Der Himmel hält sich die Nase, der Mond drückt ein Auge zu, der leichtfertige Wind, der alles küßt, was er trifft, verstummt, verkriecht sich in die tiefsten Löcher und will es gar nicht hören! – Mit solchen Worten hatte ich mich längst erdolcht. – Sie sang Graslieder, Kleelieder. Weide Weide Weide. Sie sang Graslieder, Kleelieder, gänseblumenselig, unter Tränen. Wenn die Klinge das Herz erreicht, wird Blut strömen, und es ergießt sich, was in mir ist, ins Freie.

CYMBELINE

Ein krauses Abenteuer, ein barbarisches, auf das er gerne verzichtet hätte, sagte der Astrologe Philarmonus mit näselnder Stimme, als er, nach mehr als zehn Wochen wieder in seinem römischen Amtszimmer sitzend, von seinen Gehilfen befragt wurde, was er in England alles erlebt habe. Es sei ein Fehler, sich zu tief mit der Politik einzulassen. Doch was sei ihm übriggeblieben, nachdem König Cymbeline von England plötzlich den Tribut verweigerte, der seinerzeit von Caesar festgesetzt worden war, und Kaiser Augustus darauf den Jachimo mit der VI. Legion nach Milford Haven entsandt habe, um die alten Rechte wieder in Erinnerung zu bringen. Zu so einem Unternehmen gehöre ein Wahrsager. Jachimos Familie habe Einfluß, es sei besser, sie nicht zu verärgern. So habe er zugesagt. Danach sei er mit den Truppen von der Küste durch das walisische Waldgebirge marschiert, durch Nadelmorast und Wurzelgestrüpp, stolpernd und fluchend, in einer unheimlichen Stille, um am anderen Ende des Waldes mit barbarischem Geschrei von den britischen Horden empfangen zu werden. Die Legion habe sich gut geschlagen. Aber, nach anfänglichem Erfolg, da viel Glück und einige berserkerhafte Kämpfer auf der anderen Seite gewesen seien, hätte sie am Ende doch eine vollständige Niederlage erlitten.

Ein paar Tage später, nach anstrengenden Märschen durch rauhes Wetter und rohes Land, seien sie alle, Sieger und Besiegte, in der Königsresidenz angelangt. Dort habe man die englischen Truppen aus dem römischen Kriegsschatz entlöhnt und entlassen, die römischen zum Teil als Sklaven verkauft und die hohen Adeligen und Offiziere von beiden Seiten in Cymbelines Schloß versammelt, um die Helden zu ehren, Feiglinge und Versager zu bestrafen und über das Schicksal der Gefangenen zu beschließen.

Für die Engländer hätte es ein Freudentag sein sollen, doch davon habe man wenig gespürt. Ein englischer Page habe ihm, in miserablem Latein, erklärt, der König habe viel Unglück gehabt. Kurz vor den Kämpfen seien seine Tochter Imogen und sein Stiefsohn Cloten verschwunden und wahrscheinlich umgekommen. Die Königin, Cymbelines zweite Frau, liege todkrank im Bett. Die beiden Söhne des Königs, Guiderius und Arviragus, seien schon vor langen Jahren, als kleine Kinder, auf rätselhafte Weise aus dem Schloß entführt worden. Der König habe nun keinen Nahestehenden mehr. Es habe eine düstere Stimmung im Thronsaal geherrscht, einem schauerlichen Gelaß. Die klägliche Beleuchtung durch die kleinen, mit Schweinshaut bezogenen Fensterchen sei durch ein paar blakende Kienspäne kaum verbessert worden. Gruppen von Männern hätten herumgestanden, oder einzelne, an die wuchtigen Säulen gelehnt, in Lederkollern oder Kettenhemden, viele in schmutzigen Verbänden oder mit Blutkrusten an Armen, Hals und Kopf, auch Römer dazwischen, in ihren Rüstungen oder Felduniformen, von denen die Insignien abgetrennt worden waren, und Pagen, zur Bedienung, als einzige in Bewegung. Frauen habe man keine gesehen. Kaum Gespräche, viel Wein und glasige Augen. Der König auf dem Thronsessel, zusammengesunken, in einen zottigen Pelz gehüllt, das Kinn in der Hand, habe vor sich hin gestiert.

Später sei ein besser gekleideter Herr eingetreten, der Leibarzt Cornelius, wie man ihm bedeutet habe, und mit ihm zwei Hofdamen, denen die Nachricht schon im Gesicht gestanden habe: Die Königin war tot. Aber noch Schlimmeres habe der Arzt berichtet: Das Geständnis der Königin auf dem Totenbett, sie habe den Gatten nie geliebt, ihn nur des Ranges wegen geheiratet, später sogar Pläne gemacht, die Tochter Imogen, aus der ersten Ehe des Königs, und sogar den König selbst zu vergiften, um ihren Sohn Cloten auf den Thron zu bringen. Cymbeline habe den Arzt wie einen Geist angestarrt. Anscheinend sei er durch die Häufung niederschmetternder Nachrichten betäubt und empfindungslos gewesen. Er selbst, Philarmonus, habe von seinem Platz hinter einem niedrigen Quaderstein, der anscheinend einmal von der Decke gestürzt war, alles gut beobachten können.

Man habe schließlich die beiden obersten Römer, den Cajus Lucius und den Jachimo, in den Saal geführt. Jachimo habe sich im ersten Moment die Nase zugehalten – man müsse sich vorstellen, daß im Saal ein widerlicher Gestank nach Schweiß und Wundbrand gewesen sei. Der König habe Lucius zu sich gerufen und mit dürren Worten gesagt, wobei er sich auf eine frühere Begegnung bezog, mit dem Tribut könne die römische Exzellenz also nicht rechnen, im Gegenteil müsse er, mit anderen Landsleuten, für die vielen getöteten Briten mit dem Leben bezahlen. Lucius habe das mit fester Miene aufgenommen und nur eine Bitte geäußert: Der König möge seinen Pagen Fidelio begnadigen, der ihm immer treu gedient und niemandem geschadet habe; dabei habe er auf einen hübschen Jungen gezeigt, mit einer Tunika, aus der grobe englische Hosen herausgeschaut hätten. Der König habe, plötzlich lebhaft, den Jungen betrachtet, sich an den rötlichen Locken, den reizenden flaumigen Wangen geweidet, in einem sichtlichen Widerstreit des Gefühls: Ein Engländer in römischen Diensten war gewöhnlich mit Tod bedroht. Doch der König habe ihn plötzlich begnadigt, zu sich gewinkt und bei sich behalten.

Außerdem habe der König dem Pagen Fidelio einen Wunsch freigegeben. Offenbar habe Cajus Lucius nun geglaubt, der Junge werde um *sein* Leben bitten, da er ihn früher gut behandelt hatte, jedoch der Page sei da kühl geblieben: Um sein Leben müsse sich jeder selbst kümmern, er habe andere Wünsche. Er, Fidelio, habe dem König etwas ins Ohr geflüstert, worauf dieser aufgeblickt und den Jachimo herbefohlen habe. Als dieser zum König hingetreten sei, habe der die rechte Hand des Obristen genommen, an der ein großer Brillantring vielfarbig funkelte, und habe die Hand für alle sichtbar hochgehalten und laut gefragt: Erzähle uns, wie kamst du an den Ring.

Nun sei Jachimo, wie man wisse, ein tapferer Soldat, doch sei ihm, wie allen, bekannt gewesen, daß die Engländer mit Ruten, Streckbänken und Daumenschrauben schnell bei der Hand waren. Er habe daher nicht lange gezögert, sondern seine Geschichte, auch wo sie kein gutes Licht auf ihn warf, sehr flüssig vorgetragen.

Vor seinem militärischen Auftrag, habe er eingestanden, sei er in Rom ein Lotterbube gewesen und, mit einer Rotte anderer Müßiggänger, nur seinem Vergnügen nachgelaufen – und damit, sagte Philarmonus, habe er natürlich nicht übertrieben. Sie hätten den Götterbildern rote Nasen gemalt, seien wie Furien durch Märkte und wimmelnde Straßen geritten, nachts grölend von einer Pinte zur anderen gezogen, und von Mädchen zu Mädchen. Damals habe er viel in dem gastfreien Haus eines gewissen Philario verkehrt, wo Künstler und Abenteurer ein und aus gingen. Dort habe er auch den Posthumus kennengelernt, Leonatus Posthumus, der englischen Majestät wohlbekannt, da sie ihn, aufgrund der heimlichen Heirat mit seiner, Cymbelines, Tochter Imogen, verbannt habe. Posthumus habe sehr liebevoll von dieser seiner Frau geredet, immer wieder, was für ein Juwel sie sei, und treu, so treu, daß niemand ihr zu nahe treten dürfe, das habe ihn, Jachimo, schließlich geärgert: Ach was, Weiber kriegt man immer herum, habe er gesagt, und er habe mit Posthumus gewettet, er werde ihm seine Liebste abspenstig machen. Posthumus habe darüber nur gelacht: Niemals wird dir das gelingen, niemals, er sei so gewiß gewesen, daß er darauf eingegangen sei; sie hätten die Details ausgemacht und er, Jachimo, sei nach England gesegelt.

Während dieses Berichts, sagte Philarmonus, sei der König immer stärker, wie eine Katze, zusammengekrümmt gesessen und habe mit einer Hand fest die Hand des Pagen gehalten; ein tödlicher Blick habe auf Jachimo gelegen, aber dieser, da er nun mal begonnen hatte, habe nun schon fortfahren müssen.

Das Mädchen Imogen sei reizend und der Mühe wert gewesen, er habe alle seine Künste spielen lassen, sei herumgetänzelt, in Samt und Seide, Pomade im Haar, sei geistreich gewesen, habe von Heldentaten erzählt, gesungen, gedichtet und von schönen Gefühlen geredet – vergeblich. Sie sei kühl und höflich geblieben. Dann habe er es anders versucht und den Posthumus schlecht gemacht, der sich in Rom herumtriebe, mit Dirnen, bezahlt von *ihrem* Geld – dabei sei er, Jachimo, ihr näher gekommen und habe angedeutet, daß er sie gerne trösten wollte. Vergeblich. Sie sei bloß zornig geworden, habe ihn fortschicken wollen, er habe schnell die Tonart wechseln müssen: Alles nur eine Prüfung ihrer Standhaftigkeit, die er Posthumus nun freudig schildern könne.

Aber er, Jachimo, habe unbedingt seine Wette gewinnen wollen, wenn nötig durch Betrug; da habe er das Märchen von der Kiste erfunden. Er hätte eine Kiste voll Silber, habe er gesagt, ein Geschenk, auch in Posthumus' Namen, für den Kaiser Augustus, die jedoch auf dem Schiff, im Hafen, zwischen dem Gesindel nicht sicher sei; ein besserer Ort müsse gefunden werden, der beste sei ihre Kammer. Sie habe gleich eingewilligt; alles, was Posthumus betraf, habe sie eben bei sich haben müssen, alles, was seine Hand berührt hatte, oder später berühren könnte – man habe die Kiste zu ihr geschafft. Man wisse ja, habe Jachimo gesagt, mit einem schiefen, zitternden Grinsen, wie Troja erobert wurde: Der Schatz in der Kiste, sagte er, war ich. Später habe er ein Astloch durchgestoßen, habe sie sich zur Nacht entkleiden sehen – auch das der Mühe wert. Danach nur noch ein flackerndes

Licht auf der Wand, Knarren des Bettes, Knistern von Papier – sie habe wohl gelesen – und er, Jachimo, in der Kiste gekrümmt, mit gedrosseltem Atem, eine Stunde, zwei Stunden, drei. Es sei wohl ein spannendes Buch gewesen, vielleicht ein Liebesroman, mit einem in der Kiste verborgenen Liebhaber – für ihn eine Folter. Endlich sei das Licht ausgegangen, man habe bald den Atem des Schlafes gehört. Er habe lautlos den Innenriegel geöffnet, sei herausgekrochen, schweißnaß, mit Schmerzen von oben bis unten. Durchs Fenster habe der Mond geschienen, in dem Licht habe er sich eingeprägt, was in der Kammer war: 1 Teppich mit Cleopatra und Antonius, 1 Kaminrelief mit Diana im Bade, sehr passend in dem Fall, Zimmerdecke mit Goldengeln, feine Arbeiten alles, gemessen an der sonst üblichen Barbarei. Dann sei er an Imogens Bett gewesen, habe sie betrachtet, eine große Versuchung – doch er habe sich beherrscht. Ihr Nachthemd sei verrutscht gewesen, er habe auf ihrer Brust ein Muttermal gesehen, wie ein Stern. Sie habe wie tot geschlafen, so sei es ihm gelungen, ihr ein Armband, ein Geschenk des Posthumus – das vereinbarte Hauptbeweisstück – vom Gelenk zu streifen. Dann schnell zurück in die Kiste, noch einmal Tortur – am Morgen, wie verabredet, von seinen Leuten aus der Kammer geholt. Am selben Tag sei er nach Rom aufgebrochen.

Der Rest sei einfach gewesen. Er habe Posthumus aufgesucht, habe ihm Imogens Kammer genau beschrieben: 1 Teppich mit Cleopatra usw. – da habe der noch abgewinkt: Es könne vom Hörensagen sein, die Zofen tratschten darüber. Aber als er dann das Muttermal beschrieben habe, die Reize ihrer Brust, sei er unsicher geworden, und als er ihm dann das Armband gezeigt habe, da habe er das Unglaubliche glauben müssen. So habe er, Jachimo, die Wette gewonnen und damit Posthumus' Ring, den ausgesetzten Preis.

Als Jachimo geschwiegen habe, sagte Philarmonus, habe auch sonst niemand zu sprechen gewagt. Eine Totenstille. Jacinto habe zuletzt, vielleicht von Scham überkommen, mit hängendem Kopf erzählt und nicht bemerkt, wie ein hagerer Mann in römischer Uniform, fleckig und löchrig, sich aus dem Hintergrund langsam genähert habe. Er habe die Arme vorgestreckt, die Hände, die gebogenen Finger, als habe er dem Jachimo an die Gurgel greifen wollen. – Schließlich habe jemand die Stille durchbrochen: Nun, Jacinto sei ein Schurke, wie alle Römer. Was geht es uns an? Was geht uns Posthumus an, habe der gesagt: Die Königstochter reingewaschen, das sei genug. – Darauf habe der hagere Mann die Arme sinken lassen und ruhig gesagt: *Ich bin Posthumus.*

Darauf eine starke Erregung: der König, ohnehin schon bis zum Äußersten gereizt, habe hochrot gedonnert: Welch eine Frechheit, als Verbannter dort aufzutreten, und noch dazu in Römertracht – der hagere Mann aber, Posthumus, habe sich gar nicht verteidigt, im Gegenteil, er habe sich selbst angeklagt, jawohl, er habe es verdient, Tod und Folter, denn er habe Imogens Tod verschuldet. Nach Jachimos Verleumdung, der er doch niemals hätte glauben dürfen, habe er sie durch seinen Diener Pisanio vergiften lassen.

Nun sei der König in höchster Erregung aufgesprungen, habe an seiner Seite die Waffe gesucht, aber nicht gleich gefunden, und dann sei sehr schnell sehr vieles geschehen, der Page Fidelio plötzlich niedergesunken, Posthumus habe neben ihm gekniet, Pisanio, überraschend zur Stelle, auf der anderen Seite, und sie hätten an dem ohnmächtigen Pagen gerüttelt. Es sei eine Konfusion gewesen.

Nach einiger Zeit, unter Rütteln und Ins-Ohr-Flüstern, sei Fidelio wieder zu sich gekommen, und es habe sich aufgeklärt, warum der König ihn so anziehend gefunden hatte: Der Page sei in Wahrheit *die verkleidete Imogen* gewesen. Etwas in dem Vater habe das Kind erkannt. Nun hätten sich von allen Seiten Hofstaat und Kriegsleute herangedrängt – fragende Rufe, Rufe des Erstaunens, jemand habe gerufen: Mir dreht sich alles! Posthumus, kniend, sei sprachlos gewesen, der Page neben ihm, also das Mädchen, also Imogen, habe sich aufgerichtet, Pisanio, sein Diener, offensichtlich beglückt über den guten Ausgang, habe ihre Hand zum Küssen nehmen wollen, sei jedoch zornig von ihr abgewehrt worden: Geh fort! Aus den Augen! – Schließlich habe er ihr Gift gegeben! Nun sei der Arzt Cornelius näher gekommen und habe erklärt: Nein, kein Gift, zum Glück, aber ehe noch nähere Erklärungen gekommen seien, habe sich ein älterer Mann dazugesellt, namens Morgan, mit vielen Wundverbänden, und zwei jüngere, in rohen Lederhemden, und Morgan habe gesagt: Also nur scheintot! Dann sei Posthumus endlich aus seiner Erstarrung erwacht und seiner Frau um den Hals gefallen: Viele Rätsel hier, aber im ganzen eine glückliche Szene.

Der König jedoch habe nur das wenigste verstanden. Mit ratloser Miene, in einer Hand den Dolch, den er endlich an seiner Brust gefunden habe, habe er mehrmals gefragt, nach einer Lösung der Wirrnis, bis Imogen es bemerkt habe, ihren Posthumus losgelassen, und zum Vater gelaufen, recht niedlich jetzt ohne Tunika, habe sie ihm einen lauten Kuß gegeben, und: Setz dich auf den Thron, ich erklär dir alles.

Darauf habe sie laut, das allgemeine Geraune übertönend, an Jachimos Bericht anknüpfend, das folgende erzählt.

Nachdem dieser Römer abgereist sei, habe bald Pisanio ihr einen Brief des Posthumus zugesteckt, worin dieser bat, Imogen solle sich gleich nach Milford Haven begeben, denn er sehne sich nach ihr und wolle sie, trotz der Gefahr, dort treffen. Natürlich sei sie sofort aufgebrochen, zusammen mit Pisanio, der ihr sonderbar erschienen sei, bedrückt oder finster. Was ist mit dir? habe sie öfter gefragt, schließlich, auf einer Rast im farnigen Wald von Wales, sei es herausgekommen. Da habe er ihr einen Brief des Posthumus an ihn, Pisanio, gezeigt, wonach er sie töten sollte, denn sie sei eine Metze. Sie habe nicht verstanden, aber an eine üppig geschminkte Römerin gedacht, die dahinterstecke. Pisanio habe sie beruhigt, es müsse ein Mißverständnis sein, ihr geraten, sich zunächst als Mann zu verkleiden und sich dann, zur Sicherheit, bei den Römern, die wegen des Krieges in der Nähe waren, als Page zu bewerben. Dann würde man weiter sehen. Er habe ihr einerseits geholfen, zum anderen, als Arznei für Notfälle, jenes Gift gegeben – ein Doppelspiel. Sie hätten sich bald verloren – dieses Wales, das sei ja ein Urwald voller Reben, Dornbüsche, Schluchten. Nach zwei Tagen habe sie, bärenhungrig, eine Höhle entdeckt, und darin etwas zu essen, und habe es einfach verschlungen. Da seien plötzlich die Höhlenbesitzer gekommen – diese Herren: wobei sie auf den alten Morgan und die jüngeren, wohl seine Söhne, gezeigt habe –, seien freundlich gewesen, hätten nichts von Bezahlung hören wollen: Ach was, Gold ist Dreck, und hätten sie eingeladen, eine Zeit

bei ihnen zu bleiben. Sie habe angenommen, und die drei hätten sich liebevoll um sie bemüht, vor allem die jüngeren – fast wie Brüder.

Eines Tages, als sie zum Jagen fort gewesen seien, habe sie sich krank gefühlt, sich an Pisanios Medizin, für solche Fälle, erinnert, davon getrunken, sei bald bewußtlos gewesen und, offenbar für tot gehalten, von Morgan und seinen Söhnen beerdigt worden – zum Glück nur unter Laub und Blumen. Irgendwann sei sie aufgewacht, habe sich befreit, und da habe sie etwas Grausiges neben sich liegen gesehen, einen Mann ohne Kopf – und *in Posthumus' Kleidern.* Man könne sich ihre Gefühle vorstellen. Sie sei wie vernichtet gewesen – was würde sie sich wohl angetan haben, wäre nicht Cajus Lucius durch den Wald gekommen, mit der Vorhut der Legion. Wie im Plan sei sie bei ihm Page geworden – fast gleichgültig vor Schmerz. Aber dann habe sich doch alles gut aufgeklärt.

Zwar habe ihre Mutter von dem Doktor Cornelius seinerzeit Rattengift verlangt, wie dieser ihr inzwischen verraten habe, doch habe er Böses geahnt und zur Vorsicht nur einen Schlaftrunk in die Flasche getan. Und auch der Mann in Posthumus' Kleidern, das wisse man nun, sei nicht Posthumus gewesen, sondern ein anderer – sie wisse nicht, wer.

Der König, sagte Philarmonus, habe zu dieser Zeit einen abwesenden Eindruck gemacht. Er habe wohl kaum mehr zugehört, die Anstrengungen der letzten Tage, all diese verschlungenen Geschichten – es sei wohl zuviel gewesen. Von seinem Thronsitz habe er auf seine Tochter heruntergeblickt, wie sie dagestanden habe, keck, in Männerkleidern – er, Philarmonus, habe sein Mienenspiel beobachtet, er habe darin gelesen, wie in einem Buch; Wahrsager, sagte Philarmonus, müssen Gesichter lesen können, so gut wie Därme und Sterne.

Eine sonderbare Stimmung habe über allem gelegen, rauchig, zerfasernd, viele im Saal von Wein und Erschlaffung wie fortgeweht, und der König, die Augen auf dem Mädchen, mit Gedanken, wie sich vieles änderte, Frauen, die heirateten, ohne zu fragen, die schutzlos durch Wälder zögen, Frauen wie Männer, die vielleicht bald Staaten regierten. Stirnrunzelnd habe er um sich geblickt, auf die Herren, die Kriegsmänner, die herumgestanden hätten, viele schwankend, unpassend für eine Siegesfeier, oder auch wieder gut passend, denn der Sieg war unverdient, jedenfalls für den König. Er sei ja schon umzingelt gewesen, schon gefangen, Legionäre hätten ihn schon fortgeführt, da seien auf einmal diese Männer erschienen, dieser Morgan und seine Söhne, die ihm gar nicht ähnlich sahen, seien über die verblüfften Römer wie dreißig wilde Tiere hergefallen, hätten die Schlacht umgedreht, dann sei noch einer dazugekommen, in plumper Bauerntracht, habe den König seinen Wächtern entrissen, seinen plötzlich ermutigten Leibtruppen zugeführt und sei verschwunden. Zu der Zeit hätten viele Engländer, Lords und Adelige, schon alles aufgegeben gehabt, ratlos hinter der Front, neben ihren Pferden, die Vorüberlaufenden nach dem Stand der Schlacht gefragt. Als dann, nach einem blutigen Gemetzel, die Legion den Kampf aufgegeben habe und die Engländer brüllend, lachend, viele mit einem eigenen Gefangenen im Schlepptau, über das Schlachtfeld heimwärts geritten seien, habe Cymbeline noch immer kopfschüttelnd dagestanden. Seltsame

Schlachten, seltsame Siege. Dann, nach einer unklaren Folge von Gedanken, habe er seine Tochter angesprochen: Und wer war er, dieser Tote, in Posthumus' Kleidern?

Imogen habe ihn verwundert angesehen, sagte Philarmonus: Sie wisse es doch nicht! – Aber auf einmal habe ein anderer zu reden angefangen, einer der jüngeren Männer, die als Morgans Söhne galten, Polydor. Cloten, habe der gesagt, es sei *Cloten* gewesen – er wisse es, denn er habe ihn erschlagen. Und er blieb dabei, obgleich Cymbeline, der ihm doch dankbar sein mußte, es nicht gehört haben wollte. Der habe es verdient, habe Polydor gesagt, und berichtet, wie Cloten plante, den Posthumus in Milford Haven zu ermorden und Imogen, an deren Seite er sich setzen wollte, zu demütigen – er habe ihr Gewalt antun wollen; in seinen Selbstgesprächen habe er das preisgegeben. Trotzdem, habe Cymbeline gesagt, mit Bekümmerung: Er war ein Prinz.

Darauf habe sich Pisanio zu Wort gemeldet, er wisse, wie Cloten von der Idee, Imogen an sich zu reißen, besessen gewesen sei: Ihre Verachtung war ihm unerträglich: Daß die Prinzessin ihm gesagt habe, sogar Posthumus' *Kleider* würde sie höher achten als Clotens ganze Person! Davon sei er nicht losgekommen, er habe sich, durch ihn, Pisanio, die Kleider des Posthumus verschafft, so angetan habe er seine Rache nehmen wollen... Trotzdem, habe Cymbeline gesagt: Cloten war ein Prinz.

Er sei so dumm wie schlimm gewesen, habe dann wieder Polydor gesagt: Er sei in den Wald, in die Nähe von Morgans Höhle gekommen, habe ihn gleich beschimpft, ihn alles mögliche geheißen, und ob er die Kleider nicht kenne, er sei Cloten, ob er sich nicht fürchte, er sei der Sohn der Königin. Als er, Polydor, dann geantwortet habe, nein, Narren fürchte er nicht, habe Cloten das Schwert gezogen, sei auf ihn los, und Polydor habe ihm das Schwert entrissen und es selbst gebraucht. Darauf steht der Tod, habe Cymbeline traurig gesagt: Führt den Verbrecher fort.

Als sich alles so zugespitzt habe, sei der alte Morgan vor den König getreten: Er sei auch bei den Rettern der Majestät gewesen, könne es sich also erlauben zu sagen: Halt, Herr König. Bevor man den Jüngeren wegführe, müsse man ihn hören. *Er sei Bellarius.*

Bellarius? Cymbeline habe sich offenbar nicht gleich erinnern können. Bellarius? Dann fiel es ihm ein: Der verbannte Bellarius! Noch ein Verbannter! Und er wollte gleich wieder auffahren, lautlos war schon auf seinen Lippen: Festnehmen! – aber irgendwie wollte es nicht laut werden, vielleicht dachte er: Dieser Tag der Enthüllungen! Fortwährend standen Männer auf, und sagten: Ich bin der und der – lauter Vergangenheiten, die sich entblößten. Und er dachte vielleicht an seine Frau, neben der er jahrelang gelebt hatte, ohne zu merken, wie sie ihn haßte, wie an diesem Tag herausgekommen war. Erstaunt habe er plötzlich den narbigen Kämpen Bellarius vor sich knien gesehen, habe etwas vernommen von

Sprossen dieses Stammes, immer diese Vergleiche, immer dieses Reden in Bildern, habe er vielleicht gedacht, wie auch er, Philarmonus, der das immer als Berufstrick benutzte bei unklaren Orakeln. Der König habe den Bellarius aufstehen lassen und ihm befohlen, deutlich zu erzählen.

Der habe darauf erzählt, wie er, vor zwanzig Jahren, zu Unrecht beschuldigt und zu Unrecht verbannt, aus Rache die beiden königlichen Prinzen geraubt, wobei ihm die Wärterin behilflich gewesen sei. Er habe die Kinder in den Wald mitgenommen und im Glauben aufgezogen, sie seien seine eigenen. Dieser, den er Polydor genannt habe, sei in Wahrheit Prinz Guiderius, und der jüngere, von ihm Cadwal genannt, sei Arviragus. Den Mantel, den seine Mutter, Cymbelines erste Frau, die im Wochenbett gestorben war, für ihn gewebt habe, könnte er, Bellarius, als Beweis vorzeigen. Guiderius trage den seinen an sich, er habe am Hals, wie man wisse, ein Muttermal in Form eines roten Sterns.

Der König sei bei der Erzählung abwechselnd rot und blaß geworden, habe dann immer heller gestrahlt, wie faß ichs ganz, habe er gerufen und sich selbst eine Mutter von drei Kindern genannt, schade seis nur für Imogen, nun könne sie keine Königin sein, da die echten Prinzen lebten; aber das Mädchen hatte nur Augen für ihren Posthumus gehabt, und die ganze Gesellschaft habe sich somit in ein Gruppenbild der Vereinigung und der glücklichen Ausgänge verwandelt, wozu auch die Römer zählten, da auch sie schließlich, auf Posthumus' Betreiben, begnadigt worden seien. Keine Rede mehr sei gewesen vom Mord an Cloten, nur noch davon, wie Königsblut sich zeige, auch im Verborgenen.

Grund zum Kummer habe schließlich nur noch einer gehabt, sagte Philarmonus, nämlich er selbst, da er doch seinerzeit dem Cajus Lucius einen guten Ausgang der Schlacht verkündet habe. Dabei habe es ein so sicheres Omen gegeben: Er habe geträumt vom Adler, der von Süden nach Westen geflogen sei! – Und dann sei er so abgeschmettert worden, der römische Adler!

Cymbeline habe lächelnd zugehört, wie er sich beklagte. Er sei wohl in einer Stimmung gewesen, wie auf Kissen gehend, von wohliger Schwäche, es sei der Frühling nah gewesen, und auch sein Alter – auf Äußeres kams nicht mehr an. Auch habe er sich wohl erinnert – wie Philarmonus erst später erfahren habe, und das habe vieles erklärt –, es sei vor allem die Königin gewesen, und Cloten, die seinerzeit, vor dem römischen Legaten, ganz plötzlich von dümmlichem Hochmut hingerissen wurden: Wir zahlen nichts für unsere eigenen Nasen! – Es sei eine Schwäche von ihm gewesen, ihnen nachzugeben. Dreitausend Pfund, was hieße das schon: Ein Krieg koste zehnmal mehr! Dieser letzte habe zweiunddreißigtausend Pfund gekostet und vierhundert Tote. Und nun, sagte Philarmonus, tat er etwas Überraschendes, dieser englische König. Eigentlich etwas Unverständliches: Ein Römer hätte das niemals getan: Er winkte den Legaten

Lucius heran und erklärte, er wolle den Tribut *dennoch* zahlen, trotz des Sieges. Freiwillig. Nur so, einfach aus Freundschaft.

Und er schaute mich an, dieser König, sagte Philarmonus, mit einem verklärten Gesicht – vielleicht war er nicht ganz bei Sinnen, als Folge zu vieler freudiger Schocks –: So hat dich dein Orakel nicht im Stich gelassen, Philarmonus! Darauf habe er, da für einen Wahrsager der Erfolg für seine weitere Beschäftigung entscheidend sei, beruhigt nach Rom heimkehren können.

Shakespeare's Geschichten

Band II wurde nacherzählt von Urs Widmer, illustriert von Kenny Meadows und enthält folgende Stücke:

Troja
Troilus und Cressida

Rom
Coriolanus
Julius Caesar
Antonius und Cleopatra
Titus Andronicus

Navarra
Liebes Leid und Lust

England
König Richard II.
König Heinrich IV.
Die lustigen Weiber von Windsor
König Heinrich V.
König Heinrich VI.
König Richard III.
König Heinrich VIII.
König Johann

Walter E. Richartz im Diogenes Verlag

Meine vielversprechenden Aussichten
Erzählungen (1966)

Prüfungen eines braven Sohnes
Erzählung (1966)

Tod den Ärtzten
Roman (1969)
detebe 26

Noface – Nimm was du brauchst
Roman (1973)
detebe 227

Das Leben als Umweg
Erzählungen (1976)
detebe 116

Büroroman
(1976)
detebe 175

Der Aussteiger
Angestelltenprosa (1979)

Vorwärts ins Paradies
Aufsätze zu Literatur und Wissenschaft
(1979)
detebe 162

Reiters Westliche Wissenschaft
Roman (1980)

W. E. Richartz übersetzte u. a. Werke von Lewis Carroll, Raymond Chandler, Stephen Crane, F. Scott Fitzgerald, Dashiell Hammett, Patricia Highsmith, Charles Lamb, Ring Lardner, H. L. Mencken, R. L. Stevenson und H. D. Thoreau, zu dem er auch zwei Vorworte schrieb.

William Shakespeare
Dramatische Werke in 10 Bänden

In der Übersetzung von Schlegel/Tieck. Als Vorlage dient die Edition von Hans Matter. Jeder Band mit einer editorischen Notiz des Herausgebers und Illustrationen von Heinrich Füßli aus der Ausgabe von 1805.

Romeo und Julia / Hamlet / Othello
detebe 200/1

König Lear / Macbeth / Timon von Athen
detebe 200/2

Julius Cäsar / Antonius und Cleopatra / Coriolanus
detebe 200/3

Verlorne Liebesmüh
Die Komödie der Irrungen
Die beiden Veroneser
Der Widerspenstigen Zähmung
detebe 200/4

Ein Sommernachtstraum
Der Kaufmann von Venedig
Viel Lärm um nichts / Wie es euch gefällt / Die lustigen Weiber von Windsor
detebe 200/5

Ende gut, alles gut / Was ihr wollt / Troilus und Cressida
Maß für Maß
detebe 200/6

Cymbeline / Das Wintermärchen
Der Sturm
detebe 200/7

Heinrich der Sechste / Richard der Dritte
detebe 200/8

Richard der Zweite / König Johann / Heinrich der Vierte
detebe 200/9

Heinrich der Fünfte / Heinrich der Achte / Titus Andronicus
detebe 200/10

Shakespeare's Sonette
Deutsch und englisch. Nachdichtung von Karl Kraus. Statt eines Nachworts ein Essay von Karl Kraus aus der *Fackel:* »Sakrileg an George oder Sühne an Shakespeare?« detebe 137

Ulrich Bräker
»Etwas über William Shakespeares Schauspiele, von einem armen ungelehrten Weltbürger, der das Glück genoß, ihn zu lesen«, in *Leben und Schriften des Armen Mannes im Tockenburg.* detebe 195/2

. . . und andere große Dramatiker im Diogenes Verlag

● Molière

Dramatische Werke in 7 Bänden
in der Neuübersetzung von Hans Weigel.
Komödien I
Der Wirrkopf / Die lächerlichen Schwärmerinnen / Sganarell. detebe 95/1
Komödien II
Die Schule der Frauen / Kritik der Schule der Frauen / Die Schule der Ehemänner
detebe 95/2
Komödien III
Tartuffe oder Der Betrüger / Der Betrogene oder Georges Dandin / Vorspiel in Versailles
detebe 95/3
Komödien IV
Don Juan / Die Lästigen / Der Arzt wider Willen. detebe 95/4
Komödien V
Der Menschenfeind / Die erzwungene Heirat Die gelehrten Frauen. detebe 95/5
Komödien VI
Der Geizige / Der Bürger als Edelmann Der Herr aus der Provinz. detebe 95/6
Komödien VII
Der Hypochonder / Die Gaunereien des Scappino. Mit einer Chronologie und einem Nachwort des Herausgebers. detebe 95/7
Als Ergänzungsband erschien:
Über Molière
Zeugnisse von Voltaire bis Bert Brecht. Über Molière auf der Bühne und Molière in deutscher Übersetzung. Chronik und Bibliographie. Herausgegeben von Christian Strich, Rémy Charbon und Gerd Haffmans.
detebe 37

● Anton Čechov

Das dramatische Werk in 8 Bänden
in der Neuübersetzung und -edition von Peter Urban: jeder Band bringt den unzensurierten, integralen, neutranskribierten Text und einen Anhang mit allen Lesearten, Textvarianten, Auszügen aus Čechovs Notizbüchern, Anmerkungen und einen editorischen Bericht:
Die Möwe. Komödie in vier Akten.
detebe 50/1
Der Waldschrat. Komödie in vier Akten.
detebe 50/2
Der Kirschgarten. Komödie in vier Akten.
detebe 50/3
Onkel Vanja. Szenen aus dem Landleben in vier Akten. detebe 50/4
Ivanov. Drama in vier Akten. detebe 50/5
Drei Schwestern. Komödie in vier Akten.
detebe 50/6
Platonov. ›Das Stück ohne Titel‹ in vier Akten und fünf Bildern. Erstmals vollständig deutsch. detebe 50/7
Die detebe-Nummern 50/8 – 10 sind *Sämtlichen Einaktern* und den frühen *Humoresken* vorbehalten.

● Sean O'Casey

Purpurstaub. Eine abwegige Komödie. Aus dem Englischen von Helmut Baierl und Georg Simmgen. detebe 2/1
Dubliner Trilogie. Der Schatten eines Rebellen – Juno und der Pfau – Der Pflug und die Sterne. Aus dem Englischen von Maik Hamburger, Adolf Dresen, Volker Canaris und Dieter Hildebrandt. detebe 2/2
Eine Auswahl aus den Stücken, der Autobiographie und den Essays von Sean O'Casey. Herausgegeben von Urs Widmer. Mit einem Vorwort von Heinrich Böll und einem Nachwort von Klaus Völker.

● Friedrich Dürrenmatt

Es steht geschrieben / Der Blinde.
Frühe Stücke. detebe 250/1
Romulus der Große. Ungeschichtliche historische Komödie. Fassung 1980.
detebe 250/2
Die Ehe des Herrn Mississippi. Komödie und Drehbuch. Fassung 1980. detebe 250/3
Ein Engel kommt nach Babylon. Fragmentarische Komödie. Fassung 1980. detebe 250/4
Der Besuch der alten Dame. Tragische Komödie. Fassung 1980. detebe 250/5
Frank der Fünfte. Komödie einer Privatbank. Fassung 1980. detebe 250/6
Die Physiker. Komödie. Fassung 1980.
detebe 250/7

Herkules und der Stall des Augias / Der Prozeß um des Esels Schatten. Griechische Stücke. Fassung 1980. detebe 250/8
Der Meteor / Dichterdämmerung. Nobelpreisträgerstücke. Fassung 1980. detebe 250/9
Die Wiedertäufer. Komödie. Fassung 1980. detebe 250/10
König Johann / Titus Andronicus. Shakespeare-Umarbeitungen. detebe 250/11
Play Strindberg / Porträt eines Planeten. Übungsstücke für Schauspieler. detebe 250/12
Urfaust / Woyzeck. Bearbeitungen. detebe 250/13
Der Mitmacher. Ein Komplex. detebe 250/14
Die Frist. Komödie. Fassung 1980. detebe 250/15
Die Panne. Hörspiel und Komödie. detebe 250/16
Nächtliches Gespräch mit einem verachteten Menschen / Stranitzky und der Nationalheld Das Unternehmen der Wega. Hörspiele. detebe 250/17

Klassiker und moderne Klassiker der angelsächsischen Literatur im Diogenes Verlag

● Eric Ambler

Bitte keine Rosen mehr. Roman. Deutsch von Tom Knoth.
Die Maske des Dimitrios. Roman. Deutsch von Mary Brand und Walter Hertenstein. detebe 75/1
Der Fall Deltschev. Roman. Deutsch von Mary Brand und Walter Hertenstein. detebe 75/2
Eine Art von Zorn. Roman. Deutsch von Susanne Feigl und Walter Hertenstein. detebe 75/3
Schirmers Erbschaft. Roman. Deutsch von Harry Reuß-Löwenstein, Th. A. Knust und Rudolf Barmettler. detebe 75/4
Die Angst reist mit. Roman. Deutsch von Walter Hertenstein. detebe 75/5
Der Levantiner. Roman. Deutsch von Tom Knoth. detebe 75/6
Waffenschmuggel. Roman. Deutsch von Tom Knoth. detebe 75/7
Topkapi. Roman. Deutsch von Elsbeth Herlin. detebe 75/8
Schmutzige Geschichte. Roman. Deutsch von Günter Eichel. detebe 75/9
Das Intercom-Komplott. Roman. Deutsch von Dietrich Stössel. detebe 75/10
Besuch bei Nacht. Roman. Deutsch von Wulf Teichmann. detebe 75/11
Der dunkle Grenzbezirk. Roman. Deutsch von Walter Hertenstein und Ute Haffmans. detebe 75/12
Ungewöhnliche Gefahr. Roman. Deutsch von Walter Hertenstein und Werner Morlang. detebe 75/13
Anlaß zur Unruhe. Roman. Deutsch von Franz Cavigelli. detebe 75/14
Nachruf auf einen Spion. Roman. Deutsch von Peter Fischer. detebe 75/15
Doktor Frigo. Roman. Deutsch von Tom Knoth und Judith Claassen. detebe 75/16
Über Eric Ambler. Herausgegeben von Gerd Haffmans. detebe 187

● Sherwood Anderson

Ich möchte wissen warum. Deutsch von Karl Lerbs und Helene Henze. detebe 156

● Ambrose Bierce

Die Spottdrossel. Erzählungen und Fabeln. Auswahl und Vorwort von Mary Hottinger. Deutsch von Joachim Uhlmann, Günter Eichel und Maria von Schweinitz. Zeichnungen von Tomi Ungerer. detebe 106

● Ray Bradbury

Der illustrierte Mann. Science-Fiction-Geschichten. Deutsch von Peter Naujack. detebe 127

● Raymond Chandler

Der große Schlaf. Roman. Deutsch von Gunar Ortlepp. detebe 70/1
Die kleine Schwester. Roman. Deutsch von W. E. Richartz. detebe 70/2
Das hohe Fenster. Roman. Deutsch von Urs Widmer. detebe 70/3
Der lange Abschied. Roman. Deutsch von Hans Wollschläger. detebe 70/4
Die simple Kunst des Mordes. Essays, Briefe, eine Geschichte und ein Romanfragment. Herausgegeben von Dorothy Gardiner und Kathrine Sorley Walker. Deutsch von Hans Wollschläger. detebe 70/5
Die Tote im See. Roman. Deutsch von Hellmuth Karasek. detebe 70/6
Lebwohl, mein Liebling. Roman. Deutsch von Wulf Teichmann. detebe 70/7
Playback. Roman. Deutsch von Wulf Teichmann. detebe 70/8
Mord im Regen. Frühe Stories. Vorwort von Prof. Philip Durham. Deutsch von Hans Wollschläger. detebe 70/9
Erpresser schießen nicht. Detektivstories I. detebe 70/10
Der König in Gelb. Detektivstories II. detebe 70/11
Gefahr ist mein Geschäft. Detektivstories III. detebe 70/12. Alle drei deutsch von Hans Wollschläger.
Englischer Sommer. 3 Stories und Essays. Vorwort von Patricia Highsmith. Deutsch

von Hans Wollschläger, Wulf Teichmann u. a. detebe 70/13

● Joseph Conrad

Lord Jim. Roman. Deutsch von Fritz Lorch. detebe 66/1
Der Geheimagent. Roman. Deutsch von G. Danehl. detebe 66/2
Herz der Finsternis. Erzählung. Deutsch von Fritz Lorch. detebe 66/3

● William Faulkner

Brandstifter. Gesammelte Erzählungen I. Deutsch von Elisabeth Schnack. detebe 30/1
Eine Rose für Emily. Gesammelte Erzählungen II. Deutsch von Elisabeth Schnack. detebe 30/2
Rotes Laub. Gesammelte Erzählungen III. Deutsch von Elisabeth Schnack. detebe 30/3
Sieg im Gebirge. Gesammelte Erzählungen IV. Deutsch von Elisabeth Schnack. detebe 30/4
Schwarze Musik. Gesammelte Erzählungen V. Deutsch von Elisabeth Schnack. detebe 30/5
Die Unbesiegten. Roman. Deutsch von Erich Franzen. detebe 30/6
Sartoris. Roman. Deutsch von Hermann Stresau. detebe 30/7
Als ich im Sterben lag. Roman. Deutsch von Albert Hess und Peter Schünemann. detebe 30/8
Schall und Wahn. Roman. Revidierte Übersetzung von Helmut M. Braem und Elisabeth Kaiser. detebe 30/9
Absalom, Absalom! Roman. Deutsch von Hermann Stresau. detebe 30/10
Go down, Moses. Chronik einer Familie. Deutsch von Hermann Stresau und Elisabeth Schnack. detebe 30/11
Der große Wald. Jagdgeschichten. Deutsch von Elisabeth Schnack. detebe 30/12
Griff in den Staub. Roman. Deutsch von Harry Kahn. detebe 30/13
Der Springer greift an. Kriminalgeschichten. Deutsch von Elisabeth Schnack. detebe 30/14
Soldatenlohn. Roman. Deutsch von Susanna Rademacher. detebe 30/15
Moskitos. Roman. Deutsch von Richard K. Flesch. detebe 30/16
Wendemarke. Roman. Deutsch von Georg Goyert. detebe 30/17
Die Freistatt. Roman. Deutsch von Hans Wollschläger. Sonderband
Über William Faulkner. Essays, Rezensionen, ein Interview, Zeichnungen, Chronik und Bibliographie. Herausgegeben von Gerd Haffmans. detebe 54

● F. Scott Fitzgerald

Der große Gatsby. Roman. Revidierte Übersetzung von Walter Schürenberg. detebe 97/1
Der letzte Taikun. Roman. Deutsch von Walter Schürenberg. detebe 97/2
Pat Hobby's Hollywood-Stories. Übersetzt und mit Anmerkungen versehen von Harry Rowohlt. detebe 97/3

● Henry Rider Haggard

Sie. Roman. Deutsch von Helmut Degner. detebe 108/1

● Dashiell Hammett

Der Malteser Falke. Roman. Deutsch von Peter Naujack. detebe 69/1
Rote Ernte. Roman. Deutsch von Gunar Ortlepp. detebe 69/2
Der Fluch des Hauses Dain. Roman. Deutsch von Wulf Teichmann. detebe 69/3
Der gläserne Schlüssel. Roman. Deutsch von Hans Wollschläger. detebe 69/4
Der dünne Mann. Roman. Deutsch von Tom Knoth. detebe 69/5
Das große Umlegen. Mit einem Vorwort von Lillian Hellman. Deutsch von Helmut Degner, Hellmuth Karasek, Helmut Kossodo, Peter Naujack, W. E. Richartz, Harry Rowohlt u. a. Sonderband
Detektiv bei Continental's. Der Detektivgeschichten zweite und letzte Folge. Mit einem Nachwort von Prof. Steven Marcus. Deutsch von Wulf Teichmann. Sonderband

● Patricia Highsmith

Der Junge, der Ripley folgte. Roman. Deutsch von Anne Uhde
Leise, leise im Wind. Geschichten. Deutsch von Anne Uhde

Der Stümper. Roman. Deutsch von Barbara Bortfeldt. detebe 74/1
Zwei Fremde im Zug. Roman. Deutsch von Anne Uhde. detebe 74/2
Der Geschichtenerzähler. Roman. Deutsch von Anne Uhde. detebe 74/3
Der süße Wahn. Roman. Deutsch von Christian Spiel. detebe 74/4
Die zwei Gesichter des Januars. Roman. Deutsch von Anne Uhde. detebe 74/5
Der Schrei der Eule. Roman. Deutsch von Gisela Stege. detebe 74/6
Tiefe Wasser. Roman. Deutsch von Eva Gärtner und Anne Uhde. detebe 74/7
Die gläserne Zelle. Roman. Deutsch von Gisela Stege und Anne Uhde. detebe 74/8
Das Zittern des Fälschers. Roman. Deutsch von Anne Uhde. detebe 74/9
Lösegeld für einen Hund. Roman. Deutsch von Anne Uhde. detebe 74/10
Der talentierte Mr. Ripley. Roman. Deutsch von Barbara Bortfeldt. detebe 74/11
Ripley Under Ground. Roman. Deutsch von Anne Uhde. detebe 74/12
Ripley's Game. Roman. Deutsch von Anne Uhde. detebe 74/13
Der Schneckenforscher. Gesammelte Geschichten. Vorwort von Graham Greene. Deutsch von Anne Uhde. detebe 74/14
Ein Spiel für die Lebenden. Roman. Deutsch von Anne Uhde. detebe 74/15
Kleine Geschichten für Weiberfeinde. Deutsch von W. E. Richartz. Mit siebzehn Zeichnungen von Roland Topor. detebe 74/16
Kleine Mordgeschichten für Tierfreunde. Deutsch von Anne Uhde. detebe 74/17
Venedig kann sehr kalt sein. Roman. Deutsch von Anne Uhde. detebe 74/18
Ediths Tagebuch. Roman. Deutsch von Anne Uhde. detebe 74/19

● James Joyce

Die Toten. Erzählungen und Erzählstücke aus den Romanen. Deutsch von Dieter E. Zimmer, Klaus Reichert und Hans Wollschläger. Nachwort von Fritz Senn. detebe 164

● Ring Lardner

Geschichten aus dem Jazz-Zeitalter. Auswahl, Nachwort und Übersetzung von Fritz Güttinger. detebe 78

● D. H. Lawrence

Der preußische Offizier. Sämtliche Erzählungen I. detebe 90/1
England, mein England. Sämtliche Erzählungen II. detebe 90/2
Die Frau, die davonritt. Sämtliche Erzählungen III. detebe 90/3
Der Mann, der Inseln liebte. Sämtliche Erzählungen IV. detebe 90/4
Der Fremdenlegionär. Autobiographische und frühe Erzählungen, Fragmente. Sämtliche Erzählungen V. detebe 90/5
Der Fuchs. Sämtliche Kurzromane I. detebe 90/6
Der Hengst St. Mawr. Sämtliche Kurzromane II. detebe 90/7
Liebe im Heu. Sämtliche Kurzromane III. detebe 90/8
Übersetzungen von Martin Beheim-Schwarzbach, Georg Goyert, Marta Hackel, Karl Lerbs, Elisabeth Schnack und Gerda von Uslar. Im Anhang des letzten Bandes Nachweis der Erstdrucke, Anmerkungen und Literaturhinweise
Pornographie und Obszönität und andere Essays über Liebe, Sex und Emanzipation. Deutsch von Elisabeth Schnack. detebe 11
John Thomas & Lady Jane. Roman. Deutsch von Susanna Rademacher. detebe 147

● Doris Lessing

Hunger. Erzählung. Deutsch von Lore Krüger. detebe 115
Der Zauber ist nicht verkäuflich. Afrikanische Geschichten. Deutsch von Lore Krüger, Marta Hackel und Elisabeth Schnack

● Carson McCullers

Wunderkind. Erzählungen I. Deutsch von Elisabeth Schnack. detebe 20/1
Madame Zilensky und der König von Finnland. Erzählungen II. Deutsch von Elisabeth Schnack. detebe 20/2
Die Ballade vom traurigen Café. Novelle. Deutsch von Elisabeth Schnack. detebe 20/3
Das Herz ist ein einsamer Jäger. Roman. Deutsch von Susanna Rademacher. detebe 20/4
Spiegelbild im goldnen Auge. Roman. Deutsch von Richard Moering. detebe 20/5
Frankie. Roman. Deutsch von Richard Moering. detebe 20/6
Uhr ohne Zeiger. Roman. Deutsch von Elisabeth Schnack. detebe 20/7

Über Carson McCullers. Essays von und über Carson McCullers. Deutsch von Elisabeth Schnack und Elizabeth Gilbert. Mit Chronik und Bibliographie. Herausgegeben von Gerd Haffmans. detebe 20/8

● W. Somerset Maugham

Honolulu. Gesammelte Erzählungen I. detebe 125/1
Das glückliche Paar. Gesammelte Erzählungen II. detebe 125/2
Vor der Party. Gesammelte Erzählungen III. detebe 125/3
Die Macht der Umstände. Gesammelte Erzählungen IV. detebe 125/4
Lord Mountdrago. Gesammelte Erzählungen V. detebe 125/5
Fußspuren im Dschungel. Gesammelte Erzählungen VI. detebe 125/6
Ashenden oder Der britische Geheimagent. Gesammelte Erzählungen VII. detebe 125/7
Entlegene Welten. Gesammelte Erzählungen VIII. detebe 125/8
Winter-Kreuzfahrt. Gesammelte Erzählungen IX. detebe 125/9
Fata Morgana. Gesammelte Erzählungen X. Übersetzungen von Felix Gasbarra, Marta Hackel, Ilse Krämer, Claudia und Wolfgang Mertz, Wulf Teichmann, Friedrich Torberg, Kurt Wagenseil, Mimi Zoff u. a. detebe 125/10
Rosie und die Künstler. Roman. Deutsch von Hans Kauders und Claudia Schmölders. detebe 35/5
Silbermond und Kupfermünze. Roman. Deutsch von Susanne Feigl. detebe 35/6
Auf Messers Schneide. Roman. Deutsch von N. O. Scarpi. detebe 35/7
Theater. Roman. Deutsch von Renate Seiller und Ute Haffmans. detebe 35/8
Damals und heute. Roman. Deutsch von Hans Flesch und Ann Mottier. detebe 35/9
Der Magier. Roman. Deutsch von Melanie Steinmetz und Ute Haffmans. detebe 35/10
Oben in der Villa. Roman. Deutsch von William G. Frank und Ann Mottier. detebe 35/11
Mrs. Craddock. Roman. Deutsch von Elisabeth Schnack. detebe 35/12
Der Menschen Hörigkeit. Roman. Deutsch von Mimi Zoff und Susanne Feigl. detebe 35/13–14
Meistererzählungen. Ausgewählt von Gerd Haffmans

● Herman Melville

Moby Dick. Roman. Deutsch von Thesi Mutzenbecher und Ernst Schnabel. detebe 142
Billy Budd. Erzählung. Deutsch von Richard Moering. detebe 226

● Sean O'Casey

Purpurstaub. Komödie. Deutsch von Helmut Baierl und Georg Simmgen. detebe 2/1
Dubliner Trilogie. Tragödien. Deutsch von Maik Hamburger, Adolf Dresen, Volker Canaris und Dieter Hildebrandt. detebe 2/2
Ich klopfe an. Autobiographie I. Deutsch von Georg Goyert. detebe 150/1
Bilder in der Vorhalle. Autobiographie II. Deutsch von Georg Goyert. detebe 150/2
Trommeln unter den Fenstern. Autobiographie III. Deutsch von Werner Beyer detebe 150/3
Irland, leb wohl! Autobiographie IV. Deutsch von Werner Beyer. detebe 150/4
Rose und Krone. Autobiographie V. Deutsch von Werner Beyer. detebe 150/5
Dämmerung und Abendstern. Autobiographie VI. Deutsch von Werner Beyer. detebe 150/6
Eine Auswahl aus den Stücken, der Autobiographie und den Essays. Mit einem Vorwort von Heinrich Böll und einem Nachwort von Klaus Völker. Herausgegeben mit Anmerkungen, einer Chronik und Daten zur irischen Geschichte von Urs Widmer. Sonderband

● Frank O'Connor

Und freitags Fisch. Gesammelte Erzählungen I. Deutsch von Elisabeth Schnack. detebe 85/1
Mein Ödipus-Komplex. Gesammelte Erzählungen II. Deutsch von Elisabeth Schnack. detebe 85/2
Don Juans Versuchung. Gesammelte Erzählungen III. Deutsch von Elisabeth Schnack. detebe 85/3
Eine unmögliche Ehe. Gesammelte Erzählungen IV. Deutsch von Elisabeth Schnack. detebe 85/4
Eine selbständige Frau. Gesammelte Erzählungen V. Deutsch von Elisabeth Schnack. detebe 85/5
Brautnacht. Gesammelte Erzählungen VI. Deutsch von Elisabeth Schnack. detebe 85/6

Die Reise nach Dublin. Roman. Deutsch von Elisabeth Schnack.
Ausgewählte Erzählungen. Deutsch von Elisabeth Schnack. Sonderband
Einziges Kind. Biographie I. Deutsch von Elisabeth Schnack
Meines Vaters Sohn. Biographie II. Deutsch von Elisabeth Schnack

● Sean O'Faolain

Sünder und Sänger. Ausgewählte Erzählungen. Deutsch von Elisabeth Schnack. detebe 102/1
Dividenden. Liebesgeschichten. Ausgewählt und übersetzt von Elisabeth Schnack

● Liam O'Flaherty

Armut und Reichtum. Ausgewählte Erzählungen. Deutsch von Elisabeth Schnack. detebe 103/1
Ich ging nach Rußland. Reisebericht. Deutsch von Heinrich Hauser. detebe 16
Hungersnot. Roman. Deutsch von Herbert Roch. Sonderband
Tiergeschichten. Ausgewählt und übersetzt von Elisabeth Schnack. Sonderband

● Saki

Die offene Tür. Ausgewählte Erzählungen. Deutsch von Günter Eichel. Illustrationen von Edward Gorey. detebe 62

● William Shakespeare

Dramatische Werke in 10 Bänden
In der Übersetzung von Schlegel/Tieck. Als Vorlage dient die Edition von Hans Matter. Jeder Band mit einer editorischen Notiz des Herausgebers und Illustrationen von Heinrich Füßli aus der Ausgabe von 1805.
Romeo und Julia / Hamlet / Othello. detebe 200/1
König Lear / Macbeth / Timon von Athen. detebe 200/2
Julius Cäsar / Antonius und Cleopatra Coriolanus. detebe 200/3
Verlorene Liebesmüh / Die Komödie der Irrungen / Die beiden Veroneser / Der Widerspenstigen Zähmung. detebe 200/4
Ein Sommernachtstraum / Der Kaufmann von Venedig / Viel Lärm um nichts / Wie es euch gefällt / Die lustigen Weiber von Windsor. detebe 200/5
Ende gut, alles gut / Was ihr wollt / Troilus und Cressida / Maß für Maß. detebe 200/6
Cymbeline / Das Wintermärchen / Der Sturm. detebe 200/7
Heinrich der Sechste / Richard der Dritte. detebe 200/8
Richard der Zweite / König Johann Heinrich der Vierte. detebe 200/9
Heinrich der Fünfte / Heinrich der Achte Titus Andronicus. detebe 200/10
Shakespeare's Sonette. Deutsch und englisch, Nachdichtung von Karl Kraus. Statt eines Nachworts ein Essay von Karl Kraus aus der *Fackel:* »Sakrileg an George oder Sühne an Shakespeare?«. detebe 137

● Alan Sillitoe

Der Tod des William Posters. Roman. Deutsch von Peter Naujack
Der brennende Baum. Roman. Deutsch von Peter Naujack
Nihilon. Roman. Deutsch von Fritz Güttinger
Die Lumpensammlerstochter. Erzählungen. Deutsch von Wulf Teichmann
Guzman, Go Home. Erzählung. Deutsch von Anna von Cramer-Klett. detebe 4/1
Die Einsamkeit des Langstreckenläufers. Erzählungen. Deutsch von Günther Klotz. detebe 4/2
Samstagnacht und Sonntagmorgen. Roman. Deutsch von Gerda von Uslar. detebe 4/3
Ein Start ins Leben. Roman. Deutsch von Günter Eichel und Anna von Cramer-Klett. detebe 4/4

● Muriel Spark

Memento Mori. Roman. Deutsch von Peter Naujack. detebe 29/1
Die Ballade von Peckham Rye. Roman. Deutsch von Elisabeth Schnack. detebe 29/2

● R. L. Stevenson

Werke in 12 Bänden. Nach der Edition und Übersetzung von Curt und Marguerite Thesing
Die Schatzinsel. Roman. detebe 199/1
Der Junker von Ballantrae. Roman. detebe 199/2
Die Entführung. Roman. detebe 199/3
Catriona. Roman. detebe 199/4
Die Herren von Hermiston. Roman (Fragment). detebe 199/5

Der seltsame Fall von Dr. Jekyll und Mr. Hyde / Der Pavillon auf den Dünen. Zwei Novellen. detebe 199/6
Der Selbstmörderklub / Der Diamant des Rajahs. Zwei Geschichtensammlungen. detebe 199/7
Die tollen Männer und andere Geschichten. detebe 199/8
Der Flaschenteufel und andere Geschichten. detebe 199/9
Der Leichenräuber und andere Geschichten. detebe 199/10
In der Südsee. Ein Reiseabenteuer in zwei Bänden mit einer Karte. detebe 199/11–12

● H. G. Wells

Der Unsichtbare. Roman. Deutsch von Alfred Winternitz und Claudia Schmölders. detebe 67/1
Der Krieg der Welten. Roman. Deutsch von G. A. Crüwell und Claudia Schmölders. detebe 67/2
Die Zeitmaschine. Roman. Deutsch von Peter Naujack. detebe 67/3
Die Geschichte unserer Welt. Ein historischer Grundriß. Deutsch von Otto Mandl u. a. detebe 67/4
Das Land der Blinden. Erzählungen. Deutsch von Ursula Spinner. Zeichnungen von Tomi Ungerer. detebe 67/5

● Nathanael West

Schreiben Sie Miss Lonelyhearts. Roman. Deutsch von Fritz Güttinger. Einleitung von Alan Ross. detebe 40/1
Tag der Heuschrecke. Roman. Deutsch von Fritz Güttinger. detebe 40/2
Eine glatte Million oder Die Demontage des Mister Lemuel Pitkin. Roman. Übersetzung, Anmerkungen und Nachwort von Dieter E. Zimmer. detebe 40/3

● Oscar Wilde

Der Sozialismus und die Seele des Menschen. Ein Essay. Deutsch von Gustav Landauer und Hedwig Lachmann. detebe 3